古典詩歌研究彙刊

第二七輯

龔鵬程 主編

第13冊

咸同詞壇淮海詞人群體研究

茆 萌 著

國家圖書館出版品預行編目資料

咸同詞壇淮海詞人群體研究／茆萌 著 — 初版 — 新北市：花木蘭文化事業有限公司，2020〔民 109〕

目 2+242 面；17×24 公分

（古典詩歌研究彙刊 第二七輯；第 13 冊）

ISBN 978-986-485-983-2（精裝）

1. 清代詩 2. 詩評

820.91 109000191

ISBN-978-986-485-983-2

古典詩歌研究彙刊

第二七輯 第十三冊 ISBN：978-986-485-983-2

咸同詞壇淮海詞人群體研究

作　　者 茆　萌

主　　編 龔鵬程

總 編 輯 杜潔祥

副總編輯 楊嘉樂

編　　輯 許郁翎、張雅淋　美術編輯 陳逸婷

出　　版 花木蘭文化事業有限公司

發 行 人 高小娟

聯絡地址 235 新北市中和區中安街七二號十三樓

電話：02-2923-1455／傳眞：02-2923-1452

網　　址 http://www.huamulan.tw 信箱 hml 810518@gmail.com

印　　刷 普羅文化出版廣告事業

初　　版 2020 年 3 月

全書字數 174887 字

定　　價 第二七輯共 19 冊（精裝）新台幣 32,000 元

咸同詞壇淮海詞人群體研究

茆萌 著

作者簡介

茆萌，女，1988年4月出生，江蘇鎮江人。2016年博士畢業於蘇州大學文學院古代文學專業。現就職於蘇州大學文正學院文學與傳播系。主要研究方向爲清代文學。現主持江蘇省哲學社會科學基金專案一項，發表核心期刊論文2篇。

提　　要

有清一代，詞人的感慨寄託和時代風雲際會關係密切。咸豐、同治兩朝，兵燹連年。詞人多受世事所擾。喪亂之餘，他們將「家國文物之感」蘊發無端，承續了「詞史」的發展，融合了時代的狀態和詞人之心態，組構了特屬於咸同詞壇的詞學景象。

本文以咸同兩朝淮海地區詞壇爲研究對象，對淮海詞人群體進行分析探究，通過對群體的綜合考察，究「因」、求「變」、探「史」，在探索詞人心態、詞體流變的同時，對詞人群體和時代的互動進行闡釋，從而對群體的意義和價值進行重構。

通過界定「淮海詞人群體」這一概念，文章釐清了群體活動時限、活動範圍、群體結構考訂和群體特點；以九秋社成員交遊和《淮海秋笳集》作者交遊爲主線，對群體的發展細節進行呈現，完成對詞人群體在歷史中的行跡空間構建，將孤立的文學現象與複雜的社會情狀聯繫起來。從作者回到作品，我們將處在歷史空間中的淮海詞人群體，還原到詞的發展軌跡和傳統理論體系中，對群體詞筆清婉、善用比興、意內言外的創作特色進行探索。作爲「詞史」發展的重要一環，淮海詞人群體以「集體話語權」，爲共同的時代發聲。他們自覺地從「尊體」意識出發，將時代際會蘊藏詞中，成一代「詞史」之意義。

2017年江蘇高校哲學社會科學研究基金
項目「江蘇咸同詞壇研究」
（項目編號：2017SJB2208）

目次

緒論

第一節　論題緣起與研究思路

詞自晚唐五代始，歷經兩宋之繁盛，元明之衰靡，及至有清一代，復達中興。就清詞論，其門戶紛呈，各遵所尚，雖然各不相合，而各具異彩。〔註1〕雖爲「小道末技」，但這一抒情文體終於與詩並立，譜成輝煌的「殿末之卷」。詞在清代歷史進程中並非平順發展，亦經歷起落消長。清初雲間詞派後，吳偉業、龔鼎孳、柳州詞派、毗陵詞人群體、嶺南三家等各據南北，詞風多元。其後，陽羨詞派、浙西詞派和常州詞派在清初百派回流之後，相繼各立門戶。道咸後，連年兵燹擾亂了詞在清代的平穩蛻變，卻未徹底阻斷詞的發展通途。歷史的紛亂，偶然間卻造就了「詞史」的發展。烽火中的晚近詞壇異彩紛呈。從道咸的鄧廷楨、「獨行客」蔣春霖，到獨具一格的謝章鋌、譚獻，從清末四家到王國維，清末諸家在乾坤紛爭中，各自獨坐霜林，共築了詞壇最後的盛景。

縱覽一代清詞，我們發現要對清詞作檢討和考論絕非易事。就詞人而論，清代詞壇人數眾多，〔註2〕名家雲集，門戶林立，詞著、詞

〔註1〕吳梅：《詞學通論》，北京·中華書局，2010年版，第145頁。
〔註2〕據嚴迪昌估算，清代詞人「多至1萬之數」。另據張宏生粗略統計，

論繁富。與此同時，清代社會思想文化環境幾經變化，又爲清詞研究增加了難度。在這種情況下，要對清詞作某一斷代的考察實在困難。然孟子有言：「頌其詩，讀其書，不知其人可乎？是以論其世也。」〔註 3〕面對複雜的研究對象，知人、論世，是爲一種必須的治學邏輯，也是我們在流變的歷史狀況中釐清研究對象的重要取徑。陳寅恪在《元白詩箋證稿》中有言：「能盡取當時諸文人之作品，考訂時間先後，空間離合，而總匯於一書，如史家之長編之所爲，則其間必有啓發，而得以知當時諸文士之各竭其才智，競造勝境，爲不可及也。」〔註 4〕其所言「考訂時間先後」「空間離合」爲我們更爲明確地指出了文學及文學史研究的路徑，即我們可以把研究對象重新放回其歷史進程中，由時間和空間匯成的立體描述出發，考訂其動態活動軌跡，再對其進行文學解讀和其他複雜關聯項探討。錢仲聯先生也就這種研究方法做過更爲清晰的表述：「文學活動、社會現象，是聯繫到各個方面的，是要以有機聯繫的系統來對待的。」〔註 5〕綜合以上三家的研究法則，我們發現對地理空間、歷史社會原貌和文學研究對象同時進行考察，可以在呈現史實、還原對象生存風貌之外，挖掘其兩者交互產生的微妙作用，對現象背後的思想源流進行探索。這也成爲清詞斷代考察的一種重要思路。本文即擬以此思路做一嘗試和考察。

咸豐、同治兩朝，大半時間爲內外戰亂所擾。太平天國自叛亂始至徹底消歇共歷十五年。其間，英法等國亦發動了第二次鴉片戰爭。戰禍後，雖有所謂「同治中興」，也實則是「急病不死，變成慢病。而其病依成絕症，不可救藥」〔註 6〕。連年戰火，不僅讓社會瘡痍滿

清代僅順治、康熙兩朝詞人，已達 2500 餘家，清代詞人當在 1 萬以上，而清代詞人數遠超過歷代詞人總和。

〔註 3〕 楊伯峻譯注：《孟子譯注》，北京・中華書局，2013 年版，第 232 頁。

〔註 4〕 陳寅恪：《元白詩箋證稿》，北京・生活・讀書・新知三聯書店，2009 年版，第 9 頁。

〔註 5〕 魏中林整理：《錢仲聯講論清詩》，蘇州・蘇州大學出版社，2004 年版，第 171 頁。

〔註 6〕 錢穆：《國史大綱》，北京・商務印書館，2012 年版，第 888 頁。

目，更將數以千萬計的人捲入其中。混亂時局中，有流離奔逃的人，有親歷戰爭的人，也有冷眼旁觀的人，甚至是火上澆油的人。時代讓他們承受痛苦和選擇，而他們也恰恰體現了那個時代的抉擇、混亂或是機會。咸同時期淮海詞人群體中的詞人們即涵括在這數千萬人中。黃孝紓在《清名家詞序》中曾就「庚辛間所見詞集」對清代詞人作粗略統計。據考所得清代詞人共二千零九十三人，其中咸豐朝二百零二人，同治朝一百十人，光宣兩朝共三百一十人。咸同兩代所佔詞人比例約爲清代總體的百分之十五，其總數還略勝於光宣總和。但反之，雖然數量之巨，與詞人總和相較，咸同兩朝能爲後人論者可謂少之又少。其間，最爲後人道者爲蔣春霖。此外杜文瀾、周閑等幾家詞人鮮見於各類詞論中。就詞體流變來看，咸同詞壇常見於「詞史」的考辨中。今人論及，也多將這一時段放入「詞史」發展的中間環節，作簡單概括說明。作爲尷尬的「中間環節」，咸同兩朝的詞壇情狀表現也顯得十分尷尬。禍亂橫起，詞人往往顛沛流離。也因此，詞人行跡多變，詞作往往也四散飄落。此間詞人多以詞社聚，但賴因時代關係，詞社也很難固定發展。社中酬唱，不乏能輯錄成集者，但往往又因輾轉而散佚。

面對「碎片化」的詞壇信息，重新拼湊出淮海地區咸同詞壇風貌是爲首要任務。對這個模糊的「中間環節」進行釐清和考察，除了對詞體本身發展軌跡探索有所裨益，亦可探明「詞史」在兩朝中的發展規律，對其流變及價值進行重估。與此同時，探討這一命題，對世變與詞學發展、時代與詞人心態等問題的探索也具有一定意義。

本文所探討的咸豐、同治詞壇大致與時代分期同，起於咸豐朝1851年，迄於同治朝末1874年。雖然詞的歷史分期和社會史、政治史分期未必同期，但本文選用歷史時段對詞史進行考察大致原因如下。在咸同兩朝，詞人和時代互動、交織，密不可分。二十餘年間詞人受世事所擾，詞作多論及世事，創作旨趣、創作風格、詞人心態均受時代影響，如譚獻論蔣鹿潭詞嘗言「咸豐兵事，天挺此才」（《篋中詞》卷五），潘遵傲《香隱庵詞》、王壽庭《吟碧山館詞》等中也多作「離亂哀唱」。這一時期的詞壇活動基本與時代平行進行。詞社活動、詞人群體交遊等多因世事而起。其如聚紅榭詞社組建於咸豐二年（1852），大致終止於同治二年（1863）；淮海地區的九秋詞社、午橋詞社均始於咸豐二年前後，其後不久太平軍禍及江南。除了創作和活動軌跡與時代密不可分以外，咸同詞壇詞人群體的逐漸消散也幾乎與時代同步。這一時期很多詞人的生命軌跡與時代相契合，有的因戰亂而卒，有的也在硝煙散退後離世。就淮海詞人群體而論，可考的四十餘人中，卒於咸同兩朝者超過三十人，其餘如趙熙文（卒於 1880 年）、褚榮槐（卒於 1878 年）、杜文瀾（卒於 1881 年）等也在同治朝結束不久後離世，僅宗源瀚（卒於 1896 年）、錢桂森（卒於 1899 年）兩人未在這一時段離世。因此出於對歷史和詞史的雙重考量，本文劃定了咸同兩朝約二十餘年的範疇，對這其間的詞人詞作、詞壇發展和詞體流變進行整體觀照。

客觀來看，咸同時期淮海詞人群體中的詞人中僅有蔣春霖、周閑、杜文瀾等個別詞人存詞較多，其餘詞人存詞數量較少，零散作品中也並無多少可以達到一流水準的。但是，這與我們考察咸同詞人群體的意義並不矛盾。作爲群體的咸同詞人是清詞歷程中的一個重要組成部分，亦對詞史的發展和詞壇格局的形成起到了一定的作用。喪亂之餘，他們將「家國文物之感，蘊發無端」〔註 7〕，承續了「詞史」的發展，融合了時代的狀態和詞人之心態，組構了特屬於咸同詞壇的詞學景象。社會史、政治史、文學史以及心態史，都集於淮海詞人群體之中。他們的存在即是意義。因而，本文選取「群體」這一概念，對這一時期淮海地區詞人作整體研究。群體由個體組成，而個體卻不完全以聚合的形態呈現，群體中同樣包涵著性格各不相同的生命，其行跡和規律亦各不相同。羅伊生在探討「族群」

〔註 7〕沈宸垣等編：《御選歷代詩餘》，杭州・浙江古籍出版社，1998 年版，第 608 頁。

時對這樣的情況作了說明，他將個體作了「四處漂浮流竄的則是斑斑點點、條條片片、或大或小的東西」的解釋，並提出「它們相互纏繞，或鬆或緊，有的散在邊緣，有的靠近中央，有的在周邊軌道上運行，但都彼此牽引，同時也都受到一個重力核心的吸引與驅動」，甚至在這其中，連核心的本質也各個相異，並在細胞內部產生變化。但是在群體當中「所有這些互動的特徵是變動不居，並隨著外在環境加諸它們的壓力而改變」。〔註 8〕由此可見，個體與群體的聯繫並非完全相同，將個體規整爲一個群體也全賴因其「重力核心」和「互動關係」的相同。同時，群體也並非處在靜止不變的狀態，而是隨著外在環境的改變而變化的。馬亞中師指出，個體與社會發生關係的橋樑即是「個體的『群』的歸屬」，〔註 9〕而「群」是在運動狀態中的，其定性「只有在自己所具的角度和層次上才能充分實現自己」。〔註 10〕依據群體的定性和發展邏輯，我們發現考論一個群體，既要對其中個體作行動軌跡的考察，亦要探索個體與群體之間的互動關係，以及群體可能承受的外部壓力和變化。個體、群體、時代是爲考察中的三個關鍵要素。以上要素和法則組成了對一個群體探索的主要建構。據此，我們在探討淮海詞人群體時，即必須首先把握個體詞人的生命週期和創作軌跡，繼而將此與群體、社會歷史交織而成的圖景勾畫出來，從而考察咸同詞人群體的生存軌跡、特點和意義，兼及探索群體和時代的互動關係等問題。

對群體研究而言，選擇角度對群體進行必要的切分和歸納是非常重要的。就群體中的個體來看，他們時而聚合，時而散開。散開時的個體軌跡往往呈現個性，而聚合時的個體更多的體現群性。因而我們

〔註 8〕伊羅生著，鄧伯宸譯：《群氓之族：群體認同與政治變遷》，桂林·廣西師範大學出版社，2008 年版，第 69 頁。

〔註 9〕馬亞中：《中國近代詩歌史》，上海·復旦大學出版社，2011 年版，第 10 頁。

〔註 10〕馬亞中：《中國近代詩歌史》，上海·復旦大學出版社，2011 年版，第 11 頁。

需要更多關注其聚合狀態。咸同詞人群體的聚合即表現爲詞社或唱酬。以聚合所在地域進行分類的優勢在於，其一，我們可以借由詞社活動對一定地域內的群體活動進行整體把握，對參與其中的詞人進行爬梳整理，亦可據此線索考查詞人的個體行跡、淵源主張；其二，咸同朝詞人流寓頻繁，並不固定在籍貫地進行交遊活動，以一定地域中的聚合爲線索可以在把握詞人行跡的同時避開籍貫帶來的限制；其三，借由聚合地的詞學活動，我們可以將很多生平不詳，卻在群體活動中偶有出現的詞人納入討論範圍，讓這些原本消失在歷史中的詞壇邊緣人重新成爲歷史的一部分。

基於上文所論，本文將以咸豐、同治兩朝淮海地區詞壇爲研究對象，對淮海詞人群體進行分析探究，通過對群體的聚合活動和個體的行跡進行探索，從而勾勒出群體及詞壇發展的原貌。在此基礎之上，我們將對共同歷史背景下的淮海詞人作綜合考察，究「因」、求「變」、探「史」，以期能在探索詞人心態、詞體流變的同時，對詞人群體和時代的互動進行闡釋，從而對群體的意義和價值進行重構。

第二節　研究現狀和研究方法

從斷代研究的角度來看，學界專論咸同兩朝詞壇的專著和文章較少，但涉及咸同兩朝詞人、詞社和詞人群體的研究論述很多。與斷代研究相較，學界以詞人「群體」爲主要探索對象的論述較爲豐富。筆者將對撰寫本文時所見資料作簡單的分類論述，大致如下。

就已得文獻整理發現，對咸同詞壇進行綜合論述的專論幾乎沒有。針對咸同詞壇的論述僅見於《清詞史》、《近代詞史》等史類專著中。嚴迪昌在《清詞史》中以道咸衰世的「詞史」爲線索對道光以降的詞人和詞壇進行了概論。其以咸同時期重要詞人爲對象，兼及對咸同詞壇的整體思考，並指出「其所唱起的哀鳴之調，也應視爲是『詞史』之一頁而予以審查」。〔註 11〕雖然這一時期的倚聲之道反映了時

〔註 11〕嚴迪昌：《清詞史》，南京·江蘇古籍出版社，1999 年版，第 524 頁。

代的軌跡，構成了「詞史」的脈息，但同時他也指出了這種表現的侷限性，即積習過重、難出新意。除了如上論述，比較值得注意的是嚴先生在其自選論文集中對咸同詞壇所作概述，他指出：「咸豐中，集聚於淮海地域的江蘇北部鹽城、東臺、興化、泰州一線，境內的一批詞人如趙彥俞、丁至和、周作鎔，以及余焜、褚榮槐等均以蔣、杜為馬首。這個詞群與謝章鋌為核心的閩中『聚紅榭吟社』群體，以及孫超、周天麟各位代表的京師小官吏和外省屬僚詞群，先後同峙立，活躍於南北，較王鵬運等他們都要長一二輩，早出半甲子以上。」〔註12〕在這段論述中，嚴先生較為明確地指出了咸同詞壇格局及主要三大詞人群體，並對詞人群體的核心和範圍作了明確地劃分。以上兩點論述對於本文的論題立論有著直接的指導作用，亦是引發筆者思考、確立論題的重要線索之一。嚴先生之後，亦有莫立民《近代詞史》，簡要論及咸同詞壇。該著作對咸同詞壇的討論思路幾乎與嚴先生相同，對太平天國戰亂中的「哀唱」作單章的敘述，也將蔣春霖作為道咸代表，論述《水雲樓詞》的悲劇感慨論等。兩部史著均以周閑、薛時雨作輔論。除此之外，相較《清詞史》所選姚燮、蔣敦復，《近代詞史》中所選許宗衡、陳元鼎、徐本立諸人雖亦親歷戰禍，但他們的詞作較為普通，不及姚、蔣二家。此外《歷代詞說》〔註13〕中亦論及晚清咸同詞壇。陶俊新在著作中將蔣春霖、薛時雨、張景祁等一同併入浙西詞派的餘韻中進行論述。綜上來看，詞史著作中雖對咸同詞壇有所論及，但是均沒有進行較為詳細的論述，僅以蔣、周、薛諸家代表人物論代替咸同詞壇通論。

相較對咸同詞壇的整體觀照的缺失，學界對於咸同兩朝主要詞人的探索相對豐富。蔣春霖、杜文瀾成為咸同詞壇研究對象的熱門人選。這其中，又多以蔣春霖為首要人選。由於對咸同詞人作單論的文

〔註12〕嚴迪昌：《嚴迪昌自選論文集》，北京・中國書店，2005年版，第274頁。

〔註13〕陶俊新：《歷代詞說》，桂林・廣西師範大學出版社，2013年版。

獻較多，下文即選取幾位詞人做考察說明。可考的文獻中，最早開始對蔣鹿潭進行研究的當屬馮其庸。二十世紀七十年代馮氏就已經開始蔣鹿潭年譜的考訂和《水雲樓詞》的校正工作，並於八十年代出版《蔣鹿潭年譜考略 水雲樓詞輯校》。著作對《水雲樓詞》的自定本、後刻本作了考訂，對與鹿潭有交集的詞人進行考訂，同時繫之以年，並附《水雲樓詞版本考》、《蔣鹿潭交遊考》於文後。是作基本還原了蔣鹿潭的生活經歷和詞作創作歷程，是爲研究蔣春霖不可不讀的論述。在馮氏之後，劉夢芙曾作《蔣鹿潭詞論衡》，〔註 14〕從對鹿潭詞思想和藝術評價的角度出發，又一次對蔣氏在清代詞壇中的重要價值進行論述。與此同時，黃嫣梨的論著《蔣春霖評傳》也先後在臺灣文史哲出版社和大陸出版。黃氏用女性特有的細膩筆觸，對蔣春霖進行了詳細地詮釋，並在馮其庸和劉夢芙考訂的基礎上，綜合考論蔣氏生平和與其交遊的詞人。著作的精彩之處在其對蔣氏詞作的解讀。作者深度挖掘蔣春霖的詞作內涵，對詞作進行探析和解釋。可惜的是，作者在對鹿潭生平的考訂上多依賴前兩位學者的研究成果，在諸如對《水雲樓詞》命名考訂等問題上未能詳盡。在其後，劉勇剛撰寫的《水雲樓詞研究》則可視爲對黃氏著作的彌補。著作雖將研究視角放在了《水雲樓詞》上，但大體研究路徑和黃氏差不多，在細述生平、詳評詞作後，亦對與蔣氏交遊的詞人作了非常詳細的考訂。其中，很多考訂的內容涉及咸同詞壇淮海詞人群體，給本文以很多啓發。此外，研究鹿潭其人及詞作的文章也數量可觀，如《蔣春霖研究史述略》〔註 15〕、《論鹿潭詞的感傷特質》〔註 16〕、《試論〈水雲樓詞〉的末世情調》〔註 17〕、

〔註 14〕馬興榮等主編：《詞學 第 17 輯》，上海·華東師範大學出版社，2006 年版，第 187 頁。

〔註 15〕陳水雲：《蔣春霖研究史述略》，北方工業大學學報，2004 年，第 2 期。

〔註 16〕朱惠國：《論鹿潭詞的感傷特質》，華東師範大學學報（哲學社會科學版），2002 年，第 2 期。

〔註 17〕李鴻淵，鄧豔韓：《試論〈水雲樓詞〉的末世情調》，湖北大學學報（哲學社會版），2007 年，第 6 期。

《蔣春霖的儒教情懷》〔註 18〕等。

但除了蔣春霖以外，咸同時期淮海地區其他詞人幾乎僅見於詞學史的概括論述中，鮮見專著論述，比如杜文瀾。較早對杜文瀾詞學主張進行研究的有沙先一。他的《論杜文瀾的詞學主張與創作》〔註 19〕以杜氏的詞學活動爲主要考訂的線索，輔以對《采香詞》和《憩園詞話》的研究，繼而探索杜文瀾與吳中詞派的關係，對其詞史地位作出評價。近年來，對杜氏的研究逐漸出現，其中比較全面的研究成果有《杜文瀾詞學研究》〔註 20〕和《〈古謠諺〉研究》。〔註 21〕《杜文瀾詞學研究》對杜氏進行了較爲全面的考察，除了梳理了杜文瀾的詞學活動、對杜氏《采香詞》等進行研究之外，還將杜文瀾的詞學主張提煉爲「詩詞曲有別」、「詞以纖秀爲佳」、「以雲麓爲主」三個方面。《〈古謠諺〉研究》則以杜文瀾所輯《古謠諺》爲研究對象，探索杜氏的編纂宗旨、考察其特點和創新之處，並確立了《古謠諺》對中國近世謠諺的編纂所產生的重要影響。

近年來，學界對詞人群體的研究不在少數。在眾多著述中，對咸同朝詞人群體作直接論述的很少。陳水雲的《咸豐、同治時期淮海詞人群體綜論》〔註 22〕可以算是爲數不多的論述中，與本文論題產生最直接關聯的研究了，也給本文撰寫以啓發。論文對咸同詞壇「淮海詞人群體」這一提法進行溯源，並予以概念上的明確，對淮海詞人群體的構成、核心人物和詞人狀況均進行了一定的探索，總結出淮海詞人群體「創作上注重詞律的研討，內容上以淒怨幽咽爲美」的特點。可惜的是，文章囿於篇幅無法展開對淮海詞人群體的

〔註 18〕侯卓均：《蔣春霖的儒教情懷》，時代文學·下半月，2010 年，第 6 期。

〔註 19〕沙先一：《論杜文瀾的詞學主張與創作》，蘇州大學學報（哲學社會科學版），2003 年第 4 期。

〔註 20〕林瀅：《杜文瀾詞學研究》，福建師範大學 2013 年碩士論文。

〔註 21〕尉程煒：《〈古謠諺〉研究》，北京大學 2011 年碩士論文。

〔註 22〕陳水雲：《咸豐、同治時期淮海詞人群體綜論》武漢大學學報（人文科學版），2007 年第 6 期。

具體探討，只作了簡潔的概括論述。王兆鵬著《宋南渡詞人群體研究》〔註23〕雖然討論的是「宋南渡詞人群體」，但著述中有關「群體」的探討和文章的架構給了筆者很多思考。是作將南渡詞人群體的學術淵源、文學交往、創作風尚和社會政治、心態等作了綜合的考察，對「群體」的概念進行考論，從而分析南渡詞人群體的社會基礎和心理基礎。王氏著作對詞人創作和心態作全面考察，其中對詞人創作心態和社會心態的探討也很透徹。而同樣是對詞人心態的考察，楊伯嶺在《晚清民初詞學思想建構》一文中則以詞人意識進行歸納，對詞人心性作理性解讀。〔註24〕楊氏在書中以專章對詞人意識、群體、群體意識進行交互考察，並指出詞人對自己的角色、社會地位、藝術人格等體認，呈現「多層次的動態結構」。詞人從極具依附性、朦朧性的角色體認中逐漸形成個體的概念。在晚清詞學之前，詞人意識的發展是有侷限性的，詞人的意識「融化在詞體定位意識、詞體體性思想及歷代詞家的評論之中」。除以上論著以外，《晚清蘇州潘氏家族詞人研究》〔註25〕、《近世京津詞壇研究》〔註26〕等研究均有與本文所論相關的探索。

由以上研究概況我們可以發現，今人對於咸同詞壇詞人或群體的討論雖然不少，但是論題的集聚討論比較明顯，尤其體現在對咸同詞壇詞人的論述上，要論及對淮海地區詞人的則少之又少。從研究成果的時間分布上來看，2000年以來，對咸同詞壇的研究漸漸增多，研究角度也開始多樣起來，近年來逐漸取得一些成績和突破。就現有成果看，在很多方面還有很大的研究餘地。其一，就詞的研究而言，研究者們往往集中筆力探討詞、詞人、詞作、詞論、詞體和詞壇格局，對社會背景、經濟形勢、社會心理基礎等研究背景往往一筆帶過，未做

〔註23〕王兆鵬：《宋南渡詞人群體研究》，南京・鳳凰出版社，2009年版。

〔註24〕楊柏嶺：《晚清民初詞學思想建構》，合肥・安徽大學出版社，2004年版，第79頁。

〔註25〕劉明智：《晚清蘇州潘氏家族詞人研究》，湘潭大學2014年碩士論文。

〔註26〕謝燕：《近世京津詞壇研究》，華東師範大學2014年博士論文。

過多的闡述。但對於詞的研究，特別是清詞研究來說，對歷史時代背景、社會基礎心態、文學學術變化、社會生態和風向等的研究是十分必要的。這些所謂的「外部條件」，實則在一定程度上左右著詞的發展和詞體的流變。在研究中增加時代的因素、社會生態的討論，兼及對其他文體和學術的探討，可以豐富詞共時的比對項。就本文撰寫論，將咸同詞人群體放到廣闊的社會背景中進行探索，可以不受詞人行跡變動、地域範圍和關聯事件的限制，共時地對咸同年間的多個區塊的群體進行比對和綜合考察。其二，就已有研究成果看，對咸同兩朝重要詞人的探索，在沒有出現新的文獻之前，可以暫時的弱化，轉而從群體的角度對詞壇格局進行整體觀照，對群體的邊緣存在、邊緣個體等予以關注。一段時間內詞壇的格局絕不僅僅是由一個優秀的、突出的個體完成的。邊緣卻龐大的群體中的個體也應該被我們重視。其三，與研究論題相關的範疇、概念和現象，我們也應該對其進行深度挖掘、溯其源流。就研究來看，詞人心態與社會心態、文人心態等概念都息息相關，從概念廓清、心理探析等方面著手，輔以其他專業文獻對詞人進行剖析是有必要的。還原詞人填詞的心態可以幫我們完成對詞作本身的解讀，探索詞人在後代追索先輩詞論、詞著的心態可以讓我們歷時地看待詞體的流變和發展。其外，我們也應對歷史學的研究方法和新的研究成果予以關注。咸同兩朝雖未發生朝代更替，但是歷史社會狀況卻發生了很多變化。詞人不僅在亂世中，更在一個極具變化的世界當中生存。咸同詞人生活的世界會因這些外部條件而改變。研究他們，我們也不能僅將這些外部條件視爲背景，必須深入歷史細節挖掘兩者的內在聯繫。歷史學的方法也可以一定程度上幫助我們作出相對客觀的審視，通過跨界的視角糾正原本在研究中的固化思想。其四，有的研究以地域概念立論，但對於咸同詞壇來說，我們僅能將大致的地域劃分作爲分類標準，而不能按照嚴格的地域概念對詞人進行探索。咸同兩朝多戰，詞人往往四處流寓，如當時南京、常州大量詞人因禍流寓揚州、繼而向北至泰州，或經蘇州進入上海避難。這些軌跡讓我們無法以籍貫、地域等概念對他們進行分類。但這並不意味著我們必須摒棄地域的概念。詞人的籍貫地往往決定了其原生的生長環境。地域也會給詞人以最基本的特徵印記。因此，在這段時期的詞壇格局考察上，我們要辯證地對地域這個概念進行運用，不必過度強化這個概念。

基於對研究現狀的思考，本文擬從以上四點展開，進行深入分析。全文布局大致如下。本文第一章將對咸同詞壇的歷史社會背景進行探索，對淮海詞人群體所處的時代環境、學術環境和詞壇氛圍進行介紹。以這部分研究爲基礎，我們將在第二章展開對淮海詞人群體的綜合論述，依次對詞人群體的概念辯證與特點、構成和具體詞人考訂進行討論，剖析群體中個體的流動特點、心態特徵等。本文研究認爲，咸同詞壇的群體聚合與其他時代相比，有一定的被動性。這個特性是由外部大環境決定的，但是這一特性也讓很多聚合在偶然間成爲群體發展的一個重要過程。在群體中，雖然詞人的原生狀態、個性和生平際遇各不相同，但是作爲咸同詞壇中淮海詞人群體的個體還是有群性的，在共同的歷史條件下，也有一定趨同的取向。在詞體流變上，這一時期的詞人的創作選擇和詞論大體與清初詞壇對接，在其基礎上延伸出「詞史」在咸同詞壇的個性內容和意義。在此特點基礎之上，本文將在第三章中展開對淮海詞人群體交遊的詳細考證，以九秋社成員和《淮海秋笳集》中的各位作者爲主要論述對象，對詞人交遊進行論述。在第四章中，文章將對淮海詞人群體的詞學主題取向做一分類，以戰爭、詠物和題畫三個方面作分類論述，由詞人對主題內容的選擇考察其「詞史」表現。文章第五章將對淮海詞人群體的創作風格和詞論的師法取向進行探索，以探清詞人在詞的發展當中所處環節。隨後，在第六章中，本文將以「詞史」的流變爲線索，考辨咸同詞壇詞體的特點和流變過程，並對這一時期內「詞史」的衍變意義和價值進行研究。在此基礎之上，本文將對咸同淮海詞人群體的「詞史」書寫和意義作討論。筆者認爲群體中詞人心態的表現雖然各有不同，但是究其創作心態實則大體相同。這與時代和整體的文學、學術風向有很密切的聯繫。衝突的世事和矛盾的心態在咸同時期淮海詞人身上表現得最爲明顯，從詞作中可以看見很多其他文體中所不得見的潛藏心態線索。

本文所採取的研究方法主要爲文獻研究法和歷史研究法。其一，筆者在翻檢文獻時，儘量將很多邊緣化的詞人和其零散的詞作也納入探索範圍。但是很多詞人詞集已經散佚，作品僅有三兩存世。因此筆者從大量清代總集和選集中搜羅相關作品，對已有文獻中的資料做窮盡搜索，並將其輯錄下來，力圖達到研究資料的完備。其二，對歷史文獻和歷史觀點的準確把握和整合也是本文努力嘗試的一個方面。筆者盡力對現有近代史料和史論進行整理，並嘗試找出詞人與時代歷史的互動線索。對於這方面的探索，特別是對歷史認識和理論的探索，筆者學力有限，很難有所新論，或對已有觀點重新提煉，因此多引史家之論。最後，這一時期詞人行跡複雜。而這其中，一些重要詞人的行跡較好考訂，一些邊緣詞人卻很難把握。爲了考訂邊緣詞人的行蹤和生平，筆者全力在相關歷史文獻中翻檢，對與其相關的人物進行排查，並對現存其友人、親友的日記、詩詞文集或是史料進行搜羅整理，但筆者時間精力有限，其中難免有不周和疏漏之處，拾遺補缺，請俟來日。

第一章　淮海詞人群體形成的歷史、文化和詞學背景

咸同年間，內患與外擾頻起。被迫打開國門的中國在社會經濟、思想文化等方面都開始漸漸起了變化。陳寅恪在論治中國古代哲學史時有言：「其對於古人之學說，應具瞭解之同情，方可下筆。蓋古人著書立說，皆有所爲而發。故其所處之環境，所受之背景，非完全明瞭，則其學術不易評論，而古代哲學家去今數千年，其時代之眞相，極難推知。」〔註 1〕依陳氏所言，研究古代的學問，在評論其學術，探析古人「有所爲而發」之前，我們應具瞭解之同情，對其所處之環境、所受之背景等諸多歷史眞相予以探明。然又如陳先生所言，古人去今有百千年之遠，研究多賴當代人所載，要想推知「時代之眞相」著實困難。在研究歷史的過程中，歷史的呈現往往是一團混亂的謎團。葛兆光曾說：「（華夏／中國）不是缺乏歷史，而是歷史太多，它不是只有一個歷史，而是擁有好多個彼此交錯的歷史。」〔註 2〕面對「彼此交錯的歷史」，史家們也在不斷嘗試發問、爬梳、探索這個時代。而這個「彼此交錯的歷史」不僅是我們當下研究時面對的，更是

〔註 1〕陳寅恪：《金明館叢稿二編》，北京・生活・讀書・新知三聯書店，2009 年版，第 279 頁。

〔註 2〕葛兆光：《〈說中國〉解說》，見許倬雲《說中國》，桂林・廣西師範大學出版社，2015 年版，第 257 頁。

咸同時期淮海詞人群體所親身經歷的。因而由他們生存的大環境慢慢向其中探索，是爲必須。

當我們在審視咸同時代詞人之前，首先即是要以繁雜的清代檔案、史料和歷代史論爲基礎，對這「彼此交錯的歷史」進行梳理。許倬雲在談清代中國的時候曾說：「滿清時代，這一複雜共同體中的四項變數之間，沒有建立一個互相制衡或者相互支持的平衡關係。這個共同體本身，除了走向衰敗以外，期間也沒有自我調節的修補功能。」〔註 3〕許氏所指「四項變數」是政治、經濟、社會和文化觀念，他將這些變數的變化規律和中國這個「一個不斷變化的複雜共同體」之間的關聯建立起來，並得出如上結論。許先生此種對晚近社會的宏觀思考不無道理。但是在筆者看來，在晚清時代這些變數中不僅存在很強烈的「修補」想法，也有很多嘗試「修補」的方法在不斷試行，或許有一些「修補」也成功了，但只不過這些「修補」和龐大的「崩壞」相比太過渺小，即如錢穆所言「其病已成絕症，不可救藥」了。而如許先生所探討的部分才僅是歷史發展中可以借由邏輯和規律的「必然」之處。除了這些「必然」，也有很多發於偶然的弔詭之處，比如太平天國戰爭時期的清朝經濟。一般來說，戰爭往往會在一定程度上阻滯經濟的發展，但是在咸同年間，英國對華貿易在太平天國時期非但沒有受到阻滯，反而成長不少。即使在一八六〇年太平軍橫掃江蘇時，絲的出口也不僅未減少，反倒在隔年成長三成。〔註 4〕這種情況，連當時的英國人都未曾料想。很多類似偶然也帶來了很多不可預測，比如太平天國戰爭末期英國的介入。而這些偶然也借由蝴蝶效應直接影響了歷史的進程，繼而直接影響了一代人的生存軌跡。這些藏在歷史細節裏的「偶然」和「必然」，能夠讓我們探清變幻莫測的歷史，

〔註 3〕許倬雲：《說中國》，桂林·廣西師範大學出版社，2015 年版，第 228 頁。

〔註 4〕〔美〕裴士鋒著，黃中憲譯：《天國之秋》，北京·社會科學文獻出版社，2014 年版，第 231 頁。原文見 “The New war in China”, The London Review, July 12, 1862, p27。

也能讓我們更好地理解淮海詞人行跡間的無奈與哀歎。

在這亂局之中，各種力量牽扯之下的詞人們，也被迫做出了他們自己的選擇。詞人們在歷史的偶然和必然中或聚或散，呈一派咸同時代獨有的詞壇風景。在咸同兩朝，歷史直接而且明確地影響了詞的發展。與其他時代不同，這段時期的社會情狀不能單作詞人的創作背景論。歷史紛亂中的各種變化直接影響了詞人的生活甚或是生命。而社會世變也不再遮遮掩掩地被詞人以「前朝往事」比附，而是直接成爲詞的描寫對象，融匯進詞中，甚而影響詞體、詞論的發展。基於這些考慮，我們將重新翻檢清代史料，結合古今史論，嘗試呈現一個相對客觀的史實，並試圖還原淮海詞人生活的世界，其筆下嗚咽哀鳴的戰爭原貌，以及他們視野中的咸同世態。下文將先以重大歷史事件或時代關鍵點爲對象進行考察，綜論咸同時代背景；繼以咸同兩朝的文化思想背景的探索，最後回歸詞壇在咸同之前的表現，以此爲下文論述淮海詞人群體打下基礎。

第一節　戰禍連起的中國：咸同時期社會歷史背景

一般來說，某歷史事件的意義往往隨著時光的流逝而減退，然而這一論斷對鴉片戰爭來說是失效的，它一般被視爲中國近代化的開端。因而如果中國的現代化一日不完成，鴉片戰爭的意義就不會退減。〔註 5〕第一次鴉片戰爭開端的意義非凡，在其之後，咸同年間的第二次鴉片戰爭又讓世人震動。其時，南方大範圍地區被太平天國所佔領，世人自身命運飄蕩無定。然國運亦多艱，英法聯軍沿海侵擾北上。一八六〇年十月，聯軍進入北京，火燒圓明園，咸豐帝逃離北京。咸同年間的紛擾，破壞的不僅是世人的安居生活，還讓世人們面對「國將不國」的困境。對咸同時代來說，這兩場交錯的戰爭成爲他們共同的「社會記憶」，或多或少地影響了他們，其如詞人蔣敦復言：「一朝

〔註 5〕 茅海建：《天朝的崩潰：鴉片戰爭再研究》，北京・生活・讀書・新知三聯書店，2005 年版，第 1 頁。

兵火，滿目山川，追憶舊遊，恍如隔世。」〔註 6〕緣何「一朝兵火」，即讓蔣氏有「恍如隔世」之感？這「一朝」到底有多久？哪些「兵火」交鋒？在對淮海詞人群體作詳細論述之前，我們必須對影響詞人生存軌跡的這段社會情狀做一梳理。

總體來看，雖然就戰爭本身而言，其基本的實質僅爲雙方軍事力量的對抗，但咸同之際戰爭其實不僅是軍事力量相較這麼簡單。從時間上看，咸同的「一朝兵火」持續了約十五年，「兵火」交鋒中，清廷、太平天國、英國、法國這些力量因利益互相牽扯、對抗，形成亂局。爲了較爲清楚地梳理這一階段的社會歷史背景，下文將分太平天國戰爭和第二次鴉片戰爭兩個部分展開。其中，我們將以對火燒圓明園這一歷史事件的探索，來展開咸同歷史背景對世人，尤其是士人的影響。

一、太平天國戰爭

一八五〇年，咸豐帝即位。後一年，洪秀全宣告創立太平天國。自封爲「天王」的洪秀全在接下來的兩年內，沿途吸納信眾，糾集太平軍自廣西向北進發。一八五三年，太平軍歷次攻下武昌、南京，並定都南京。其時，太平軍已有五十萬之眾。次年，曾國藩開始領導湘軍在湖南剿滅太平軍，並於同年奪回武昌。其後數年，湘軍和太平軍在武昌有持續的較量，武昌城也幾易其主。與此同時，太平軍在一八六〇年亦開始拓展其在江南的戰場，並於當年六月二日攻佔了蘇州。次年，湘軍攻克安慶，屠殺城中幸存者近一萬六千人，而忠王李秀成也在江南戰場中攻克了杭州。一八六二年，太平軍意圖攻克上海，在十月返回南京解南京之圍，攻打雨花臺曾國荃部。隔年，曾國荃拿下雨花臺，寧波、蘇州等地也漸次被收回。一八六四年六月一日，曾國荃攻下南京，洪秀全死，李秀成、洪仁玕死，太平天國戰爭結束。這

〔註 6〕蔣敦復：《芬陀利室詞話》，《詞話叢編》，北京・中華書局，1986 年版，第 3651 頁。

場歷時十四年的戰爭跨越了咸豐、同治兩朝，「至少有兩千萬人因爲這場戰事及它帶來的恐怖饑荒和瘟疫而喪命」。〔註 7〕據估計，江西、湖北、安徽、浙江、江蘇五省在一八五一至一八六四年間，人口共少掉約八千七百萬：其中五千七百萬人死於這場戰爭。〔註 8〕

戰爭緣何禍起，錢穆認爲，乾隆末葉，民變之事已數見不鮮，比如「乾隆三十九年王倫臨清之亂、乾隆十六年湘、桂苗變」，〔註 9〕另加上「吏治之不良」，再促成之於饑荒，便成此洪楊之禍了。而就太平軍的成員組成來看，這場禍患與第一次鴉片戰爭又息息相關。廣西在第一次鴉片戰爭中不僅依靠清軍與英軍作戰，還由政府雇傭鄉勇。戰爭結束後，被遣散的鄉勇許多僅能落草爲寇。不斷擴大的暴亂團體，並未得到政府有效的控制。同時，這些「社會集團」亦接觸到了許多「新思想」，並將其運用到與政府的生存鬥爭中，「這種新形勢首先在少數民族雜居的湘桂交界地區初現端倪」。〔註 10〕而這樣的團體，無論是在徵集賦稅還是維持地方秩序上，完全不受地方政府控制。而有清一代最大的社會叛亂亦孕育於其中。

由此看來，禍起出於社會情狀之必然，那麼太平軍緣何能蔓延至此等程度便是另一個問題。太平軍用以維繫政權運作、吸納信眾的「宗教」，便成爲回答這一問題的關鍵。錢穆指出，饑荒和崩壞的吏治會促動農民，卻無法組織農民，眞正要臨時將廣大農民組織起來，還是要「賴於宗教」，自東漢末年黃巾起義始，直到清代，十之七不得不賴於宗教之號召。〔註 11〕就宗教本身而言，每有族群之間的爭權奪利，宗教往往是同其他因素交織在一起的，比如種族、土

〔註 7〕〔美〕裴士鋒著，黃中憲譯：《天國之秋》，北京·社會科學文獻出版社，2014 年版，英文版自序。

〔註 8〕葛劍雄、侯楊方、張根福：《人口與中國的現代化：1850 年以來》，上海·學林出版社，1999 年版，第 109 頁。

〔註 9〕錢穆：《國史大綱》，北京·商務印書館，2012 年版，第 870 頁。

〔註 10〕費正清等編，中國社會科學院歷史研究所編譯室譯：《劍橋中國晚清史》，北京·中國社會科學出版社，2007 年版，第 259 頁。

〔註 11〕錢穆：《國史大綱》，北京·商務印書館，2012 年版，第 872 頁。

地、民族、權力等，很難評估其所佔的比重，但是即使「宗教在其中扮演的角色雖然不是決定性的，但始終是不可或缺的，即使只是配角而已」。〔註 12〕在某一族群分裂、各方衝突當中，宗教一般僅是用來「區別敵我」而已，但其效果卻是驚人的。所以群族相互之間的屠殺，無論是出於宗教本身還是其他的利益，宗教都是號召個體團結的重要內核。在中國，雖然天主教、新教等傳教已久，但是直到一八四六年，道光帝才眞正宣布基督教弛禁。〔註 13〕一八四七年，洪秀全的「上帝會」就已有約兩千名信徒了，其中以客家人居多。在基督教的基礎上，洪秀全還提出調和基督教與儒家傳統是完成改宗基督教的最好辦法，並將一切與清廷對抗的內容視爲教義。實際上，這個組織所體現的「少數民族集團的異己感與高度的思想的自覺」已經有效結合了。〔註 14〕除此之外，還有人將太平天國的宗教定義爲民族主義的自覺，認爲洪秀全移植來的教義讓社會中所積鬱的各種矛盾和不滿得以具體化。太平天國有《奉天討胡檄》，謂：「滿洲之眾不過數十萬，而我中國之眾不下五千餘萬。以五千餘萬之眾，受制十萬，亦孔之醜矣。」〔註 15〕錢穆將這個內容視爲一種種族革命的旗號。但正如上文所言，雖然太平天國的宗教性質具備一定意義上的自覺，但是其實質僅是爲了「區別敵我」。而「敵」所指的實則是不信奉太平天國所標舉宗教的所有人。在太平軍看來，他們所發起的戰爭是中國人反抗滿清暴政的戰爭，阻擋他們便是同暴君站在一起。〔註 16〕他們簡單的區分方法也可以從他們在各地的所爲看

〔註 12〕伊羅生著，鄧伯宸譯：《群氓之族：群體認同與政治變遷》，桂林·廣西師範大學出版社，2008 年版，第 206 頁。

〔註 13〕茅海建：《天朝的崩潰：鴉片戰爭再研究》，北京·生活·讀書·新知三聯書店，2005 年版，第 542 頁。

〔註 14〕費正清等編，中國社會科學院歷史研究所編譯室譯：《劍橋中國晚清史》，北京·中國社會科學出版社，2007 年版，第 273 頁。

〔註 15〕錢穆：《國史大綱》，北京·商務印書館，2012 年版，第 874 頁。

〔註 16〕〔美〕裴士鋒著，黃中憲譯：《天國之秋》，北京·社會科學文獻出版社，2014 年版，第 195 頁。

出。他們途徑各地，不僅「以教之名」擴大受眾，還裹挾良民，讓他們無家可歸、無產可依，唯有「追隨變亂的勢力」，〔註 17〕想什麼便劫掠去，並號稱「這些東西都屬於他們的『天父』」。〔註 18〕與此同時，他們會破壞佛教寺廟和一切有「清政府」或是「儒家」概念的建築。然而在他們拜神的場所裏，「房間裏沒有祭壇，也沒有什麼其他東西讓人看得出這是個宗教場所」。這麼看來，太平天國的「宗教」其實和他們的拜神場所一樣「空空如也」。通過他們簡單粗暴的行徑，我們也可以認爲他們之所以標舉「宗教」也僅是爲了「區分敵我」而已。「人遲早得選邊站，如果你還想當人」。太平天國在其所過之地，並未給幸存者們以信仰上的第二選擇。對世人、尤其是士人而言，在太平天國出現之後，哪怕身在禍亂中心，四下飄零、無處可落的士人大多選擇將原本根植於清廷統治的儒教傳統抱得更緊。詞人在此間多有亡國之感，可當其所要面對如此之「國」，以及如此的「宗教」，其苦痛無奈可想而知。

太平天國禍起於危機四伏的社會當爲必然，其宗教信仰的號召亦爲必然，除此之外，清政府本身的內憂之「必然」十分明顯。下文以清政府的兵政制度爲例略作論述。清政府的兵政制度下，依靠清軍在廣西境內蕩平匪軍也幾乎絕無可能。首先就清軍的職能安排來看，清軍不是純粹的國防軍隊，而是合員警、內衛部隊和國防軍三種職能爲一體的。這一職能直接決定了在戰爭發生時，清軍不可能全數參戰，而在這種情況下，要調集一支更爲機動的部隊蕩平「流寇」實在不易。其次，雖然清軍人數不少，但往往分散在各處駐守，在布局上十分分散。拿第一次鴉片戰爭中最強大的海軍力量福建水師來看，其共有五營，官兵 4300 餘名。其中一半兵力控制海岸防線，另一半則駐守艦船。海岸防線廈門島、鼓浪嶼島兩處共有 517 名兵丁，分別駐守 10

〔註 17〕錢穆：《國史大綱》，北京・商務印書館，2012 年版，第 872 頁。

〔註 18〕額爾金、沃爾龍德著，汪洪章、陳以侃譯：《額爾金書信和日記選》，上海・中西書局，2011 年版，第 145 頁。

處汛地、24 個堆撥以及廈門城四門、水操臺等 40 餘處地方。〔註 19〕僅在這個區域內，要集合到這分散在 40 處的 517 人都需要一定的時間，更不要說將這樣的情況擴及全國了。更何況在清代，就調兵速度而言，清軍更不佔優勢。據統計，鄰省調兵約需要 30 至 40 天，隔一二省約需 50 天，餘下則以此類推。〔註 20〕也就是說如果在一地發生叛亂或是民變，加之叛亂人數達到一定數量，清軍想要在本省範圍內鎮壓下去幾乎沒有可能。在英國使團馬戛爾尼乾隆時期的報告中，他們認爲在這種兵制下，中國是一個「不設防的國家」。錢穆說：「洪、楊起初不過兩千人，廣西一省額兵即二萬三千，又土兵一萬四千，乃不能蕩平，任其外潰。直至金陵，所過各省，無能阻者。」〔註 21〕由清代的兵制看，即使錢先生的資料毫無錯誤，依據所言兵力要「蕩平」叛亂仍還是很困難的。禍亂起時的兩千人幾乎相當於清軍兩個營的兵力了，但在禍起之地，是斷不可能有這麼多兵力駐守的。再反過來看清軍調兵的速度，這場禍亂「外潰」應該完全在意料之中。這一兵制的弊端已經在第一次鴉片戰中顯現，然又近十年，卻無任何改變。除此之外，雖然「國家收入，盡以養兵」，〔註 22〕但軍隊中的惡劣做派還是讓時人多有詬病。「今日之兵，或冊多虛具，則有額無兵，糧多冒領，則有餉無兵；老弱充數，則兵即非兵，訓練不勤，則又兵不習兵，約束不嚴則更兵不安兵」，〔註 23〕諸如這樣的奏議在清代繁多，往往歷數軍營中的各種亂象。當世之人往往痛恨軍營習氣，對清軍多作「武弁自守備以上，喪盡天良」之類的概括。

對一個歷史時期或是歷史事件而言，其必然是由各種因素組成

〔註 19〕周凱等纂：《廈門志》，道光十九年本，卷三「五營汛防」。

〔註 20〕茅海建：《天朝的崩潰：鴉片戰爭再研究》，北京・生活・讀書・新知三聯書店，2005 年版，第 59 頁。

〔註 21〕錢穆：《國史大綱》，北京・商務印書館，2012 年版，第 878 頁。

〔註 22〕錢穆：《國史大綱》，北京・商務印書館，2012 年版，第 837 頁。

〔註 23〕黃爵滋：《黃爵滋奏疏許乃濟奏議合刊》，北京・中華書局，1959 年版，第 36 頁。

的，而這其中也必少不了一些「陰差陽錯」。比如在戰中，讓英國真正決定在政策上放棄中立的原因，竟然是美國。一八六一年，美利堅邦聯（南方邦聯）在阿拉巴馬州創立，美國南北戰爭開始。由於美國戰爭的爆發，英國在中國的通商口岸重要性大增。中國尚未開發的領域成爲「可能挽救英國對外貿易免於垮掉的寶地」，英國也受形勢所迫，「開始重新評估過去耐心面對的中國變局的政策」。〔註24〕面對政治局勢幾乎相同的美國和中國，英國最終選擇了不參與美國的政局，放棄中國的中立，加入剿滅太平軍的行列中。一八六三年，英國派出了「英中聯合艦隊」。在當時的上海，這隻擁有「世上最快軍艦」〔註25〕的艦隊的唯一目的，即是消滅太平天國。在這段歷史中，如此的偶然不勝枚舉。一個時代有著其自身發展的「陰差陽錯」，對一代詞人來說，則更是如此。他們受制於時代，受制於時代中那些有意圖的他者，很多時候，他們也無法「一走了之」，只能被迫離開安穩的既定的生活，挺身衝進巨變之中，與此同時，他們偶然間的選擇也能改變他們自己的生命軌跡或一個時代的進程。

二、火燒圓明園

如果說太平天國戰爭中的偶然和必然打破了詞人的生存世界，讓其身世飄零，那麼英法聯軍等發動的第二次鴉片戰爭則撼動了他們一直以來堅持的看似堅固的精神世界。從咸豐皇帝自圓明園偷偷逃去紫禁城，繼而躲出北京的時候起，士人包括本文中的詞人們突然開始有了「國將不國」的感受。英法聯軍的暴行不僅止於將皇帝逼出北京，他們更是將咸豐帝深愛的自小長大的園地燒盡。可以說，戰爭的推進哪怕失敗都未必直接徹底摧毀國人的希望，但「夷人」在咸豐年間的

〔註24〕〔美〕裴士鋒著，黃中憲譯：《天國之秋》，北京・社會科學文獻出版社，2014年版，第250頁。

〔註25〕〔美〕裴士鋒著，黃中憲譯：《天國之秋》，北京・社會科學文獻出版社，2014年版，第329頁。轉引自 “The Anglo- Chinese Expedition”, The Times, May 8, 1863。

所爲則直接讓詞人們在其原本安穩的精神世界中開始四處飄零了。然而緣何第一次鴉片戰爭以及一八五八年的戰役中並未鬧到如此田地，火燒圓明園到底有無可能避免？士人們爲何會被戰爭中的這一個事件觸動、震慟，繼而開始廣泛地尋求「變」的可能和方法？對這一事件的大致梳理和分析，可以給我們答案。

火燒圓明園發生在一八六〇年，在其前四年戰爭其實早已開始了。在以「亞羅」號爲藉口以後，英法聯軍迅速發動戰爭，並於一八五七年炮轟，佔領了廣州。隨後額爾金率領艦隊一路北上，至一八五八年，攻破大沽要塞，入侵天津，並於同年簽訂了《天津條約》。一八五九年，額爾金的弟弟卜魯斯再次試圖進京換約。僧格林沁所率部眾這一次在大沽未有退縮，並讓英國艦隊遭受了重創，卜魯斯換約失敗。隔年，英國再派額爾金率聯軍入京。幾經戰役，額爾金及聯軍入侵北京，火燒圓明園，並簽署了《北京條約》。

在英軍統領額爾金看來，圓明園似乎「非燒不可」。雖然這一暴行在英國國內也引起爭論，但他在一次皇家藝術院的演講中並未妥協，同時堅持認爲「凡是爲王室效命、身負重大職責之人，在必須做出這項決定時，都不會遲疑」。〔註26〕在他看來，他做出這一決定的原因有二，其一是爲了盡快結束戰爭，讓中國、本國結束這一災難；其二是，圓明園是中國皇帝的至愛，燒了圓明園才能雪恥前一次的大沽重創，爲死難的將士報仇。對額爾金來說，第一個原因是他「美好的說辭」，第二個原因倒是實實在在。他早已對中國人和皇帝「不耐煩」。在他看來，清朝政府同其一八五七年圍統天津時，幾乎沒什麼兩樣。在日記中他總是提到「種種情勢表明北京的朝廷在欺詐我們」，「中國人還是老樣子，他們的炮彈不比之前準確多少」，「我們不靠近北京，這個政府還是不明就裏」。〔註27〕除此之外，咸

〔註26〕〔美〕裴士鋒著，黃中憲譯：《天國之秋》，北京·社會科學文獻出版社，2014年版，第167頁。

〔註27〕額爾金、沃爾龍德著，汪洪章、陳以侃譯：《額爾金書信和日記選》，上海·中西書局，2011年版，第156頁。

豐帝偷襲巴夏禮等隨從人員的事件等，讓中國和這個皇帝一次次地突破他對於中國最壞看法的底線。同時，他也對皇帝的禮節要求「不耐煩」。一八六〇年，當額爾金的部隊已經駐紮京外，載垣和穆蔭急於求和時，在談到額爾金見咸豐帝是否要叩首這個問題時卡住了。這個問題不是咸豐帝第一個遇到。一七九三年，乾隆帝接見英國使團時，便要求馬戛爾尼行跪拜禮。雖然最後英國使團勉強行禮了，但最終沒能與乾隆帝交談並達成在貿易通商等問題上的共識。第一次鴉片戰爭時，道光帝也面臨過同樣的問題。直到這一次，額爾金認爲他們無需多言，並完全有辦法用武力解決這個問題。除了兩點「不耐煩」之外，額爾金燒毀圓明園可能還有另一層原因，便是英法聯軍在入侵圓明園之後，已經將園內的珍寶搶掠一空，如果此時將圓明園燒毀，便無法追索珍寶了。〔註 28〕但是這樣的原因額爾金也是不會說出口的，取而代之的是他的宏願：完成了他們所能完成的目標之後，我們在那個國家的事業也才剛剛開始……但建設那個國家的宏偉任務依然在等待著我們。〔註 29〕

雖然額爾金燒毀圓明園的藉口僞善，但是他對於圓明園的意義全然沒有看錯。圓明園對於清帝的重要性在乾隆之後與日俱增。自雍正起這個皇家園林就變成了另一處聽政之處。很多時候，皇帝除了祭祀、狩獵等活動之外，甚至大部分時間是居住在圓明園中的。咸豐帝自然也不例外。他出生、成長在圓明園，更在登基後長居圓明園。一八五二年，太平天國騷亂不定，咸豐帝下詔罪己的懲罰方式便是，取消自己在圓明園里居住。但是「罪己」沒有維持多久，他便又回到圓明園中。〔註 30〕除此之外，在聯軍焚燒圓明園之後沒多久，咸豐帝便

〔註 28〕汪榮祖著，鍾志恒譯：《追尋失落的圓明園》，北京・外語教學與研究出版社，2012 年版，序。

〔註 29〕額爾金、沃爾龍德著，汪洪章、陳以侃譯：《額爾金書信和日記選》，上海・中西書局，2011 年版，第 251 頁。

〔註 30〕汪榮祖著，鍾志恒譯：《追尋失落的圓明園》，北京・外語教學與研究出版社，2012 年版，第 249 頁。

在熱河英年早逝。其傷悼圓明園的痛心和失落與其早逝不無關係。雖然園外的「夷人」看清了清朝的皇帝，然而清朝皇帝卻未曾對這些「夷人」引起足夠重視。在一八六〇年英法聯軍佔領圓明園的時候，乾隆時期馬戛爾尼贈予的兩門山地榴彈炮依然「安靜地擺在正大光明殿附近的建築裏」。這麼來看，繼乾隆以後近百年，在第一次鴉片戰爭之後，火燒圓明園便是又一次中國人爲沒能弄清當時國際政治中國與他國之間的交涉關係，而付出的代價。

但事實上，聯軍焚燒圓明園這一暴力行徑，不僅讓中國的皇帝痛心不已，也讓當時世界上關切文化的人爲之震驚。雨果將這一惡行歸爲額爾金家族的「一脈相傳」。因爲額爾金的父親曾從希臘劫走很多大理石雕像，他諷刺額爾金爲「文明就是這樣對待野蠻的」。〔註 31〕但非常遺憾的是，哪怕是這樣言辭抗議，都僅限於一個文明的遺產被毀壞了，而均無抗議中國受到影響和傷害之意。更有研究發現，雨果曾在一封 1865 年 3 月 23 日的短箋中表示，他曾經從英國軍官那裡購買了大量的中國絲織品，而這些絲織品都是從圓明園裏流出的。〔註 32〕與戰爭漩渦之外的文化之士相較，當時中國的世人、特別是士人，從來不認爲這個行爲只懲罰了咸豐帝。幾乎所有的士人都因此而感到屈辱。〔註 33〕在士人的眼裏，這一暴行幾乎與改朝換代同等惶恐。這也成爲他們一代人最爲痛心的共同記憶。其時之人也多有記載。如翁同龢日記載：「初五日，午後，西北方煙氣徹天。夷人忽以監斃六人爲詞，於二百萬外，又索五十萬。宣言：若不先償此費，即拆毀宮觀園林，併合百姓，不免傷害等語……初六日。晴，煙焰未熄，乃三山宮殿及高明寺被焚也。」〔註 34〕在翁同龢的記載中，聯軍似乎不單純

〔註 31〕〔美〕裴士鋒著，黃中憲譯：《天國之秋》，北京·社會科學文獻出版社，2014 年版，第 179 頁。

〔註 32〕陳增厚：《雨果和圓明園》，《僑報》，1997 年 7 月 14 日，第 33 版。

〔註 33〕汪榮祖著，鍾志恒譯：《追尋失落的圓明園》，北京·外語教學與研究出版社，2012 年版，第 361 頁。

〔註 34〕齊思和編：《第二次鴉片戰爭 2》，上海·上海人民出版社，1978 年版，第 98 頁。

是爲監斃的六人報仇，其「又索五十萬」的貪婪之心畢現。又，李慈銘日記載：「昨日戰又敗，僧邸退屯德勝門，兵潰去者三萬，夷人至西直門。聞恭邸逃去，夷人據海淀。夷人燒圓明園，夜火光達旦燭天。是夕城中人見火光大恐，貴官多易服，率其家室，四處求竄，達旦不止，號哭之聲聞於遠近。……慘變至此，可謂長慟。」〔註 35〕李氏所載多爲當日城中之慘狀。前後數日，聯軍不僅焚毀了圓明園，也旁及園區周在的民居。百姓四散，貴官易服出逃。又有「北日見煙起。緣夷人到園後，先將三山陳設古玩盡行擄掠一空，後用火焚燒」〔註 36〕等，不一而足。有的人也發出了「夷兵不過三百馬隊耳，如入無人之境，眞是怪事」的感慨。每有如此記載，必都有痛苦之感流露，如李慈銘所言長慟之感，隨處可見。王權詩云：「嗚呼雲路迴，懷憒誰能詢！……傷哉三百年，伏火竟難熄……今也無此時，望古空垂涕。」〔註 37〕其時，士人之痛是這幾句詩言之外的我們所無法體會的。一個精神標誌的喪失讓士人們徒增了茫然無助之感。王闓運曾作《圓明園詞》將前朝圓明園之盛況悉心描述，作「鼎湖弓劍恨空還，郊壘風煙一炬間。玉泉悲咽昆明塞，惟有銅犀守荊棘」之語。王氏在同治年間曾進入廢園，所見殘垣斷壁，故發此感。一八六〇年大火綿延數日，昆明湖底亦因爲大火沉澱了一層厚厚的灰燼。由此湖中矽藻滅絕，整片湖區亦遭受了污染。此即王氏所言「玉泉悲咽昆明塞」。當郊壘風煙散去，惟有乾隆年間的銅犀流落草間。王氏雖多作景物的描摹，但其中失落之感可想而知。他既感慨如此災禍，世事萬千，亦在慨歎時年咸同帝未採納其移都之言。除了失落滄桑之感，在士人中，因該事件引起思考，力圖求變者亦不在少數。據陳寅恪載：「咸豐之世，先祖亦應進士舉，居京師。親見圓明園干霄之火，痛哭南歸。其後治軍治

〔註 35〕齊思和編：《第二次鴉片戰爭 2》，上海・上海人民出版社，1978 年版，第 124 頁。

〔註 36〕吳可讀：《吳可讀文集》，臺北・學生書局，1978 年版，第 12～13 頁。

〔註 37〕齊思和編：《第二次鴉片戰爭 2》，上海・上海人民出版社，1978 年版，第 526 頁。

民，益知中國舊法之不可不變。」〔註 38〕在陳氏看來，親見圓明園大火之痛，直接刺激了陳寶箴日後治軍、求變的想法。而這些思考，均引起了咸同時期的思想文化中的變化。下文將對這一部分進行論述。

然就圓明園這座皇家園林來看，它的命運似乎和近代中國史契合了。雖然經歷了災難，同治帝還是做出了偷偷重修圓明園的決定，甚至不惜重金從貴州運送木材到京師。然而一九〇〇年，八國聯軍入侵，並展開了比上一次更兇殘的搶掠。聯軍對圓明園的破壞，「並不下於 1860 年的那把大火」。〔註 39〕那些用萬里而來的珍貴木材建成的建築，被侵略者拆破，在冬天時用卸下的木門窗框燃燒取暖。這座園林就這樣又一次慢慢消失了。

第二節　士子與時代：咸同時期文化思想背景

一代思想的構成與時代緊密關聯。在思想活動的不斷碰撞中，帶有時代特點的文化、學術漸次產生。十九世紀中葉，伴隨著西方的入侵，西方的思想和文化也開始正式向傳統儒學思想發起挑戰。世事的衝擊和新思想的進入，讓中國的傳統文化和學術都發生了巨大的改變。與此同時，原本文化學術風氣盛行的江浙兩省頻遭戰火侵擾。曾經的江南考據學派這一學人共同體最終在太平天國戰爭和第二次鴉片戰爭的歷次打擊中四散衰落。雖然這一時段的士人未能最終達成某種思想上的超越或是文化上的盛景，但是，我們還是可以看到清代士人在流落四處、身處險境的同時對於學術的不輟追索。

一、傳統還是「西化」：士人的矛盾選擇

咸同年間，中國的傳統學術幾乎每一門都在發生著微妙的變

〔註 38〕陳寅恪：《寒柳堂集》，北京・生活・讀書・新知三聯書店，2009 年版，第 167 頁。

〔註 39〕汪榮祖著，鍾志恒譯：《追尋失落的圓明園》，北京・外語教學與研究出版社，2012 年版，第 361 頁。

化。士人們身處戰亂中，往往爲了應付混亂局勢而重新展開對傳統的探索，或對傳統經典作新的詮釋，或是另闢門徑尋求時代、社會和個體的出路。據現有史料看，太平天國的「新宗教」和文化教義雖然可以集聚很多社會底層的農民，但是並未對各個階層的士人產生影響。即使是社會中下層的士人也並未受其蠱惑。這是因爲士人的思想基礎往往根植於儒家傳統之中，他們以歷代儒家經典和科舉制度爲取徑，不論所處社會階層如何，他們所向往的知識或是官職都是在儒家統治系統中的。而這些「知識人」所賴以生活的不僅是每日的衣食生活，還有在清廷統治下的儒家精神世界。在錢穆看來，「洪、楊最先用以愚民的旗幟，他們並未悟到早已向全民族傳統文化樹敵。」〔註 40〕從這個層面上看，太平天國不僅無法用他們的「新宗教」凝聚、控制士人階級，反而起到反作用力，讓士人們在流落中更加珍惜原先那個安穩的儒家傳統。被迫流散的士人們在各處以儒家傳統的信仰凝聚。

和太平天國戰爭相比，第二次鴉片戰爭給當時士人的思考是完全不同的。太平天國戰爭讓原本在儒家文化傳統中人具備了一種向心力，士人個體都在信仰的層面不斷向這個傳統核心靠攏。而第二次鴉片戰爭中，聯軍對中國歷次的侮辱，讓士人個體在震慟的同時開始依據各自軌跡尋找拯救之道。在他們的思想體系裏，拯救儒家傳統、拯救清朝政府和拯救社會或是中國的概念是合一的。而在這一階段，士人個體看似分散的軌跡實際上仍然沒有放棄追索、拯救儒家傳統的軌道，各人各法，卻是殊途同歸。

也正是因爲如上的情狀，中國文化傳統才未在這亂世中斷裂，只不過由於清朝政府猝不及防的系統失序，「一時失去了自我調節的能力，以致有近二百年的顚簸蹣跚」，慢慢與其他的文化「產生共同性」，經過不斷的融合，依著自己的軌跡逐漸發生著變化。〔註 41〕中國史學

〔註 40〕錢穆：《國史大綱》，北京·商務印書館，2012 年版，第 880 頁。

〔註 41〕許倬雲：《說中國》，桂林·廣西師範大學出版社，2015 年版，第 4 頁。

界往往將近代以來的每一次文化思想上的變化都歸結爲對「西方帝國主義的回應」，而往往因爲「回應」不當使得中國的危機越陷越深。然而這一觀點遭到了余英時的置疑。他指出，如果這樣的發展被當做是「回應」的話，那麼「中國文化當然也就只能成爲被『化』的對象了」。實際上中國近代史中的政治、經濟、思想等每一個方面都顯示出了其內在發展的軌跡，並不是能單純以「回應」論。〔註 42〕在余氏看來，中國的士人有著「內向超越」的特質，即他們「自始就以超世間的精神來過問世間的事」，在此基礎之上，士人往往非常注重「個人的精神修養」。與「道」、「理」都在上帝、耶穌的「外在超越」不同，「內在超越」要求個體對於其生活的世界來說必須有意義，並賦予個體以責任和擔當，而完成責任則需要個體具有「精神修養」。在一個傳統格局的社會中，在一個對自己有要求的「內向超越」的士人看來，富足自身的「內心修養」是其唯一的出路。

這兩個特質，讓我們可以更好地理解爲何咸同時代的知識人在面對國難時候會如此悲痛。這並不是過激的反應。在他們看來，之所有會有太平天國戰爭和火燒圓明園的悲劇，是因爲他們沒能發揮好一己之力，未讓現世按照平穩的「道義」發展，比如王闓運在《圓明園詞》中的感慨即是直指咸豐帝未聽其建言。進而，往往他們會怪罪自己修爲不夠。在這個狀態下，尋找出路也是解決「修爲不夠」的方法。由此，在各個層次、階級上的士人開始以他們所有的修養來重審這個他們生活的世界，並力圖改變它。但是當他們開始重新審視的時候，在他們的面前不僅有儒家傳統這一個選擇，還有逐漸湧入的西方思想文化。從而一種「羨憎交織」〔註 43〕的矛盾心態便會出現在士人身上。這一心理狀態有兩個社會基礎：其一是「一個民族（或個人）自認對

〔註 42〕余英時：《現代危機與思想人物》，北京·生活·讀書·新知三聯書店，2012 年版，第 45 頁。

〔註 43〕余英時：《現代危機與思想人物》，北京·生活·讀書·新知三聯書店，2012 年版，第 51 頁。

於它所企羨的對象基本上是平等的」；其二是，他們現在實際上是處於不平等的狀態。從咸同時代來看，中國知識人面對西方文化的處境正是這樣。而這一心態也直接影響了當時士人在儒家傳統和西方思想中的選擇。對於士人們來說，按照他們「內在超越」的特質，他們必須解決所處世界的問題，顯示出一個知識人的承擔和能力，但是全然去傳統裏找答案，似乎也尋不出什麼方法。而此時「西化」的第二選擇開始引起他們的思考，比如馮桂芬。他的《校邠廬抗議》其中首篇即是《采西學議》，並將其中數學及自然科學等學問視爲「諸國富強之術」。與直接向西學求索不同，有些人開始產生了對儒家傳統的逆向思考。比如汪士鐸所言：「立太公、周公、孔子於上，而以韓、申、商，又輔以白起、王翦、韓信，配以管仲、諸葛，則庶乎長治久安之道矣。」〔註44〕這是汪梅村在太平天國禍亂中的日記所載。在他看來，儒家之學對當世來說，已可以說是「無用之學」了，儒家只講究禮、仁，無法抵禦外敵，也無法經世致用。而如汪氏想法一般的士人，當時不在少數。對這些人來說，他們不是爲了要反叛清代政權或是推翻儒家傳統，而僅是爲了維護當世之「道」，平叛當世之「亂」，故發此論。他們聲討儒家傳統，是爲了完善這一道統，從而建立一個平穩的仍在這個傳統中的新世界。

上面我們梳理了咸同時期士人選擇的心態。從中，我們可以發現，這一時期的士人已經開始面對儒家傳統和「西化」思想這兩種選擇。擁有「內在超越」特質的士人，開始在面對儒家傳統的同時，思考「西化」思想這一選項，並開始嘗試使用「西化」思想來解決他們需要「內在超越」的儒家傳統。這一矛盾的狀態，也是咸同士人的思想狀態基礎。而這種矛盾心態和選擇，往往多在其學術風向和選擇中體現。

〔註44〕汪士鐸：《乙丙日記》，臺北・文海出版社，第82頁。

二、咸同時代的學術面貌

自咸豐年太平戰亂始，清代學術發展便被徹底打亂了。一八五三年太平天國佔據南京之後，江浙一帶原本呈集聚狀態發展的文化學術被完全打散。文化、思想的發展不僅要賴以一代學人的努力，還要有一個相對穩定的環境。而在太平天國輾轉江南的十四年裏，這一條件也喪失了。文人修身的典籍散佚，藏書樓、書院等都遭到不同程度的破壞，科舉考試也陷於癱瘓之中。「學問」不是彼時士人生活的首要目的，「活著」變成他們生活的目標。上文已經提到，太平天國所標舉的「宗教」是為了區別敵我，因而他們對他們需要破壞的東西其實沒有明確的標準。凡是有清廷統治痕跡的、有儒家傳統內容的，都變成他們破壞的目標，因而，大量對清廷有著文化意義的藏書樓、寺廟遭受太平軍的攻擊。咸豐十一年，太平軍再度攻陷杭州，藏有《四庫全書》的文瀾閣失於保護，閣塌書散。而其附近的靈隱寺也毀於戰火。除了杭州之外，揚州在一八五三年被太平軍攻陷之後，也再沒能恢復其在中國學術和文化界中的地位。在這個過程中，士人們喪失的不僅是可以閱讀的著作和安穩的環境，他們自己的研究成果和生命都在遭受著噩運。〔註 45〕章學誠的許多未刊手稿在這場戰爭中散佚；《經訓堂叢書》書版等被毀壞；趙烈文在舉家避難時，雖然特意對書籍多加保護，但是還是有所散佚。

而這一時期的學術風貌也與前代大不相同。戰火不僅阻斷了義理考據原本的通途，還讓很多士人認為「經世致用」的學問應運而生。陳澧在同治年間提出「士大夫之學」和「博士之學」的分別，宣導經世。他指出「近人幾無士大夫之學，士大夫之學，更要於博士之學，士大夫無學，則博士之學亦難自立矣。」〔註 46〕他將前代的專學作「博士之學」比，以之專狹而不能通世變，進而提出「士大夫之學」，希

〔註 45〕〔美〕艾爾曼著，趙剛譯：《從理學到樸學：中華帝國晚期思想與社會變化面面觀》，南京・江蘇人民出版社，1995 年版，第 173 頁。

〔註 46〕陳澧：《與胡伯薊書》，《東塾讀書記（外一種）》，北京・生活・讀書・新知三聯書店，1998 年版，第 344 頁。

望「士大夫」不僅可以發展出「觀大意」、「存大體」的通識學問，也可以承擔起社會的責任，爲社會所用。雖然時人多作經世的論調，但是所論經世大體相同。同時，士人在流索中，常於鄉野之間感受到儒家的根本侷限。汪士鐸在避難於陳墟橋蔡村時，發現通村千餘家中，「四書五經殆如天書，古或有之，今亡矣」，同時竟然連一本官曆都沒有。他發現相較艱澀的儒書，戲文和小說的宣傳和感染能力要強得多，對村民來說，儒術的政治掌控和宣導作用幾乎沒有。與此同時，在鄉野之間，一種民族主義的情緒也在慢慢產生。據汪氏的觀察，「夷人」開始慢慢成爲閒談的話題。

在經世和民族思想的影響下，學人所治的學問、治學的方法等都發生了變化。在經世之風的宣導下，很多在以前未被重視的學問門類也變成了這個時代的治學潮流，比如「既超越內地十八省空間，也超越三皇五帝、漢唐宋明」的「四裔之學」。〔註 47〕從民族主義的角度來看，重視這一學問，也是學人們在努力探索國界、主權等問題，並自覺產生「國家」意識的開始。而王國維所論「道、咸之學新」，其「新」學即也包括這一學問。雖然這不是一門新的學問，但是在咸同時代這一學問出於世事壓力成爲了「顯學」。與此同時，西人、西法的出現，也讓這一學問有所擴大了，傳統的「中國」的空間之外更有一個「西域」需要士人去探索。

如果說中國已經爲沒能弄清當時的國際關係而付出了兩次戰爭的代價，那麼這一時期的對史地之學的追索，便是時人一種試圖彌補的方法。也是中國學人首次面對「領土」、「邊界」等概念。其時，「塞防」、「海防」等詞語已經開始出現在兵政的論討中，對於「邊疆」概念的自覺也開始發生。雖然時人不懈努力，但是由於其心態和出發點之矛盾，所以很可惜在這個時代，他們並沒有把這一門學問做得像上一代「考據之學」那樣好。雖然有「士大夫之學」的宣導，時人也無

〔註 47〕葛兆光：《宅茲中國——重建有關「中國」的歷史論述》，北京・中華書局，2011 年版，第 247 頁。

法將這一門史地之學與政治、思想相聯繫。這可以從中國士人對當時日本的態度看出。歐洲侵略者的強大讓我們開始關注到他們的「西域」，然而我們對日本、朝鮮等地依然抱著不齒的態度。雖然有學者如薛福成會論到日本「仿行西法，頗能力排眾議，凡火輪、舟車、電報及一切製造貿易之法，稍有規模，又得西人之助，此其自謂勝於中國也」，〔註 48〕但他又在其後表示「自強之權在中國，即所以懾服日本之權，亦在中國」。在當時，與薛福成抱有同樣想法的人不在少數。這種觀點從「事後學術史」〔註 49〕的角度來看實在有些狹隘。而在狹隘視野下無所發展的這一學問也在曇花一現後未能再有後效。除了四裔之學，時人並未放棄對傳統儒家學問的探索。方東樹在考據末期曾談到：漢學諸人言言有據，字字有考，只向紙上與古人爭訓詁形聲，傳注駁斥，援據群籍，證佐數千百條，反之身已行心，推之民人家國，了無益處，徒使人狂惑失守，不知所用，然則雖實事求是，而乃虛之至者也。〔註 50〕雖然方東樹所指實事求是，要有所用，並非均指時務，但是從中我們也可以看出考據學階段末期的變化。即士人在時代將變時，對他們所從事研究的拷問。而這樣的「求實」的風氣也延續到咸同時代學人中。

在這一時代，引領學術之盛的人物便是曾國藩。他在掌握當時清朝生命大權的同時，不輟治學，一主當時學風。錢穆論此間學術時特別提到了他：「曾國藩雖在軍中，隱然以一身任天下之重。網羅人才，提倡風氣，注意學術文化，而幕府賓寮之盛，冠絕一時。」〔註 51〕曾國藩的幕府之盛是最為後人所道的。在太平天國戰爭中，清朝科舉在江浙停擺，時官員拔擢和任命往往依靠推薦制度。在曾國藩的推薦

〔註 48〕薛福成：《薛福成選集》，上海・上海人民出版社，1987 年版，第 533 頁。

〔註 49〕葛兆光：《宅茲中國——重建有關「中國」的歷史論述》，北京・中華書局，2011 年版，第 249 頁。

〔註 50〕方東樹：《漢學商兑》，上海・商務印書館，1937 年版，第 15 頁。

〔註 51〕錢穆：《國史大綱》，北京・商務印書館，2012 年版，第 882 頁。

下，很多有志之士在其引薦下主掌一方。這些江南名士往往能帶動起所在地區的一方學術之盛。同時，在曾國藩幕府中，也有很多有識之人，因而在其周圍也醞釀出一方的學術。這其中亦包括下文即將討論的部分詞人，因此有關曾氏幕僚和學術的探討，我們將在下文中進行詳細探索。

在戰亂平息後，曾國藩接管南京後又開辦書院，招李善蘭、張文虎、趙烈文等江南通儒至書院，將經學、小學乃至數學等學問的大家匯聚一堂，逐漸讓漸漸失落的學術回暖。在他的宣導和啓發下，各地書院又重新開始興起。戰後學術回暖還體現在學校的興辦。雖然「首先創設之學校，大抵不外乎以養成翻譯與軍事之人才爲主」，但是這些學校的設立不僅慢慢將學風重新樹立起來，也培養了大批人才，繼而投入治學當中。在咸同年間興辦的學校如京師同文館。是館雖然在同治元年始辦之初「止教授各國語言文字」，卻在同治六年有了「議於館內添設算學館」〔註 52〕討論。另如李鴻章也奏請開辦上海方言館。是館於同治二年設立。或如福建船政學校等，不一而足。

第三節　浙、常兩派的交替：咸同兩朝的詞壇背景

在咸同兩朝前，縱觀詞壇，各家所崇雖略有不同，但大部分還在浙西詞派的影響之下。在這期間，詞壇的「改革」意識十分濃厚。許多對前期詞壇的討論和糾正的聲音出現，個體多做各自的探索，整體上呈現多元局面。從地域上看，詞壇的重鎮還在江南。在浙西詞派還頗具影響的時候，常州詞派日漸興起，與此同時，吳中地區也在戈載等人的影響下逐漸自成一派。從浙派、常派兩大詞派的各自發展來看，浙派在嘉道時期已經漸趨消散，特別是道光年間，浙西詞派漸漸消弭、引發旁支如吳中詞派等，但其在江浙兩省以外的地域裏還是頗爲盛行。常州詞派雖然興起於咸同前，浙派漸消之時，但是此時的常

〔註 52〕錢穆：《國史大綱》，北京·商務印書館，2012 年版，第 896 頁。

州詞派並未能夠廣爲流傳並被詞壇接受，在龍榆生看來，只是其接受過程中的一個「小高峰」而已。〔註 53〕

浙西詞派雖然在嘉道時期已經漸入末流，但是在文體自身發展慣性的影響下，在浙派嬗變衍發出的藝術生命力中，其還是在道光時期緩步發展著。浙西詞派自朱彝尊始，歷經康熙、雍正、乾隆、嘉慶，可謂是清詞史上「衍變時間最久的一個流派」〔註 54〕。浙派發展到晚期，仍有嬗變。吳錫麒和郭麐兩人成爲浙派餘響。吳錫麒可謂是浙派晚期嬗變的「先聲」。吳氏嘗言：「身居西浙，謠詠蘋洲；家近南湖，履綦玉照。慕竹垞之標韻，緬樊榭之音塵。竊謂字脆則滯音，氣浮則滑響，詞俚則傷雅，意褻則病淫」。〔註 55〕由此可見吳氏對浙派竹垞的追崇。在《銀藤詞序》中，吳氏有言：「倚聲之道，雅正爲難。質實者連蹇而滯音，浮華者苛縟而喪志」，並反覆強調「情慾其幽，而韻欲其雅」。〔註 56〕其上兩種論調，均爲在浙派「清空雅正」的原則中所作論述。而論及浙派晚期的嬗變，大體是「由密返疏，變艱澀爲流利，並以情趣來調劑一味講雅潔的空枵」。〔註 57〕吳錫麒所言「窮而後工」便是修正前代浙派觀點的。他在《張淥卿〈露華詞〉序》中指出：「昔歐陽公序聖俞詩，謂：窮而後工。而吾謂惟詞尤甚。蓋其蕭寥孤奇之旨，幽瓊獨造之音，必與塵事罕交，冷趣相洽，而後託么弦而徐引，激寒吹以自鳴，天籟一通，奇弄乃發。」〔註 58〕其中「蕭寥孤奇」便是吳氏對「窮」的解釋。他將孤寒之士之「窮」引申出「冷

〔註 53〕龍榆生：《龍榆生詞學論文集》，上海·上海古籍出版社，1997 年版，第 389 頁。

〔註 54〕嚴迪昌：《清詞史》，南京·江蘇古籍出版社，1999 年版，第 436 頁。

〔註 55〕吳錫麒：《佇月樓分類詞選自序》，《有正味齋駢體文》，嘉慶十三年家刻本，卷八。

〔註 56〕吳錫麒：《銀藤詞序》，《有正味齋駢體文》，嘉慶十三年家刻本，卷二。

〔註 57〕嚴迪昌：《清詞史》，南京·江蘇古籍出版社，1999 年版，第 438 頁。

〔註 58〕吳錫麒：《張淥卿〈露華詞〉序》，《有正味齋駢體文》，嘉慶十三年家刻本，卷八。

趣」，並以「天籟」之性情論來規範造詞構想。除此之外，吳氏還有「正變」之論，將詞之派分爲「幽微要眇之音」和「慷慨激昂之氣」。這其中他同樣講求性情，作「性情不居，翩其反矣」之語，同時認爲「一陶並鑄，雙峽分流，情貌無遺，正變斯備」。在嚴迪昌看來，「變易之兆」在吳錫麒這裡出現了。吳氏所求之變，在其詞作中也可窺見，如「桑徑人稀，吳蠶才動，寒倚一梯煙」（《少年遊》）、「行旅，亂山去。問酒肆誰家，冒寒沽取？任落葉呼風，吼聲如虎」（《無悶・出古北口》），等均在純雅中有清新的情趣。王闓運論其詞云「數百年來，浙人詞爲正宗，天下莫勝也。至本朝二百餘年，共推成容若，吳穀人」，〔註 59〕陳廷焯也作「乾、嘉之際，吳穀人一時獨步」之語，稱其「純雅中而有眉飛色舞之致，當與竹垞把臂入林」。〔註 60〕雖然譚獻謂其「骨脆才弱，成就甚小」，但其在浙派晚期的嬗變中還是能獨當一面的。在吳錫麒之後，嘉道間又有郭麐爲浙派的晚期嬗變作了貢獻。郭麐同樣明確表示推崇朱彝尊，其如「本朝詞人，以竹垞爲至，一廢草堂之陋，首闡白石之風」（《雜著卷一》）、「國初至最工者，莫如朱竹垞，沿而工者，莫如厲樊榭」（《夢綠庵詞序》）。〔註 61〕然而，雖然他如此推崇竹垞，但是其仍可以做到「一代有一代之作者，一人有一人之獨至」，不落窠臼，對浙派的弊病有深刻的認識。他曾批評浙派晚期之流：「後之學者，徒彷彿其音節，刻畫其規模，浮遊惝恍，貌若玄遠。試爲切而按之，性靈不存，寄託無有，若猿吟於峽，蟬嘒於柳，悽楚抑揚，疑若可聽，問其何語，卒不能明。」（《梅邊笛譜序》）在他看來，後之學者僅就「音節」和「規模」進行仿造，卻不究浙派之源流，不問詞之「性靈」和「寄託」，最後都不明其理。如此個性的言論也將浙派後期的弊病一語道破。郭氏繼而又論：「是在學之者之

〔註 59〕王闓運：《湘綺樓詩文集》，長沙・嶽麓書社，1996 年版，第 390 頁。

〔註 60〕陳廷焯著，屈興國校注：《白雨齋詞話足本校注》，濟南・齊魯書社，1983 年，第 838 頁。

〔註 61〕郭麐：《靈芬館詞話》，《詞話叢編》，北京・中華書局，1986 年版，第 1503 頁。

心思才力，足以與古相深而能自抒其襟靈，方爲作者。其有謂當以忠孝立意而流連光景者不足與，或又謂必其聲調合乎大晟之譜，皆謬論也。」(《桃花潭水詞序》)「與古相深而能自抒其襟靈」與其「一代之作者」和「一人之獨至」相互應證。在這其中，他指出了「變」的道理，突破了浙派「正」的藩籬，認爲塡詞不僅要講求性靈，還要找尋古之「感慨所由」，繼而「自己而出」。類似這樣的詞論正是郭麐其不蹈前弊，另闢蹊徑的地方。而他的創作也與其論幾乎相合。雖然「其體屢變」，但是其作往往清靈，獨具個性，「愈淡愈妙」。如「似儂曾到。只三兩人家，看來都好。柴門小。芙蓉無數，一時紅了」語，在吳衡照看來「惟其不著色，所以爲高」。又其「濛濛絲柳不藏秋。隱隱疏簾不上鉤。見說年年愛遠遊。一重樓，兩點眉山相對愁」，陳聲聰評有「神味極似竹垞」〔註62〕之語。

在吳錫麒和郭麐嘗試革新浙派之後，戈載等吳中詞人開始活躍在道光詞壇。譚獻曾提到「嘉慶以來五十六年，南國才人，雅詞輩出，不僅常州流派。大都取材南宋，婉約清超，拍肩挹袖」。〔註63〕吳中詞人群體和浙派的關聯還是十分緊密的。總體上來看，他們對於詞有著醇雅的要求。這是他們承襲浙西詞派的部分。戈載在《宋七家詞選》中頻有此論，如論玉田詞：「仇山村稱其『意度超元，律呂協洽』，是眞詞家之正宗。塡詞者必由此入手，方爲雅音」，〔註64〕如論姜夔詞：「白石之詞，清氣盤空，如野雲孤飛，去留無跡。其高遠峭拔之致，前無古人，後無來者，眞詞之聖也」。〔註65〕吳中詞人雖然宗法浙派，但是在論及流派歸屬時候，吳中詞人卻往往不作「浙派末流」論，而以「吳派」來論。朱綬曾云：「本朝詞學，

〔註62〕孫克強、楊傳慶、裴喆編：《清人詞話》，天津·南開大學出版社，2012年版，第1081頁。

〔註63〕譚獻：《復堂詞話》，《詞話叢編》，北京·中華書局，1986年版，第4017頁。

〔註64〕戈載：《宋七家詞選》，光緒十一年（1887）刻本，卷七。

〔註65〕戈載：《宋七家詞選》，光緒十一年（1887）刻本，卷三。

浙西爲盛，吾郡僅有聞者。近數年來，吾黨諸君，稍稍有作，而沈君芷橋爲先。」〔註66〕在朱氏看來，吳中詞人對浙西一派「僅有聞者」，而就塡詞之學來看，尤以「吾吳爲盛」。而這一說法也獲得了稍後一些詞家的認同。如蔣敦復《芬陀利室詞話》卷一云：近來浙、吳二派，俱宗南宋。〔註67〕王大隆云：「嘉慶道光間，吳中詞流極盛。戈載倡陰陽清濁之辨，而朱綬、沈傳桂輩和之，嘉祿驂靳其間，爲同輩推挹無異辭。」〔註68〕在這其中，也不乏聲討吳中詞人的，比如郭麐曾論：「今時輩流嘐然自異，必求分刌節度，無不合乎姜張非是，雖共不足以與於此事。吾不知其過能悉合與否，即悉和其律度而言之不工，吾又不知古人宣引爲同調賞音否也。」〔註69〕郭麐認爲吳中詞人過分強調詞律，卻不講求「工」，不論「悉合」。

郭麐對吳中詞人過分講求聲律的批評不無道理。反過來看，吳中詞人也正是用標舉「聲律」區別於浙派傳統，自立門戶的。也因此他們又有「吳中聲律派」之稱。戈載云：「詞之所以爲詞者，以有律也。詞之有律，與人之有五官無異。五官之位次一定不易。若移目爲寇，置耳於鼻，鮮不駭爲怪物者。詞之於律亦然。人必五官端正而後論妍媸，詞必四聲和協而後論工拙。否則長短句之詩耳，何云詞哉？」〔註70〕戈載認爲要能達到雅正必須首先符合聲律和韻的要求，律嚴而詞之道尊矣，從形式上對雅音進行規範，並對詞的音樂性進行探索。而對於韻律的苛求也體現在其自己的詞學創作上。「惟是律求七始，頗具苦心；韻究四聲，間有新得；蘄至古人，趣歸大雅」是其對自己詞學創作的要求。然俞樾說：「戈氏深於律而不

〔註66〕朱綬：《沈芷橋詞序》，《知止堂全集》，清道光刻本，卷二。

〔註67〕蔣敦復：《芬陀利室詞話》，《詞話叢編》，北京·中華書局，1986年版，第3633頁。

〔註68〕王嘉祿：《桐月修簫譜跋》，《桐月修簫譜》，民國刊本。

〔註69〕郭麐：《桐花閣詞序》，《靈芬館雜著》，《清代詩文集彙編》485，上海·上海古籍出版社，2010年版，第539頁。

〔註70〕戈載：《翠微雅詞自序》，《翠微雅詞》，道光刻本。

工於詞，讀其詞者惜焉，夫律之不知，固不足言詞，而詞之不工，又何以律爲。」〔註 71〕俞氏的批評不無道理。杜文瀾也作戈載「專主審音協律，致眞意轉漓」。由此看來，過分講求聲律則直接影響到情感的直接抒發。蔣敦復則認爲其早年的四春詞「薰得花魂盡返，漾晴天，百和依稀」、「種種幽情難訴，正別夢嬌啼，畫屏人寂」等爲「詠物上乘」，而持律嚴謹的《翠薇花館詞》則缺少了跳脫變化之筆。蔣氏還指出戈載講求聲律卻在詞作中「不能自遵約束」失律處亦多，如「山花已盡紅杜鵑」語。然而，除了戈載以外，這一時期的其他吳中詞人雖然也講求聲律卻並未全然爲聲律所束縛，如王嘉祿詞情景俱深，婉轉迂迴；潘遵祁詞天趣盎然，行遊自在等。總體來看，以戈載爲代表的嘉道吳中詞人雖然對聲律的發展有一定貢獻，但是其在聲律的限制下，創作上只能走重視形式的老路，無法兼及情感的抒發。

在嘉道時期，與吳中詞人相與交叉的是常州詞派。但是在這一時期，常州詞派其實還沒有受到詞壇的重視，其構成還沒有固定，也沒有「派別」或組織，因而並未能「張幟開風氣」。在道光前期，常州詞派在詞壇上並不是沒有「反響」。張琦《重刻辭選原序》云：「嘉慶二年，余與先兄皋文先生，同館歙金氏。金氏諸生好塡詞。先兄乙未詞雖小道，失其傳且數百年，自宋之亡而正聲絕，元之末而規矩墮，窔宦不辟，門戶卒迷。乃與予校錄唐、宋詞四十四家，凡一百十六首，爲二卷，以示金生，金生刊之。而歙鄭君善長復錄同人詞九家爲一卷，附刊於後，版存於歙。同志之乞是刻者踵相接，無以應之，乃校而重刻焉。」〔註 72〕張琦所講「同志之乞是刻者踵相接」可見其時常州一地的追崇者甚多。然其時張氏聲名當在常州本地，還未有遠播。潘曾瑋曾在《詞辨序》中言：「余向讀張氏《詞選》，喜其於源流正變之故，

〔註 71〕孫克強、楊傳慶、裴喆編：《清人詞話》，天津・南開大學出版社，2012 年版，第 1255 頁。
〔註 72〕唐圭璋：《詞話叢編》，北京・中華書局，1986 年版，第 1618 頁。

多深造自得之言。……嘗欲舉張氏一書，以正今之學者之失，而世之人，顧弗之好也。」〔註 73〕其序作於道光二十七年，根據潘增瑋所言，在道光二十七年前後，「世之人顧弗之好也」。從這一情況來看，張琦所言當指常州詞壇。據遲寶東考，其時的常州詞派，不但未能呈擴散、發展之趨勢，「反而頗有岑寂之勢」。〔註 74〕而常州詞派的暫時不顯與世事關係緊密。對常州詞派而言，第一次鴉片戰爭直接影響了其連續的發展。社會情態的突然變化給「詞的表現功能提出了異常急迫的新任務」。在危難之際，對於詞的理論探索和美感特質的討論被暫時的擱置。詞人們大多開始有感於世事，「直切時事的創作傾向蔚然成風」。〔註 75〕

雖然常州詞派在嘉道詞壇還沒有獲得足夠重視，但是在同光詞壇及其後的接續發展中，詞人逐漸認識到常州詞派在嘉道的特別意義。楊希閔嘗言：「自康熙至乾隆，爲詞學者，多爲竹垞《詞綜》所錮。嘉、道間，常州張皋文乃上溯《金荃》，參以南渡，溯心思於幽邃窈窕之路，情寄騷雅，詞兼比興，遂又別開境界。」〔註 76〕常州詞派在嘉道時期確實以「情寄騷雅，詞兼比興」別開一種境界。嚴迪昌曾對張惠言的幾點主張做一總結：其一以「意內而言外謂之詞」爲據，強調詞要有「意」；其二從「低徊要眇以喻其致」力主比興；其三以「溫庭筠最高」樹一典型。這麼看來，張皋文的突破不僅在詞的創作或理論上。他實則從詞的定義開始，以詞的評定標準、選題宗旨等方面著手，重新定義了「詞」和一套理論。可惜的是，這些內容都僅以當時不算通行的《詞選》和其序的形式流傳於世。

在咸同前，眞正將這一理論推廣、延展並進行確立的人是周濟。周氏嘗言：「感慨所寄，不過盛衰；或綢繆未雨，或太息厝薪，或己

〔註 73〕唐圭璋：《詞話叢編》，北京・中華書局，1986 年版，第 1638 頁。

〔註 74〕遲寶東：《常州詞派與晚清詞風》，天津・南開大學出版社，2008 年版，第 131 頁。

〔註 75〕遲寶東：《常州詞派與晚清詞風》，天津・南開大學出版社，2008 年版，第 131 頁。

〔註 76〕楊希閔：《詞軌》，轉引自李睿：《清代詞選研究》，合肥・安徽大學出版社，2011 年版，第 224 頁。

溺己饑，或獨清獨醒——隨其人之性情、學問、境地，莫不有由衷之言。見事多，識理透，可爲後人論世之資。詩有史，詞亦有史，庶乎自樹一幟矣。若乃離別懷思，感士不遇，陳陳相因，唾瀋互拾，便思高揖溫、韋，不亦恥乎。」〔註 77〕周濟這段論證，不僅修正了詞之緣起，亦對詞內容的開拓作了積極的推進。「盛衰」之論更是將詞與時代作了連接，「詞史」概念也在這段中一併獲得了眞正的確立。謝章鋌說「皋文之說不可棄，亦不可泥」。周濟在「中更三變」之後，所言如上的主張，既沒有丟棄張惠言之說，亦沒有拘泥於其一家，對詞的理論進行推進，提出自己的見地。歷經張惠言和周濟等人，常州詞派也完成了其第一階段的蛻變。而道咸時期，在鄧廷楨、林則徐、龔自珍、姚燮等常州詞派詞人相繼逝世之後，常州詞派及其理論也暫時沈寂下去，等待同光時期的第二次出現。

在咸同時的詞壇概況後，我們回看本文所要論及的淮海地區。以揚州府爲中心的淮海詞壇在咸同前同樣盛況空前。順康之際，王士禛主盟一時。王氏以《花間》、《草堂》爲正宗，崇尚晚唐之風。鄒祗謨嘗言：「廣陵諸子，善百、園次巧於言情，宗子梅岑精於取境。然宗固是豔才，刻意避香奩語，豈畏北海無禮之呵耶？」〔註 78〕其時常有紅橋修禊，眾詞人創作了大量風格旖旎的作品，因而其時揚州詞壇以清麗雅逸爲主要創作氛圍。在其眾人唱和之後，揚州詞壇借由水陸交通的優勢，匯聚了一大批身遭科場案的文人寒士，揚州詞壇的創作氛圍由此綺豔不再，轉而充斥著悲苦、激楚、蒼涼的氣氛。及至雍、乾時期，揚州鹽業昌盛。士子往往依靠鹽商，得以潛心於詞的創作和討論。也賴因鹽業，揚州本地中有不少異地的文人士子。其中便包括不少浙江詞人，如厲鶚等。此間詞人宣導姜夔雅正之調，清空之說，浙派詞風便如此傳衍到了揚州，並迅速爲其時揚州詞人所遵從。從地域

〔註 77〕周濟：《介存齋論詞雜著》，《詞話叢編》，北京·中華書局，1986 年版，第 1630 頁。

〔註 78〕鄒祗謨：《遠志齋詞衷》，《詞話叢編》，北京·中華書局，1986 年版，第 658 頁。

上看，揚州與常州隔江相望，自然有不少詞人相與往來。在常州詞派日漸興起之時，揚州也在一定程度上受其影響。因此在這一時期，恰如上文所言，常州、陽羨、浙西詞派之間的壁壘並非森嚴，隔閡並非十足明確。揚州詞壇作爲一個中間地帶，以厲鶚等主要詞人爲線索，在詞人的相互交往、遊走間，漸漸跳脫了兩派之壁壘，融合其二者所宗，以包容、開放的形態，兼具了常派和浙派的風韻。咸同其間淮海詞人群體即是在這樣的背景下逐漸聚合產生的。

第二章　劫灰中的笳音：淮海詞人群體概述

嘉道後，太平天國在咸豐年間佔領南京，歷次攻下常州、蘇州等地。受頻年戰亂影響，原本安居江南的詞人們或避難流散，或入幕隨軍。這期間，伴隨著常州、吳中等詞壇重鎮的淪陷，詞壇中對於常派和浙派的爭論也漸漸散去，原本固定的格局被打散。然而這一時期的江南詞壇並不消寂。處在世變漩渦中心的詞人們在禍亂裏輾轉，雖常常身居異鄉，但仍在舟車途勞的行間不輟吟唱。而這其中一個重要的組成部分便是淮海詞人群體。

第一節　淮海詞人群體的緣起與特點

淮海詞人群體是由咸同年間往來於淮海地區的詞人組成的文學群體。群體活動時限大約在咸豐、同治年間，活動範圍在清代揚州府轄區範圍內。其時，因太平天國戰爭而輾轉流離於淮海地區的詞人，以詞這一文體進行個體交遊或群體唱酬活動，以「哀音苦調」爲主要創作基調，對太平天國戰爭進行「詞史」書寫。受戰爭和時代的影響，詞人群體中不僅有本籍詞人，還有大量流寓淮海地區的詞人和遊宦淮海間的詞人。也因此，群體在唱酬活動的組織上表現出一定的鬆散性，在詞人活動軌跡上呈現流動性，在詞人交遊上呈現開放性。

一、淮海詞人群體的緣起

在探究該詞人群體之前，我們先對「淮海」的概念做一確定。《尚書．禹貢》稱「淮海惟揚州」。其後，唐顏師古又言「北據淮，南據海」。及至明代，有「淮海府」之稱，後改爲「揚州府」。清代沿用明代「揚州府」稱，州府範圍較之明代未變，僅對其中所轄州作了微調，下轄江都、甘泉、揚子、興化、寶應、東臺六縣，高郵州、泰州二州。本文所指「淮海」概念，即與此同。之所以選擇「淮海」而不用「揚州」，一是爲了與現「揚州」概念作一區分，二是「淮海詞人群體」這一說法並非本文首創，是一個現有概念。最早對淮海詞人進行論述的是宗源瀚：「同治壬戌（1862）以後，予居泰州數年，兵戈方盛，人士流離，渡江而來，率多才傑。一時往還如王雨嵐、楊柳門、姚西農、黃琴川、錢揆初、黃子湘，皆以詩名，而蔣鹿潭之詞尤著。」〔註1〕宗源瀚在爲蔣鹿潭《水雲樓詞》作序時作了這樣的描述。雖然宗氏並未以「淮海」概念統敘，但其中所論王章（雨嵐）、楊得春（柳門）、姚必成（西農）、黃涇祥（琴川）、錢勖（揆初）、黃文涵（子湘）皆淮海名士且能詞。其後，馮煦在《蕢月詞序》中明確提出「淮海」概念：「咸、同之交，淮海間多詞人。若江陰蔣春霖鹿潭、江都丁至和葆庵、甘泉李肇增冰叔、郭夔堯卿，並爲倚聲家泰斗。」序中不僅作「淮海間多詞人」論，還將蔣春霖、丁至和、李肇增、郭夔四位主要詞人特別提出。及至當代，首次提出「淮海詞人」概念並試圖廓清的當爲馮其庸。其在輯校蔣春霖《水雲樓詞》之後「復擬輯《淮海詞話》，以盡收咸、同間淮海詞人之遺聞逸事乃至對各家之評隲，而以鹿潭爲主，蓋鹿潭實當時詞壇之盟主也。」〔註2〕嚴迪昌在《近代詞史的再認識》中提出：「咸豐中，集聚於淮海地域的江蘇北部鹽城、東臺、

〔註1〕宗源瀚：《水雲樓詞續序》，《水雲樓詞》，《江陰先哲遺書》本。

〔註2〕馮其庸：《蔣鹿潭年譜考略〈水雲樓詩詞〉輯校、重校〈十三樓吹笛譜〉》，青島．青島出版社，2014年版，第171頁。

興化、泰州一線，境內的一批詞人如趙彥俞、丁至和、周作鎔，以及余焜、褚榮槐等均以蔣、杜爲馬首。這個詞群與謝章鋌爲核心的閩中『聚紅榭吟社』群體，以及孫超、周天麟各位代表的京師小官吏和外省屬僚詞群，先後同峙立，活躍於南北，較王鵬運等他們都要長一二輩，早出半甲子以上。」〔註 3〕不僅對「淮海詞人群體」的概念予以明確，更對其群體組成、詞人活動範圍、所屬階層作了簡要的描述。由此，本文所討論的是咸豐、同治年間以揚州府兩州、六縣爲活動範圍的詞人群體，即「淮海詞人群體」。

在這一時期，詞人聚集在揚州府範圍內，多與揚州鹽業有關。他們「或多或少都和鹽業發生一定的關係，或是依附鹽商，或是出任鹽官，或是充任幕僚。」〔註 4〕如喬松年咸豐年末爲兩淮鹽運使，其不僅時常招飲幕僚，自己亦有《蘿摩亭詞》；金安清咸豐末由晉鹽運使，提按察使，駐泰州，並將蔣春霖、杜文瀾等招入幕中。揚州鹽業昌盛自明代開始。淮北鹽區的出產能力讓揚州的食鹽貿易繁盛不已，而食鹽貿易也對揚州社會的結構和文化產生了影響。《兩淮鹽法志》序中對鹽業的意義表述十分明確：「夫山澤之利，鹽賦爲最，而兩淮鹽賦，實居天下諸司之半。歷漢晉唐宋元明，榷鹽之法，代雖屢變，要不過裕國、便民、惠商、恤灶四者。」〔註 5〕鹽業在當時無疑是政府的核心事業以及經濟支柱。然及至咸豐年間，戰爭打亂了鹽業蒸蒸日上的發展步伐。太平天國以南京爲據點，與揚州隔江對峙，不斷侵擾揚州府地，並截斷了大運河和長江這兩條支撐清朝經濟社會發展的通道。兩江總督怡良曾上奏稱：「逆匪由湖廣竄至九江、安徽、江寧，並陷鎮江、揚州兩府。不特淮南引地無不被其蹂躪，而商人之居於鎮、揚

〔註 3〕嚴迪昌著：《嚴迪昌自選論文集》，北京・中國書店，2005 年版，第 274 頁。

〔註 4〕陳水雲：《咸豐、同治時期淮海詞人群體綜論》，武漢大學學報（人文科學版），2007 年第 6 期

〔註 5〕謝開寵：《兩淮鹽法志序》，《兩淮鹽法志》，臺北・學生書局，1966 年版。

二郡者，十有八九亦悉遭荼毒。」〔註 6〕淮海地區的鹽商十之有九聞風遠遁，而對於灶戶來說更是「灶鹽務商收買，煎丁西煎無售」，因而多半失業。禍亂阻斷了大運河和長江的運輸通道，鹽的送運也無法進行。然而這些現象都不及鹽課的銳減讓清政府恐慌。咸豐五年，「國家兩淮鹽課，正雜各款每歲共銀六百餘萬兩，爲經入一大宗。三載以來，兵餉增數千萬之出，鹽課失二千萬之入」。〔註 7〕恭親王賠付英法的賠款就有一千六百萬兩，而作爲重要經濟支柱的鹽課之失比這一數字還要多，足可想見清政府的捉襟見肘。

雖然上海和廣州所收關稅日益增加，可以解決政府一部分財政問題，但是政府還是不斷嘗試，擬圖恢復鹽業往昔繁盛：「(咸豐）四、五、六等年，試辦就場徵課，因無成效，旋即停止。迨七年七月……酌改設局收稅，……歷年盡力督銷，雖較前略有起色，但總因楚、西各岸不能上達，僅在就近零售，銷數無多，是以每年奏報稅課僅得二十餘萬兩。」〔註 8〕運輸問題還是無法得以解決。而這一問題在影響鹽課收入的同時，還直接影響了軍需，即如駱秉章所言「農困、商困、兵困」。雖然鹽業漸呈頹勢，但在日久年深的發展中，其機構卻在不斷衍生、重疊，地方的鹽務管理人員的數目日益膨脹。由清朝鹽官管制看，各鹽運司下設分司，「由運副、運判、運司、監掣同知等官員分別掌管」，〔註 9〕在下屬鹽場中設鹽課司大使負責場務、徵稅，鹽運司經歷知事負責文書庶務，鹽運司庫大使負責鹽稅的收納存儲等。以兩淮鹽場爲例，「鹽運司署書吏多至 19 房，商人領引辦運，文書輾轉至 11 次之多，經過大小機關 12 處」。如此龐大的機關設置也給很

〔註 6〕怡良：《就揚徵課並改道運銷摺》，《淮南鹽法紀略》，淮南書局，1873年版，同治年卷一。

〔註 7〕駱秉章：《採買淮鹽食分岸納課濟餉摺》，《駱文忠公奏議 湘中稿》，臺灣：文海出版社，1966 年版，第 566 頁。

〔註 8〕喬松年：《楚商試運淮鹽詳》，《淮南鹽法紀略》，淮南書局，1873 年版，同治年卷三。

〔註 9〕丁長清、唐仁粵主編：《中國鹽業史 近代當代編》，北京・人民出版社，1997 年版，第 24 頁。

多咸豐年間留索他處的士子以機遇。淮海詞人群體中的大部分流寓詞人均以下層鹽官爲存身之職。與此同時，受太平天國影響，清朝科舉難以進行、漸漸停擺，並直接導致了咸豐年間的人才選拔困難。在這一情況下，官員錄用以舉薦爲多，遊幕風氣尤甚。大小鹽官往來匯聚淮海間，其數可「多至數百」，而其中亦「頗耽風雅而工長短句者」。

戰爭雖然讓詞人漂泊異鄉，但其對清廷鹽業的破壞也給了淮海詞人們以群體聚合的機緣。洪秀全等人佔據江南，次第攻破南京、常州、蘇州，也直接打破了詞在江南安穩發展的軌跡。流散詞人匯聚江北，在共同的生存狀態下，自覺地發生群體意識、成一群體，維繫了江、浙詞的發展，也自然地將一直位居江南的詞壇陣地部分移至淮海地區。

二、淮海詞人群體的特點

就淮海詞人群體的特點來看，總體而言，淮海詞人群體在唱酬活動的組織上表現出鬆散性，在詞人活動軌跡上呈現流動性，就群體本身看又呈現開放性特點。

與一個文學流派或是組織相比，淮海詞人群體的詞人活動較爲鬆散，具有一定的鬆散性。詞人日常活動較爲分散，沒有嚴格的時間、地點限定和活動組織，聚合隨興。而這一特點在一些小有規模的唱和團體、消寒社中表現尤其明顯。如咸豐年間，方濬頤任職揚州，與揚州本籍張丙炎、黃錫禧、汪鋆等人常填詞酬唱。唱和雖有消寒會之名，但觀其交遊，往往鬆散隨意，並無特定時間、地點，而多賴張榕園、黃子鴻相邀，或幾人之間的相互拜見。方濬頤有《百字令・和午橋郊遊即目》、《大酺・子鴻侶琴偕作消寒第八雲山館消寒第十集》、《春從天上來用玉田韻・長至前二日約園聯句》等詞，〔註 10〕可見其同人往來過從，並有「消寒」之名。然其詞前小序又多見「遲樹君子鴻聖秋不至，先與小汀聯句」、「袁浦之遊欲行中止，期諸殘蠟與憩園主人結

〔註 10〕方濬頤：《古香凹詩餘》，光緒十年（1884）刻本，卷二。

伴方舟，先拈此調寄仲海，以詞代柬，用仲海韻」等，可見唱和活動的時間、人物並不固定。

與詞人群體活動鬆散相關聯的是淮海詞人的流動性特點。群體中個體的流動一因避亂、二因仕宦。淮海詞人群體中也有些較爲穩固的「小團體」，但大多詞人的生存軌跡是在不斷流動、變化的。在流動中，詞人們相互認識、切磋，繼而產生新的交往組合。杜文瀾在任職泰州分司時結識蔣春霖，從而訂交。其後，褚榮槐、金安清、宗源瀚相繼訂交。這一流寓的群體在不斷擴大的過程中，詞人往來流動頻繁。又，蔣氏《尉遲杯》小序載「春暮別褚又梅、金麗生，秋始相見。余又將出遊，用美成韻留別」。〔註 11〕其中可見褚榮槐、金麗生在之流動軌跡。丁至和曾云：「陶齋自號瀟碧，乙卯秋同客袁浦，聯吟過從無虛日，酒闌燈灺。」〔註 12〕丁氏以《西子妝》記其與周作鎔的聯吟過從，又在隔年所作《齊天樂》中言「望雲臺諸峰，螺髻煙鬟，風景韶秀，正是去年與瀟碧生訪篆香樓玉蘭時節也」，〔註 13〕寄懷周作鎔。此中可見周作鎔已於隔年又遊走他地了。淮海詞人群體的流動性除了表現在個體的大量運動軌跡、流動趨向以外，還表現在群體其中個體與其他群體、個人交往之中，這其中以杜文瀾、金安清兩人表現尤爲明顯。杜文瀾在咸同年間雖然與淮海詞人群體中人有著頻繁的交遊，但也在其中與吳雲、張鴻卓等人多有往來。如杜氏在其詞話中對其與張鴻卓的交往就有著詳細的記載：「同治戊辰，余倡修華亭海塘，倚爲董率。每赴工即相

〔註 11〕馮其庸：《〈水雲樓詩詞〉輯校》，《蔣鹿潭年譜考略〈水雲樓詩詞〉輯校、重校〈十三樓吹笛譜〉》，青島・青島出版社，2014 年版，第 44 頁。

〔註 12〕馮其庸：《重校〈十三樓吹笛譜〉》，《蔣鹿潭年譜考略〈水雲樓詩詞〉輯校、重校〈十三樓吹笛譜〉》，青島・青島出版社，2014 年版，第 10 頁。

〔註 13〕馮其庸：《重校〈十三樓吹笛譜〉》，《蔣鹿潭年譜考略〈水雲樓詩詞〉輯校、重校〈十三樓吹笛譜〉》，青島・青島出版社，2014 年版，第 21 頁。

見，賞其風雅，初不知深於詞也。筱峰先生曾任元和司訓，與余爲忘年交。嗣後來蘇，秘枉過。亂定，重來郡中，故友凋零殆盡，益官於余，意興不衰。」〔註 14〕其在淮海詞人群體唱和漸散後，其亦與恩錫、俞樾等人組社相與唱酬。俞曲園有言：「當同治庚午、辛未間，竹樵方伯恩錫方開詞壇於吳下，杜筱舫觀察文瀾從而和之，爰有重刻《詞律》之舉，並取吾邑徐誠庵大令本立所輯《詞律拾遺》附益之。一時唱妍酬麗，逸興遺飛。」〔註 15〕該社爲恩錫倡於吳中地區。依俞樾所言，杜文瀾參與了這一唱和活動。

基於淮海詞人流動性的特點，這一群體也表現出了開放性的特點。這裡所指的開放性是與地域性相對的。對一個群體而言，特別是古代的文學群體，具有一定的地域性是不可避免的。受制於中國古代的交通，文人交遊往往愈鄰近，愈便利，愈頻繁。這也讓地域性在文人群體活動、交遊活動中體現得尤爲明顯。然而就淮海詞人群體而論，其地域性不可避免，但是開放性特點尤爲凸顯。這一特點首先表現在本籍詞人對流寓詞人主動的接納、吸收中。在淮海詞人群體當中，本籍詞人對待外籍、流寓的同好者是不排斥的，甚至是主動吸納的。由詞社成員看，方濬頤與本籍張丙炎、黃錫禧、汪鋆等人的唱酬社中，方氏是安徽定遠人，姚正鏞是奉天蓋平人。由金安清等人組創的九秋社中外籍詞人較多，本籍有丁至和、郭夔。午橋詞社本籍詞人較多，但也有外籍黃溼祥、姚正鏞參加。本籍丁至和、郭夔、李肇增等幾位重要詞人與外籍詞人的交往頻繁也可間接證明本籍詞人的態度。咸豐五年（1855），本籍詞人丁至和與烏程詞人周作鎔的交往。丁氏作「聯吟過從無虛日，酒闌燈灺」〔註 16〕之語，杜文瀾詞話中也

〔註 14〕杜文瀾：《張筱峰廣文詞》，《憩園詞話》，《詞話叢編》，北京・中華書局，1986 年版，第 2925 頁。

〔註 15〕俞樾：《春在堂全書》，同治十年刊本，四編卷六。

〔註 16〕馮其庸：《重校〈十三樓吹笛譜〉》，《蔣鹿潭年譜考略〈水雲樓詩詞〉輯校、重校〈十三樓吹笛譜〉》，青島・青島出版社，2014 年版，第 10 頁。

說到周作鎔「與丁保庵、蔣鹿潭遊，深究格律」。〔註 17〕丁氏幕遊間，不以地域限制，以詞會友，所交外籍詞人繁多，並非僅周作鎔一人，如秀水杜文瀾、江陰蔣鹿潭、廣東黃之馴等。丁至和《萍綠詞》曾交由杜文瀾校正、刪訂。丁與蔣頗多詞作唱和。而丁、黃二人交遊則見於《憩園詞話》中：「與丁萍綠至交，有黃季剛者，名之馴，廣東吳川縣人。幕遊江南，無意求名，以詞爲性命。」〔註 18〕以「與丁萍綠至交」和「以詞爲性命」二語，可見丁至和在交遊上是以詞會友的。除了丁至和，江都詞人郭夔與外籍詞人互動也十分頻繁。蔣春霖嘗作《角招》回憶其與郭夔十年前的遊慈慧寺的經歷，並作「十年後與郭堯卿復過其地」語。〔註 19〕仁和高望曾有詞《一枝春》爲郭夔作。杜文瀾也在詞話中提及高望曾、蔣鹿潭和郭堯卿諸君的唱和。郭夔作爲軍中九秋社中人，也自然與杜文瀾、金安清等人有聯繫和酬唱。甘泉李肇增雖然與本籍詞人唱和較多，但從其爲蔣鹿潭《水雲樓詞》和杜文瀾《采香詞》作序中可見其與他們亦有過從。本籍詞人與外籍詞人的互動，突破了地域性的部分限制，一定程度上表現出了開放性。

在此基礎之上，詞人在遷徙、流動中，也不完全侷限在淮海詞人群體的圈子當中，而是在行居間廣泛交遊、參與不同的酬唱活動。這點在淮海詞人群體中的流寓詞人身上表現尤其明顯。如秀水周閑，曾遊幕浙東、楚北等地，後返吳中佐戎幕，沿途與淮海、浙東、吳地詞人都有交往。陽湖詞人趙熙文咸豐年間在淮海時與蔣鹿潭等人相與交遊，蔣氏有詞記之。同治間，趙氏遊幕各地，與其弟趙烈文在金陵曾國藩幕中時，多與其時眾人唱和。金武祥有「趙敬甫直刺熙文《詠白

〔註 17〕杜文瀾：《周陶齋大令詞》，《憩園詞話》，《詞話叢編》，北京．中華書局，1986 年版，第 2934 頁。

〔註 18〕杜文瀾：《黃季剛布衣詞》，《憩園詞話》，《詞話叢編》，北京．中華書局，1986 年版，第 2933 頁。

〔註 19〕馮其庸：《〈水雲樓詩詞〉輯校》，《蔣鹿潭年譜考略〈水雲樓詩詞〉輯校、重校〈十三樓吹笛譜〉》，青島．青島出版社，2014 年版，第 38 頁。

門新柳記》原韻云：『春來多少青青柳，種到秦淮倍可憐。』」。金氏又有「少玉、敬甫同寓白門，相與掎裳連袂，觴詠甚歡」〔註 20〕之說，可證其交往。學人張文虎也有載：「同治十年（1871）七月廿六日，倪元卿移樽飛霞閣，招同張文虎、桂皓亭、趙敬甫、趙季梅、劉叔俛、唐端甫、戴子高午飯。」〔註 21〕又「唐端甫招趙敬甫、曹鏡初、薛叔芸、陳容齋飛霞閣小飲。」等。〔註 22〕

淮海詞人群體所表現出鬆散性、流動性和開放性，使得群體在一段時期內，不受地域的限制，保持活力並繼續發展。詞人群體活動組織和參與的鬆散性使得群體中詞人不受時間、地點、參與人物的約束。在這種鬆散的氛圍中，詞人自身的流動性和群體的開放性繼而產生。在這三個特性的影響下，首先群體不會因爲其中部分成員的離開而解散，繼而，詞人所保有的開放的態度不僅決定了其對於詞創作、討論的態度，也代表著詞人對社會、政治、文學等其他方面的態度。詞人往往以開放的態度與社會保持聯接，吸收新的創作素材，以及吸納其他文學團體中的人。這三個特性並非淮海詞人群體所特有，但對淮海詞人群體作特性上的把握有助於我們瞭解群體在形態構成時的動態過程。由特點出發，我們也能更加清晰地把握淮海詞人群體在咸同時代的特有意義。

第二節　淮海詞人群體的構成與考訂

馮其庸先生曾試輯錄過《淮海詞話》。其中所錄蔣春霖、丁至和、周作鎔等共十二詞家詞評及逸事。在其對蔣鹿潭生平作考訂時，對與其相與交遊的人也作了考察。馮氏共考得 55 人，除去其中 7 名女

〔註 20〕金武祥：《粟香隨筆》，光緒 1881 年刻本，卷四。

〔註 21〕徐雁平：《清代東南書院與學術及文學》，合肥・安徽教育出版社，2007 年版，第 303 頁。

〔註 22〕張文虎：《張文虎日記》，上海・上海書店出版社，2009 年版，第 275 頁。

子外，實際考得 48 人。而這 48 人均爲淮海詞人群體成員，並爲其中較爲活躍的詞人。學者黃嫣梨和劉勇剛在對蔣春霖的交遊作考察時，分別對淮海詞人群體中的活躍個體作了考察，黃氏考得 51 人，劉氏考得 40 人。黃氏所考 50 家詞人中有近五分之一考論不詳，因而實則能作定數的詞人不及 50 人。陳水雲在對淮海詞人群體作綜合論述時，未作詳細統計，其依據黃嫣梨的考察預計這一群體的成員當在百人以上。〔註 23〕雖然我們無法由此對淮海詞人群體的總數進行推斷，但是由以上三家的資料，我們已經基本可以確定淮海詞人群體中的活躍個體了。就記載淮海詞人群體的文獻看，杜文瀾《憩園詞話》中載有一部分相關詞人內容，與淮海詞人相關條目數不及二十，李肇增編《淮海秋笳集》輯淮海詞人也僅數十家，與以上兩者相較，蔣鹿潭《水雲樓詞》中三分之二的詞爲與淮海詞人的唱酬之作，本文雖然不對蔣春霖作專論，但是由其《水雲樓詞》出發，我們也挖掘了出了淮海詞人群體大致清晰的線索，在前三家的基礎之上，我們基本可以以馮其庸先生考得的 48 人作爲這一詞人群體的活躍個體，並以其作爲主要考察對象，對其個體特性、交遊軌跡和互動特點進行考察，繼而獲得群體全貌。

陳水雲曾對這一群體中可考的詞人作了本籍、流寓、仕宦的分類。陳氏分類仔細，是爲本文分類的基礎。淮海詞人中，本籍詞人爲丁至和、陳寶，以及《淮海秋笳集》中李肇增、王菼、張丙炎、汪鋆、郭夔、馬汝輯、黃錫禧、吳熙載、范凌雙九家。除本籍詞人外，本文對外籍詞人同樣作了流寓和遊宦的區分。其中，遊宦者有喬松年、杜文瀾、金安清等。喬、杜和金三人在咸同年間曾先後任兩淮鹽運使。三人都嗜詞，並在主事淮海時，常招聚詞人唱和，在其任內往往也能主一方詞壇之盛。喬松年任期內擢用蔣春霖、宗源瀚等人，常有招聚唱和；杜文瀾職揚州時，與蔣春霖、丁至和等人唱和頻繁，其《憩園

〔註 23〕黃嫣梨：《蔣春霖評傳》，南京·南京大學出版社，1997 年版，第 301 頁。

詞話》所載之人大體都與其有交流。金安清在任期內，於同治元年（1862）組織了「軍中九秋詞社」，常招杜文瀾、宗源瀚、錢勖、黃文涵、張熙等人相與唱和。三人雖在塡詞上不比蔣春霖、周閑諸家，但咸同淮海詞壇的繁盛多賴其三人的招聚，因此，喬、杜、金三人可作爲淮海詞人群體中的重要組織者。除了遊宦詞人外，還有流寓詞人，如蔣春霖、周閑、宗源瀚、趙熙文、周騰虎、高望曾等。這些詞人的身份往往均爲中等偏下層的知識分子，其身份大多是鹽官或幕府幕僚，依附鹽商或是達官，其生活境況往往也因世事和仕途顚沛輾轉，或有如宗源瀚、錢勖等人在咸同後受拔擢重用，但大多則如周騰虎、蔣春霖等最終沒落於亂戰之中。因而統歸於一類。

依據上文所述，本文對淮海詞人群體的成員考訂如下：

1. 本籍詞人

李肇增（1821～？）字冰叔、冰署，江蘇甘泉人。諸生。官至浙江知縣。生平見《續纂泰州新志》卷二十八流寓條，《民國辛酉甘泉縣續志》。著有《冰持庵詞》、《琴語堂文述》、《琴語堂雜體文續》，輯有《淮海秋笳集》。

郭夔，字堯卿，江蘇江都人。諸生。生平詳見民國《江都縣續志》卷二十四。有《印山堂詞》。

洪承敏（？～1860）廩貢生，候選訓導。咸豐十年四月，太平軍攻常州城時死難。生平詳見《武進陽湖縣志》卷二十四。

陳寶（1837～1878）字百生，號白森，江蘇東臺人。同治十年辛未進士，改庶起士，授檢討。以官與陳維崧同，自署曰小迦陵館主。生平詳見朱銘盤《翰林院檢討陳君墓表》。著有《狂奴詞》、《陳百生遺集》四卷，光緒十八年鉛印，上海圖書館藏。又有《小迦陵館文集》一卷，宣統二年浙江官報局鉛印，首都圖書館藏。別本《小迦陵館雜錄》一卷，清抄本，四川省圖書館藏。

丁至和（1811～？）字保庵，又號萍綠詞人，江蘇江都人。貢生。

曾受聘編修《揚州府志》。著有《萍綠詞》(又名《十三樓吹笛譜》)三卷、續一卷、再續一卷、補遺一卷。

錢桂森(1827～1902)原名桂枝,後更名桂森,字馨伯,莘白,號樨庵、犀盦、稚庵,江蘇泰州人。道光三十年(1850)進士,授翰林院庶起士,歷任山西道監察御史、國史館總纂修、文淵閣直閣事等。生平詳見宣統《泰州志》卷十四。著有《一松軒詩稿》、《段注說文校》。

黃錫禧(1824～?)字子鴻、勺園,號鴻道人,江蘇甘泉人。官同知。著有《棲雲山館詞存》。

張安保(1795～1864)字懷之,號石樵、叔雅、潛翁,江蘇儀徵人。著有《味眞閣集》、《晚翠軒詩鈔》、《晚翠軒詞》。

范凌雙,清咸同年間人,字雨村,號膏庵,江蘇甘泉人。咸豐元年(1851)舉孝廉方正。同治三年(1864)主廣陵書院講習。著有《雨村遺稿》四卷、《湖東集》四卷及《冷灰詞》。

吳熙載(1799～1870)原名廷揚,字讓之,別署讓翁、攘翁,江蘇儀徵人。生平見《清史稿・列傳》二百九十,著有《資治通鑒地理今釋》。

汪鋆(1816～1883後),字硯山、汪度,號十三,別署十二硯齋,江蘇儀徵人。諸生。生平見《民國江都縣續志》卷二六,著有《十二硯齋金石過眼錄》、《漢銅印譜》三冊、《瘞鶴銘補》、《揚州畫苑錄》、《春草堂隨筆》。

王菼,字小汀、受辛,江蘇甘泉人。諸生。著有《受辛詞》二卷。

張丙炎(1826～1905)字午橋,號藥農、榕園,江蘇儀徵人。咸豐己未九年(1859)進士,官至肇慶知府。生平見《民國江都縣續志》卷二七。著有《榕園叢書》、《冰甌館詞鈔》一卷。

馬汝楫,字濟川,江蘇江都人。咸豐舉人。官至刑部主事。著有《雲笙詞》一卷。

2. 遊宦詞人

杜文瀾（1815～1881）字小舫，浙江秀水人。諸生。以功晉布政使銜，官兩淮鹽運使。生平詳見俞樾《江蘇候補道杜君墓誌銘》。著有《采香詞》四卷、《詞律校勘記》二卷、《詞律補遺》一卷、《憩園詞話》六卷、《古謠諺》、《平定粵寇紀略》、《曼陀羅華閣叢書》。

喬松年（1815～1875）字健侯，號鶴儕，山西徐溝人。道光十五年（1835）進士。歷任江蘇蘇州知府、兩淮鹽運使、安徽巡撫、東河總督等。生平詳見《清史稿》卷四二五，方濬頤《太子少保東河總督喬公墓誌銘》。著有《蘿藦亭遺詩》四卷、附詞一卷，《蘿藦亭文鈔》一卷，《蘿藦亭箚記》八卷，《論語淺解》四卷。

金安清（1816～1898）字眉生，又作梅生，號倘齋，浙江嘉善人。國子監生，歷任泰州州同擢海安通判、湖北督糧道。生平詳見《嘉善縣志》（縣志中有《金安清傳》）、李柏榮《魏默深師友記》卷五。著有《倩亭詩鈔》一卷，《能一編》二卷。

黃文涵（1812～1869）字子湘，號白香居士，湖南澧州人。歷官廣西知府。有《憶琴書屋存稿》。

姚輝第（1818～？）字子箴，號稚香，河南輝縣人。道光十八年進士，官至江蘇上海知縣，有《菊壽庵詞稿》四卷。

錢勖（1826～1867），字揆初，一字葵初，號子諒，江蘇無錫人。咸豐五年舉人，官至內閣中書，著有《雙影庵詞》、《吳中平寇記》。

3. 流寓詞人

蔣春霖（1818～1868）字鹿潭，江蘇江陰人，寄籍大興。曾任東臺富安鹽場大使。生平詳見《清史稿》卷四八九、金武祥《蔣君春霖傳》、周夢莊《蔣鹿潭年譜》、馮其庸《蔣鹿潭年譜考略》。有《水雲樓詞》二卷，《水雲樓詞續》一卷，詩《水雲樓剩稿》一卷。近人馮其庸將其三種合刊爲《水雲樓詩詞輯校》。

周學濂（1809～1862）字禮傳，號元緒、蓮伯，後改名學汝，浙江烏程人。道光二十六年（1846）舉人。當道聘主安定書院，以經義課士，士多造就。同治元年，湖城圍急，城陷日，不屈縊死。生平詳見陳繼聰《忠義紀聞錄》卷二十八、《同治湖州府志》卷七十六，有《疊廬山吟草》十四卷、《說文經字考》五冊，《北堂書鈔校本》一百六十卷，《采蘭簃文集》四卷，以同治元年城陷時殉難，著述均佚。

王蔭昌（1813～1877）字子言，號五橋，一作午橋，又號庡齋、尺壺，直隸正定人。道光二十年（1840）舉人。官山東武定同知。生平詳見王耕心《知府用武定府同知從父五橋公家傳》。有《尺壺詞》一卷，同治十三年豐潤趙氏刻《明湖四客詞鈔》本。

趙熙文（1831～1880）字敬甫，江蘇陽湖人。官至安徽候補直隸州。喜藏金石文字。生平詳見《常州觀莊趙氏支譜》。著有《方言原》一卷（是書未刊書志著錄，傳本不詳），《集古印略》一卷。

周騰虎（1816～1862）字弢甫，亦作韜甫，江蘇陽湖人。諸生，歷幕林則徐等大府，官吏部員外郎。生平詳見宗稷辰《周徵君墓誌銘》、趙烈文《有清奇士周先生墓表》、張惟驤《清代毗陵名人小傳稿》卷八、王韜《瀛壖雜誌》卷四。著有《餐芍華館詩集》八卷、《餐芍華館隨筆》二卷、《蕉心詞》一卷。

褚榮槐（1826～1878）字二梅，浙江秀水人。咸豐九年（1859）舉人，官龍游教諭。生平詳見周夢莊《水雲樓詞疏證》褚榮槐序疏。有《田硯齋文集》二卷、《田硯齋詩集》六卷、《煙花小劫詞》、《田硯齋詩韻蒙求》。

金澍，字麗生，浙江錢塘人。生平不詳，有事蹟見《金陵癸甲紀事略》。

馬壽齡（1805～1870）字鶴船，安徽當塗采石人。嘉慶廩貢生，試用訓導後，以知縣用，前後主講鎮平縣青陽書院及東臺縣西溪書院。曾與唐瑩纂修《通志》。著有《說文段注撰要》九卷、《懷青山館詩文集》。

周閑（1820～1875）字存伯，一字小園，別署存翁、范湖余吏、新陽侯，別號范湖居士，浙江秀水人。工詩詞，善繪花卉，官至新陽金山知縣。生平詳見金猷琛爲《范湖草堂遺稿》所作傳。有《范湖草堂詞》三卷，其子在其基礎之上於光緒癸巳年（1893）刊行《范湖草堂遺稿》。

何詠，字梅屋，江寧人。生平詳見《光緒續纂江寧府志》。著有《思古堂集》。

汪琨，字宜伯，號憶蘭，浙江錢塘人。著有《懷蘭室詞》四卷。

周作鎔（1813～1860）字濂碧，又字陶齋，又名在鎔、文同，原籍蘇州，浙江烏程人。廩生，官至江蘇丹徒縣知縣。生平詳見馮煦作《賨月詞序》。著有《濂碧詞》（又名《賨月詞》）一卷。

宗源瀚（1834～1897）字湘文，江蘇上元人。監生，歷任浙江嘉興、湖州、溫州等地知府。生平詳見《清史稿》、譚獻《清故通奉大夫賞戴花翎二品銜浙江候補道署溫處兵備道宗公墓誌銘》著有《頤情館詩鈔》四卷、《聞過集》、《右文掌錄》。

黃涇祥，字琴川，原籍江西樂安，流寓泰州。官至知府。有《豆蔻詞》一卷，《還桂山房詩鈔》、《珍珠曲》。

宗得福，字載之，江蘇上元人。官浙江知縣，擢任湖北知府。著有《墮蘭館詞存》一卷。

于昌遂（1829～？）字漢卿，山東文登人。稟貢生。候補知州。《揚州甘泉續志》有傳。著有《羼提精舍詩稿》十二卷。

高望曾（1829～1878）字稚顏、成父，號茶庵，浙江仁和人。諸生，官福建長樂縣知縣。著有《茶夢庵燼餘詞》一卷、《茶夢庵詞後稿》一卷，《茶夢庵劫後詩稿》十二卷。

沈吾，字旭庭，江蘇無錫人。著有《蓉湖漁笛詞》。

姚正鏞（1843～1883 後）字仲海，又名正瑩，號槐廬、渤海外史，奉天蓋平人。官至江蘇知府。著有《江上維舟詞》、《槐廬印譜》一卷。

胡爾坤，字厚堂，順天大興人。《全清詞鈔》卷二十五收其《石湖仙・題丁保庵萍綠詞》一首。

張熙（1810～1867）字子和，一字耔荷，浙江山陰人。歷任江蘇溧陽、興化等縣知縣。著有《三影樓劫餘草》、《江南好詞》一卷。

趙彥俞（1803～1872 後）字次梅，號次翁，江蘇丹徒人。官江寧教諭。著有《瘦鶴軒詞》、《瘦鶴軒詞續》。

第三節　淮海詞人群體的中堅力量：蔣春霖、杜文瀾、李肇增

淮海詞人群體中，頗多佼佼者。能詞者如蔣春霖，注重詞學研究者如杜文瀾，嗜詞善文者如李肇增等，各有所長。這些詞人不斷發揮著自身的能量，成爲詞人群體之中堅。他們作爲群體的核心成員，也凝聚著其他個體，引導著群體的發展。淮海詞人裏，蔣春霖作爲最傑出的代表，以其極負文學意氣、哀婉至深的創作，成爲群體創作的集大成者；杜文瀾在群體中的角色較爲多元，其既是詞人，也投注了大量心力潛心聲律研究，在很多唱酬活動中，杜氏還是重要的組織者；李肇增是本籍詞人中極爲突出的一位，他嗜詞，文辭才氣亦得世人公認，其最重要的成就是編選了揚州地方詞人總集《淮海秋笳集》。此三家的成就也分別代表了詞人群體在創作、詞學研究和詞集編選三個方面的主要成就，以下即作逐一析論。

一、蔣春霖及其《水雲樓詞》

蔣春霖，字鹿潭，江蘇江陰人，寄籍大興，以《水雲樓詞》傳世。金武祥《蔣君春霖傳》云：「幼隨荊門公任所，久涉郢漢，得江山騷賦之氣爲多。道光中葉，海寓清晏，士夫雍容尊俎，文燕稱盛。君周旋先輩間，嘗登黃鶴樓賦詩，老宿斂手，一時有乳虎之目。」〔註 24〕據金氏記載，鹿潭少年時期當處在極爲優越的生活當中。年幼隨父作

〔註 24〕金武祥：《粟香室文稿・蔣君春霖傳》，《粟香室文稿》，光緒庚子（1900）刻本。

宦遊時，蔣春霖不僅「周旋先輩間」，多與其時名士有文酒之會，徜徉於墨客之林中，還顯示出卓人的才氣，博得「乳虎」之稱。然而在其父親離世後，蔣氏優越的生活也隨之不再，家道中落。蔣春霖潦倒窮居、依附他者的生活也自此開始。道咸間，鹿潭正值中年，遊走於淮海間，其先於東臺謀職，後經但明倫舉薦任富安場鹽大使。咸豐丙辰年間（1856），鹿潭「與世牴牾」，以事去官。經數年流寓，蔣氏在咸豐末年復得擢用，在喬松年幕中任職，其「抵掌陳當世利弊甚辨，謇侃奮發，不以屬吏自橈，上官亦禮遇之」。〔註25〕

在喬松年、金安清等人散去後，蔣春霖無所依靠，困頓奔走於東臺、泰州等地。宗源瀚云：「鹿潭晚歲困甚，益復無聊，倒心迴腸，博青眸之一顧。」〔註26〕張孟劬也曾提到蔣春霖的寥落晚歲，稱其「不善治生，歌樓酒館，隨手散盡」。詞人雖能歌樓尋歡，文酒相邀，但最終不敵困頓生活，在同治戊辰（1868）飲藥自盡。鹿潭之死據宗源瀚言爲「爲婉君而死」。又金武祥有「道吳江，艤舟垂虹橋，一夕而卒，年五十一。姬人黃婉君殉焉」之說。《江陰縣續志》中，又以鹿潭「抑鬱侘傺，暴卒舟中」爲論，認爲其所過吳江東門外垂虹橋旁有鱸鄉亭，爲白石填詞地，鹿潭因此抑鬱而終。〔註27〕張孟劬則認爲蔣春霖是因杜文瀾事，以「小舫方署臬使，不時見鹿潭。既失望，歸舟泊垂虹橋，夜書冤詞，懷之，仰藥死」〔註28〕來論蔣氏之死。實則，縱使沒有如上這些原因，蔣春霖數十年「憂時念亂」、「乞食海陵」的困苦生活也足以讓詞人選擇在其中年時候「自促其命」了。人若非到了末路之境，是不會選擇捨棄生命的。據黃嫣梨考證，及至同治年中，

〔註25〕馮其庸：《蔣鹿潭年譜考略》，《蔣鹿潭年譜考略〈水雲樓詩詞〉輯校、重校〈十三樓吹笛譜〉》，青島·青島出版社，2014年版，第40頁。

〔註26〕宗源瀚：《水雲樓詞續序》，《水雲樓詞》，《江陰先哲遺書》本。

〔註27〕陳思修，繆荃孫纂：《民國江陰縣續志》，南京·江蘇古籍出版社，1991年版，第191頁。

〔註28〕張爾田：《蔣鹿潭遺事》，《近代詞人逸事》，《詞話叢編》，北京·中華書局，1986年版，第4367頁。

鹿潭不僅受時代憂患所擾，困於生活貧苦的窘境，還處在懷才不遇卻亦無法「自求恬適自安」的矛盾心態中。多重的壓力讓詞人不得不選擇結束「一場噩夢」。〔註 29〕

高才且多情的蔣春霖，因其不與流俗的坦直和書生意氣，敏銳細膩的感受力以及消極沉鬱的悲觀意識，讓詞作呈現其獨有的風格。其作《水雲樓詞》不僅婉轉深至、意蘊無窮，還在悲憫沉鬱之中，表現出時事、社會中的亂象和矛盾。《水雲樓詞》有蔣春霖自訂本，兩卷共 106 闋，由杜文瀾收刻於《曼陀羅華閣叢書》中。此本前有徐鼒、何詠、李肇增、褚榮槐四人序文。鹿潭歿後，宗源瀚輯錄其佚詞 49 首作《水雲樓詞續》一卷。光緒年間，江陰繆荃孫將《水雲樓詞》二卷、《水雲樓詩剩稿》一卷及《水雲樓詞續》合刻，收錄於《雲自在龕叢書》中。此外，又有上海有正書局本《水雲樓詩詞稿合本》、湖南思賢書局刻本、吳中丁氏適存廬本等。

就風格論，鹿潭詞能兼採眾長。《水雲樓詞》中既有玉田「清空」的清新秀麗之作，又有嚴守聲律、精於鍊句的白石風貌，亦不乏慷慨寄託、意內言外的作品。

論鹿潭詞清空者如陳廷焯，其謂：「鹿潭詞，深得南宋之妙，於諸家中，尤近樂笑翁。竹垞自謂學玉田，恐去鹿潭尚隔一層也。」〔註 30〕玉田之「清空」即追求詞之雅正氣格，以清秀詞風替以濁俗。陳氏以竹垞句讚譽鹿潭所得玉田之精髓。其詞雅正蘊藉者如「淚點關河，軍聲草木，愁殺江南行旅。絲闌漫譜，怕怨笛吹殘，落花難數。門掩春寒，日斜聞戍鼓」〔註 31〕，「哀角起重關。霜深楚水寒。悲西

〔註 29〕黃嫣梨：《蔣春霖評傳》，南京．南京大學出版社，1997 年版，第 57 頁。

〔註 30〕陳廷焯：《白雨齋詞話》，《詞話叢編》，北京．中華書局，1986 年版，第 3870 頁。

〔註 31〕馮其庸：《〈水雲樓詩詞〉輯校》，《蔣鹿潭年譜考略〈水雲樓詩詞〉輯校、重校〈十三樓吹笛譜〉》，青島．青島出版社，2014 年版，第 32 頁。

風，歸雁聲酸。一片石頭城上月，渾怕照、舊江山」。〔註 32〕此兩闋氣格高正，豪情全然蘊藉在文字中，並無外露痕跡，在抒寫性靈語的同時，亦能得言外之意，不由使人一唱三歎。其獨具清秀美意者如「正雨霽、山容似曉。經臺吹帽西風小。試筆染糕香，卻又怕、黃花笑我，空醉斜照」〔註 33〕、「水晶簾卷澄濃霧。夜靜涼生樹。病來身似瘦梧桐。覺道一枝一葉怕秋風」〔註 34〕等。詞人完成了「空」字的美學構畫，不著一字，盡得風流，在詞境上也不費氣力地營造出清麗之境。

鹿潭詞受姜夔影響極深，也因此蔣氏頗爲注重「句琢字煉」，在揮灑情感時仍能協調聲律，同時善於化用唐宋名家之典。其如「瘦腰不恨秋來早，秋來偏在天涯。更堪傷，十載荷衣，吟鬢蒼華」〔註 35〕、「蒼苔換舊跡。過卻清明春是客。花外玉尊又側」〔註 36〕都是鍊字練意的佳作，能極盡造句之妙。其《蝶戀花・北游道上》是鹿潭鍊字和化典之作：「沙外斜陽車影淡，紅杏深深，人語黃茅店。陌上馬塵吹又暗，柳花風裏征衣減。」〔註 37〕作者將斜陽之「淡」和紅杏之「深」嵌入句中，頗有鍊字之趣。又李商隱《詠燈詩》中有「冷暗

〔註 32〕馮其庸：《〈水雲樓詩詞〉輯校》，《蔣鹿潭年譜考略〈水雲樓詩詞〉輯校、重校〈十三樓吹笛譜〉》，青島・青島出版社，2014 年版，第 49 頁。

〔註 33〕馮其庸：《〈水雲樓詩詞〉輯校》，《蔣鹿潭年譜考略〈水雲樓詩詞〉輯校、重校〈十三樓吹笛譜〉》，青島・青島出版社，2014 年版，第 55 頁。

〔註 34〕馮其庸：《〈水雲樓詩詞〉輯校》，《蔣鹿潭年譜考略〈水雲樓詩詞〉輯校、重校〈十三樓吹笛譜〉》，青島・青島出版社，2014 年版，第 41 頁。

〔註 35〕馮其庸：《〈水雲樓詩詞〉輯校》，《蔣鹿潭年譜考略〈水雲樓詩詞〉輯校、重校〈十三樓吹笛譜〉》，青島・青島出版社，2014 年版，第 27 頁。

〔註 36〕馮其庸：《〈水雲樓詩詞〉輯校》，《蔣鹿潭年譜考略〈水雲樓詩詞〉輯校、重校〈十三樓吹笛譜〉》，青島・青島出版社，2014 年版，第 67 頁。

〔註 37〕馮其庸：《〈水雲樓詩詞〉輯校》，《蔣鹿潭年譜考略〈水雲樓詩詞〉輯校、重校〈十三樓吹笛譜〉》，青島・青島出版社，2014 年版，第 25 頁。

黃茅驛」〔註38〕，鹿潭詞「人語黃茅店」恰如此境。此外，其如「濁酒孤琴，門對春寒掩」、「怪西風，偏聚斷腸人，相逢又天涯」等皆「語多清警」，造句尤妙。

鹿潭詞上幾南宋，但也不乏寄託比興、意內言外之手法。顯、隱之法皆入其詞。文廷式謂其有沉深之思，朱祖謀亦有「幾許傷春憂國淚」之論。〔註39〕陳廷焯云：「詞至國初而盛，至乾嘉以後乃精。莊中白敻乎不可及已，皋文、仲修亦駸駸與古爲化。鹿潭稍遜於皋文、莊、譚之古，而才氣甚雄，洵鐵中之錚錚者也。」〔註40〕陳氏將蔣鹿潭歸於常派之中，以張惠言、譚獻、莊棫諸家與其詞相較，雖言鹿潭之「古」稍遜於諸家，但也對其作了「才氣甚雄」的肯定。鹿潭的比興之法有直書其意者，如「更傷心南望，隔江無數峰青」、「戍鼓驚秋，夢魂還渡桑乾水。連村黃葉圍殘壘。雁聲在、斜陽紅裏」、「暮笳咽。沙影沉沉動月」〔註41〕等語，所言處處都呈現了太平天國戰事景況，直呈筆端的「戍鼓」、「殘壘」，伴隨著「雁聲」和嗚咽的笳聲，由各種感官組合而成的圖景描繪最直觀的戰爭場景。其隱喻、寄託者如「又斜陽，過盡西樓，都是昏鴉」〔註42〕、「慘月啼鵑，荒灘警雁，四山恨匝低雲」、「一覺十年前夢，春風減、杜牧清狂。又簫聲吹起，疏簾殘月微茫」〔註43〕等，都以隱喻寄託家國無處之感，在含蓄的表達中傳達言外之意。

〔註38〕李商隱：《玉谿生詩集箋注》，上海・上海古籍出版社，1998年版，第320頁。

〔註39〕朱孝臧：《彊村語業箋注》，成都・巴蜀書社，2002年版，第350頁。

〔註40〕陳廷焯：《白雨齋詞話》，《詞話叢編》，北京・中華書局，1986年版，第3870頁。

〔註41〕馮其庸：《〈水雲樓詩詞〉輯校》，《蔣鹿潭年譜考略〈水雲樓詩詞〉輯校、重校〈十三樓吹笛譜〉》，青島・青島出版社，2014年版，第27頁。

〔註42〕馮其庸：《〈水雲樓詩詞〉輯校》，《蔣鹿潭年譜考略〈水雲樓詩詞〉輯校、重校〈十三樓吹笛譜〉》，青島・青島出版社，2014年版，第27頁。

〔註43〕馮其庸：《〈水雲樓詩詞〉輯校》，《蔣鹿潭年譜考略〈水雲樓詩詞〉輯校、重校〈十三樓吹笛譜〉》，青島・青島出版社，2014年版，第80頁。

總的來說，鹿潭詞中兼有南宋張炎清空之境、姜夔造句警妙之法，亦在感慨寄託間，以疏宕的表達將豪俠之氣和婉約之感，蘊發無端。從其相容並蓄的風格我們可以看出，蔣氏《水雲樓詞》並無門戶偏見，能匯納百宗，盡掃葛藤。其婉約至深的情感鋪敘、虛渾別致的鍊句琢字，以及獨具雄才的靈性表達都讓其能卓然成一大家。譚獻在《復堂日記》中言：「閱蔣鹿潭《水雲樓詞》，婉約深至，時造虛渾，要為第一流矣。〔註 44〕譚獻對蔣鹿潭是十分推崇的，其在《篋中詞》中云：「文字無大小，必有正變，必有家數。《水雲樓詞》固清商變徵之聲，而流別甚正，家數頗大，與成容若、項蓮生二百年中，分鼎三足。咸豐兵事，天挺此才，為倚聲家杜老。而晚唐兩宋一唱三歎之意，則已微矣。或曰：『何以與項並論？』應之曰：『阮亭、葆馚一流，為才人之詞。宛鄰、止菴一派，為學人之詞。惟三家是詞人之詞，與朱厲同工異曲，其他則旁流羽翼而已。』」〔註 45〕其以「天挺此才」突出了蔣鹿潭的詞史地位，將蔣鹿潭與成、項二人並列，並以「詞人之詞」謂其雄才。譚獻的評價幾乎直確立了蔣春霖在詞史中的地位。以「詞人之詞」論鹿潭者還有張伯駒：「蔣鹿潭、項蓮生，為有清詞人之詞，然以家數論，余以為蔣為大。」〔註 46〕張氏以蔣、項二人詞並列，並將蔣鹿潭推尊為大。在譚獻的影響下，還有周曾錦也對鹿潭作了相似的評價：「昔譚仲修謂蔣鹿潭，咸豐兵事，天挺此才，為倚聲家老杜。斯言當矣。與蔣同時唱和而功力悉敵者，有秀水杜小舫……讀蔣、杜二公之詞，覺白石、梅溪，去今未遠。天挺二老於咸同之際，亦詞界之中興也。」〔註 47〕周氏標舉了譚獻的說法，

〔註 44〕譚獻：《復堂日記》庚午，半廠叢書初編本，光緒十一年（1881）刻本。

〔註 45〕譚獻：《清詞一千首　篋篋中詞》，杭州・西泠印社出版社，2007 年版，第 182 頁。

〔註 46〕張伯駒：《叢碧詞話》，《詞學》第一輯，上海・華東師範大學出版社，1981 年版，第 89 頁。

〔註 47〕周曾錦：《臥廬詞話》，《詞話叢編》，北京・中華書局，1986 年版，第 4645 頁。

並將蔣鹿潭與杜文瀾並稱，作咸同名家論，並以此時謂「詞界之中興」。黃孝紓在論清詞時，也不吝對鹿潭的褒揚：「咸同以來，兵事俶擾，外患日亟。才智之士，蘊其憂閔忠愛、悱惻芬芳之懷，一寄於詞，越世孤往，其緒益昌。遠若蔣鹿潭，近若王半塘、鄭大鶴、朱彊村諸人，雖各肸向陽湖，至其廣已造哀，寄心家國，以蘄合拙、重、大致旨，雖起茗柯諸老於九泉，要不能無前賢後生之畏。」〔註48〕黃氏所論王鵬運、朱孝臧等諸家均晚鹿潭數十年以上，其幾乎以鹿潭詞爲咸同時期唯一的代表。冒廣生以「多清商變徵之音，而流別甚正」、「翁以舞劍扛鼎之雄，出輕攏緩撥之調，哀感頑豔，窮而愈工」〔註49〕等語論鹿潭詞，其「哀感頑豔，窮而愈工」是爲《水雲樓詞》不錯的總結。王詒壽有《徵招・蔣鹿潭春霖水雲樓詞續，讀之淒婉欲絕，其集中本事使人言愁欲愁。酸鼻微吟，遂成此解》歎鹿潭云：「星河澹月秋鴻夜，嗚嗚洞簫吹起。故國又新霜，悵羈人千里。吟豪重料理。判付與、怨紅顰翠。脈脈吳波，依依楚夢，斷魂情味。」〔註50〕王氏不僅以淒婉欲絕標明了鹿潭詞之特色，還論及詞中本事，可謂研讀至深。此外，朱祖謀等均以嘉道間名家巨擘稱之。由上觀之，蔣春霖以詞筆書寫，創作了諸多優秀的作品，成爲清詞中興的絕對擔當，其亦以「詞史」創作讓其「小詞」頗具史學價值。蔣春霖既是淮海詞人群體中的重要一員，亦是晚近詞壇中獨具個性的一員。

二、杜文瀾：「詞場老斲輪」

杜文瀾，字小舫，又作筱舫，浙江秀水人，俞樾以「詞場老斲輪」稱之。在遊宦淮海時，杜氏作爲淮海詞人群體中的核心人物，不僅以詞名，還在詞律研討、詞籍校勘等方面頗見功力。

〔註48〕黃孝紓：《清名家詞序》，《清名家詞》，上海・上海書店，1982年版。
〔註49〕冒廣生：《小三吾亭詞話》，《詞話叢編》，北京・中華書局，1986年版，第4665頁。
〔註50〕王詒壽：《笙月詞》卷五，《榆園叢刻》第13冊，光緒間刻本。

杜氏年少孤貧，「其舅褚公習法家言，久客湖北，憫君母子無所依，迎之往，以長女女之。君既從舅氏居，兼讀律」。〔註 51〕弱冠之歲後，杜氏入裕泰幕，「受任明府」，「凡三閱月，手定大獄七十有三」，由此聲名大起。在裕泰幕中，杜氏還受知於番禺姚華佐，並隨幕參與審理了陳依精青蓮教案，征剿李沅發起義軍，「與憩庭方伯於三月望起行，由綏寧至廣西之懷遠、義寧，入桂林省。又由西埏大埠頭循大蓉江折回新寧，獲李沅發於金峰山頂，大功始藏」。〔註 52〕咸豐元年（1851），杜氏赴任兩淮鹽運使司。咸同間，杜文瀾先後隨陸建瀛軍赴湖北圍剿太平軍，回邗上軍中，繼而在清江浦協助剿滅太平軍，任職東臺縣知縣、兩淮鹽運署淮南總局幫辦等。在太平軍叛亂平息之後，杜氏又歷署江藩、蘇藩、江安糧道等。相較於其他淮海詞人，杜氏的行年經歷可謂豐富。

杜文瀾在歷年宦遊中，不輟創作和研究，其所著頗豐。咸豐十一年（1861）杜氏刻《曼陀羅華閣叢書》。叢書共計七種，包括杜氏校注《吳夢窗甲乙丙丁稿》四卷、《草窗詞》二卷，《水雲樓詞》二卷，《萍綠詞》二卷，《采香詞》二卷，《萬紅友詞律校勘記》二卷及《古謠諺》一百卷。晚年歸里後，杜文瀾又有《憩園詞話》評載時人之詞。此外，杜氏還有《平定粵匪紀略》十八卷、《江南北大營紀事本末》二卷。

杜文瀾有著明確的詞學主張，其中最重要的一點即是嚴審音律。其對於音律的遵守有著極爲苛刻的要求。《憩園詞話》卷一開篇，杜氏便明確指出：「今之爲詞者，必依譜律所定字句，辨其平仄，更於平聲中分爲入聲所代、上聲所代，於仄聲中分爲宜商、宜去、宜入，音律允洽，始爲完詞。」〔註 53〕他認爲詞之韻律是爲作詞之基本，如

〔註 51〕俞樾：《江蘇候補道杜軍墓誌銘》，《春在堂雜文集、續編、三編》，《春在堂叢書》，光緒九年重定本。

〔註 52〕杜文瀾：《憩園詞話》，《詞話叢編》，北京・中華書局，1986 年版，第 2934 頁。

〔註 53〕杜文瀾：《憩園詞話》，《詞話叢編》，北京・中華書局，1986 年版，第 2852 頁。

果詞在聲律上「失律失協」，難免貽誤後人，不如不作。他從詞律音樂性的角度出發，強調聲情作用之重要。四聲中，他對去聲的探索尤爲精妙，其云：「平上入三聲，間有可互代。惟去聲則獨用。其聲激厲勁遠，轉折跌盪，全繫乎此，故領調亦必用之。」〔註54〕此番結論，是杜氏在不斷剖析調律之後得出的，較萬紅友之論，此論對去聲之研討更加深入，對聲律關係的探索也更加透徹。杜氏《詞律校勘記》亦爲其潛心之作，下文中多有論及，此處不做多論。此外，在詞風上，杜文瀾追崇南宋，以綿麗婉轉之意境、幽邃哀婉之筆力爲正宗，稱夢窗詞「與周美成、姜堯章並爲詞學之正宗」。其推崇南宋之意，從其刊刻夢窗、草窗二家詞也可看出。

雖然聲律主張在杜氏詞學思想中所佔比率很大，但是杜文瀾對其他詞派觀點也多有接受和融合。如其即稱周濟「詞史」之言，「持論極高」。有學者指出，從周濟詞論的接受史上考察，杜氏的《憩園詞話》獨具意義。〔註55〕在《憩園詞話》創作前約四十年的時間裏，除了丁紹儀《聽秋聲館詞話》卷十一中詳細探索了周濟「詞筆」問題外，其餘詞話、詞論均未談及周氏詞論。而在同治年間，杜文瀾不僅在《憩園詞話》篇首以較大篇幅詳細介紹周氏，還對其觀點予以極高的肯定。杜氏所論起到了推廣周氏詞論思想之作用，在周濟詞論思想接受史上亦有重要意義。《憩園詞話》的另一重要意義是其記載了與杜氏同一時代的詞人詞作，具有一定的史志意義。饒宗頤嘗云：「(《憩園詞話》）幾全部爲評載同時人之詞，俱足以庀史」。〔註56〕

杜文瀾對於詞律的堅守最直觀的反映即是其自身的創作。因此，

〔註54〕杜文瀾：《憩園詞話》，《詞話叢編》，北京・中華書局，1986年版，第2855頁。

〔註55〕沙先一：《論杜文瀾的詞學主張與創作》，蘇州大學學報（哲學社會科學版），2003年第4期。

〔註56〕饒宗頤：《論清詞在詞史上之地位》，《第一屆詞學國際研討會論文集》，臺灣・中央研究院中國文哲研究所籌備處，1994年版，第235頁。

其《采香詞》最大的特色即是循聲按拍、「嗚而當律」。《采香詞》二卷本是杜文瀾自訂而成的，全本詞作未有不合音律者。杜氏曾談到其對丁至和《萍綠詞》以音律爲標準的刪定。由此觀之，其對《采香詞》必然也經過了此番篩選。如其《齊天樂》（江南一夜香波冷）：「江南一夜香波冷，樓臺畫成秋意。舊院藏鶯，長橋繫馬，攀折遊蹤難記。飄零燕子，認六代斜陽，倦魂醒未。怨笛誰家，後庭歌罷更憔悴。桃根桃葉易老，渡頭空照影，羞鬥眉翠。舞扇勾雲，華燈背雨，都換傷春滋味。闌干傍水，問丁字簾前，細腰誰倚。無那西風，亂鴉啼又起。」〔註 57〕全闋合律，杜文瀾採此調之正體，前闋十句以「意」、「記」、「子」、「未」、「悴」五字爲仄韻，後闋以「翠」、「味」、「水」、「倚」、「起」五字作仄韻，雙調一百二字全然合拍。杜氏其他詞如《桂枝香・賦桂用周草窗韻》〔註 58〕、《霜葉飛・重九登西岐山用周清眞韻》、《一枝春・梅雨悶人次草窗酒邊聞歌韻》、《瀟瀟雨・重九千一日眉生客居吳門用玉田韻約作登高之會，即次奉酬》〔註 59〕等均倚正體、原韻創作，在此不一一展開。在韻律的基礎上，杜氏在詞的創作風格上也多崇南宋之風，以綿麗婉轉之作居多，同時善於化用前典，亦能兼具比興寄託的書寫。謝章鋌論杜文瀾詞云：「秀水杜小舫文瀾詞清筆婉，言外殊多感慨。」〔註 60〕其幽邃婉轉者如「楓影外，千呼萬喚，替秋風、管領離別。怎又聽徹梁州，鬢絲添雪」〔註 61〕、「無端風急石城橋，爲問莫愁，艇子倩誰招」〔註 62〕、「鯉魚風大寒潮闊，落葉空提句。慰相思、只有西窗夜雨」〔註 63〕等。其中不僅可見其哀婉的創作風格，「千呼萬喚始出來」、「江州司馬青衫濕」等前人典句亦一同可見。杜文瀾

〔註 57〕杜文瀾：《采香詞》，咸豐曼陀羅華閣刻本，卷一。
〔註 58〕杜文瀾：《采香詞》，咸豐曼陀羅華閣刻本，卷一。
〔註 59〕杜文瀾：《采香詞》，咸豐曼陀羅華閣刻本，卷二。
〔註 60〕謝章鋌：《賭棋山莊詞話》，《詞話叢編》，北京・中華書局，1986 年版，第 3562 頁。
〔註 61〕杜文瀾：《采香詞》，咸豐曼陀羅華閣刻本，卷二。
〔註 62〕杜文瀾：《采香詞》，咸豐曼陀羅華閣刻本，卷二。
〔註 63〕杜文瀾：《采香詞》，咸豐曼陀羅華閣刻本，卷一。

《己未除夕》（淒涼斷角）〔註64〕等闋是其感慨世事之作，對於太平天國戰爭和社會亂象多有論及。其中可見其感慨寄託的「詞史」書寫。

杜文瀾在詞律校勘、聲律研討及其《采香詞》創作等諸多方面多得時人讚譽。俞樾嘗言：「因萬紅友《詞律》宗《花間》、《尊前》之典型，闢《嘯餘圖譜》周濟紕繆，有功詞學不淺。而大輅權輿，容有疏略，著有《詞律校勘記》，爲紅友彌縫其隙。故讀君《采香詞》二卷，格律精嚴，合於紫霞翁之《作詞五要》。」〔註65〕俞樾肯定了杜文瀾在詞律校勘上的成績，亦對其創作的格律精嚴作了評價。江順詒也以「萬氏有功於詞學，杜氏又爲萬氏之功臣」論其對聲律之法所作的貢獻。李肇增在《采香詞》序言中亦極盡褒詞云：「公以簿領之暇，敦悅詩、書，天情流煥，時命豪贖。閎意目眇旨之論，見志觀變之言，野會川沖，紛其造述。而風流豔發，擿病捶聲，運神鋒於筆端，析纖芒於荊棘，大不遺細，音不害情。」〔註66〕由上可見，在淮海詞人群體中，杜文瀾全然不愧於「詞場老斲輪」之名。杜氏能詞、工詞，然其地位和價值不僅體現在一己成就中。杜文瀾以其在淮海詞人群體中的組織與領袖作用，提倡淮海一方風雅，成爲推動淮海詞人群體發展的重要人物之一。

三、李肇增與《淮海秋笳集》

李肇增，甘泉人，博學善屬文。世居揚州城中，咸豐年間避難泰州，輾轉東臺等地。據《甘泉縣志》載：「初肇墉與弟肇增，奉母居西城外誅茅爲小園，面郭枕湖，頗饒勝致。洪楊之亂，蕩爲邱墟，肇增奉母客江南，肇墉避地東臺。」〔註67〕城外小園，即是李肇增舊居

〔註64〕杜文瀾：《采香詞》，咸豐曼陀羅華閣刻本，卷二。

〔註65〕俞樾：《杜筱舫觀察六十壽序》，《春在堂雜文集、續編、三編》，《春在堂叢書》，光緒九年重定本。

〔註66〕李肇增：《采香詞序》，《采香詞》，咸豐曼陀羅華閣刻本。

〔註67〕中國地方志集成工作委員會編：《中國地方志集成 江蘇府縣志輯》，南京．江蘇古籍出版社，1991年版，第543頁。

「慈園」。李肇增曾記云：「園以『慈』名，何也？以奉吾母遊娛其中，故以名『慈』也。」〔註 68〕此園雖偏，但風景絕佳，園中梅、桃、竹、桂俱全，園外遊舫往來，「不出戶庭，可坐而觀也」。可惜咸豐年間揚州城陷後，園則旋毀。李肇增云：「吾母與兄每欷歔遭亂，不惜其他，而深太息於斯園之毀，不克樂以終也。」〔註 69〕

李氏所著有《琴語堂文述》二卷，於咸豐七年由鄧薌甫刊刻，有吳門木活字印本。又有《琴語堂雜體文續》一卷，此本於同治三年自刻於揚州。其詩詞多未梓亡佚，詩僅於《國朝正雅集》中收錄五首，自輯《淮海秋笳集》中錄其《冰持庵詞》一種，僅一闋《念奴嬌・和白石道人詠荷花》，另有《琵琶仙》一首題於丁至和《萍綠詞》前。

就創作論，宣統《泰州志》云其「牢騷不平質氣，一寓於文」，其所著《琴語堂雜體文續稿》中「多沉鬱淒厲之作」。續稿序云：「吾少時與君等共遊處，論志未嘗不欲少有所建立，恥戔戔弄柔翰，虛擲歲月，爲壯夫笑。今年適四十，志命乖忤已矣，儕輩多掇青紫去，吾子克自樹立，以骨鯁邀主，知中外屬望，甚羨甚羨。余乃遭時艱危，流離奔衣食，碌碌無所成就，僅託空文自鳴，又不足辱士大夫知，可愧已。」〔註 70〕李肇增並非如其自謙所云「託空文自鳴」，他的文辭才氣是其時眾人公認的。雖不以詞名，但是李氏卻以其文字工夫先後爲杜文瀾《采香詞》、丁至和《萍綠詞》、蔣春霖《水雲樓詞》和薛詩雨《藤香館詞》作序。

李肇增對淮海詞人群體所作最大的貢獻，即是輯錄了《淮海秋笳集》。是集是咸同年間揚州地區的一部重要詞集。張宏生以此集之選定作爲淮海詞人群體形成的重要標誌。〔註 71〕是集有咸豐十年（1860）

〔註 68〕李肇增：《慈園感舊圖記》，《琴語堂雜體文續》，同治三年刻本。

〔註 69〕李肇增：《慈園感舊圖記》，《琴語堂雜體文續》，同治三年刻本。

〔註 70〕卞寶第：《琴語堂雜體文續稿序》，《琴語堂雜體文續》，同治三年刻本。

〔註 71〕張宏生著，卞孝萱主編：《中國詞小史》，瀋陽・遼海出版社，2012 年版，第 164 頁。

遲雲山館刻本，收錄咸豐年間淮海詞人作品十二家。其中歷次收錄張安保《晚翠軒詞》（7 首）、范凌雙《冷灰詞》（2 首）、吳熙載《匏瓜室詞》（5 首）、汪鋆《梅邊吹笛詞》（20 首）、李肇增《冰持庵詞》（1 首）、王荄《受辛詞》（20 首）、張丙炎《冰甌館詞》（4 首）、黃涇祥《豆蔻詞》（5 首）、郭夔《印山堂詞》（6 首）、馬汝楫《雲笙詞》（10 首）、黃錫禧《棲雲山館詞》（22 首）、姚正鏞《江上維舟詞》（22 首）、白桐生詞（2 首）。李肇增在《淮海秋笳集序》中對其編選主旨進行說明：

> 往從意園諸君爲文酒之會，少長列坐，前喁後於，命白騁辭，陵瞰前哲。秦青絕煩手之響，韓娥詡繞樑之音。鏤燭騰箋，□然遐抱，北場綷泳，何其樂也。屬大風橫起，豺狼食人，故舊傖荒，半登鬼籙。風雨之夕，歌《大招》而魂遠；尺波既謝，覽遺文而神傷。邈矣牙琴，心焉摧折。若乃靈響迸發，勝友飆興。《陽阿》、《激楚》，競揚乎希聲；吳歈越吟，送陳乎妙奏。小山大山之侶，斷竹續竹之謠。翰起雲飛，復捃墜緒。白石抽妍於淮左，方回寫恨於江南。東野巴人，亦參帷席。此則連情散藻，山豔水波，溯寫流風，誠不減漳川之舊賞也。然而秦川公子，茹歌流離；杜陵野翁，含傷羈泊。撝黃金而已盡，紛赤樟兮橫來。淪跡風煙，汰歡林澗，雖復陶弦觴於嘉月，流盼睞於蛾眉。而長笛短笛，盡河瀆同病之歌；傾國傾城，結漢女求思之詠。亦帷是情涯佇苦，憂緒增酸已也。遂乃研宮擿微，懷柳囊辛。東謳共西缶並哀，白雲與紅桑競戚。都爲一卷，繫以棄言。雍門之操，非媚賞於聾俗；車子之奏，期躝伎於溫胡。苦調義心，是所望於□俞之聽也。〔註 72〕

李氏由揚州地區的唱酬之風論起。廣陵間，自清初王士禛的紅橋唱和始，一直以來風雅唱和不斷。序中李氏回憶咸同前揚州的唱酬風貌，以意園諸君論一時文酒風雅之盛。其後，李冰叔筆鋒急轉，以「屬大風橫起」語，論太平戰禍之襲來。在序中，李氏點明了《淮

〔註 72〕李肇增：《淮海秋笳集序》，《淮海秋笳集》，《揚州文庫》，揚州・廣陵書社，2015 年版，第 603 頁。

海秋笳集》輯錄的背景、主旨和創作的特色。「豺狼食人，故舊傖荒」，作者以太平天國戰爭帶來的風雨之夕，作爲詞集編選之背景；「秦川公子，茄歌流離；杜陵野翁，含傷羈泊」，表明此集中的慨歎與唱酬不再是意園酬唱時的歡愉之音，而是歷經變故的「含傷」之歎；「東謳共西缶並哀，白雲與紅桑競戚」，論其創作之哀婉酸楚之風格。此外，集中詞人吳熙載多受常派影響，而張丙炎等人多傾向浙西，可見李氏輯錄並不以詞人的創作取向爲標準。李肇增在一定的聲律要求下，以太平天國戰亂影響下的詞人哀音爲輯錄準則。而此輯錄標準亦凸顯其編選主旨。

王之春嘗言：「(《淮海秋笳集》) 共十二家都爲哀怨之音，蓋因兵燹仳儷，有感而作也……我也目斷湖山，魂驚鼙鼓，偶披此卷，輒愴予懷。以名作如林，分選志賞。蓋掬新亭之淚，步石帚之塵，不僅以搓酥摘粉爲工也。」〔註 73〕王氏對《淮海秋笳集》的創作做了極爲準確的解讀。其標明了是集「哀怨之音」的創作風格、「因兵燹仳儷」的創作背景，還以「步石帚之塵」語，點明了集中多用姜白石韻、追崇南宋的創作特色。除王氏外，譚獻在《篋中詞》中對《淮海秋笳集》之作品多有選錄，並以詞史稱之。由上可見《淮海秋笳集》在咸同淮海詞壇中的重要性。李肇增的輯錄，不僅爲咸同淮海詞壇保留了重要的文獻，也爲咸同時代留下了一份屬於中下層士人的史料。也由此，李氏當爲淮海詞人群體中不可或缺的一位重要成員。

〔註 73〕王之春著，喻嶽衡點校：《椒生隨筆》，長沙・嶽麓書社，1983 年版，第 25 頁。

第三章　淮海詞人群體交遊考

陳寅恪嘗論：「吾人今日可依據之材料，僅爲當時所遺存最小之一部，……所謂眞瞭解者，必神遊冥想，與立說之古人，處於同一境界，而對於其持論所以不得不如是之苦心孤詣，表一種之同情，始能批評其學說之是非得失，而無隔閡膚廓之論。」〔註 1〕在「批評其學說之是非得失」前，我們必須「與立說之古人，處於同一境界」。因此我們在對其背景、形態、構成作了瞭解之後，即需要展開對群體在當時的形成、交往的討論，以期能與其「處於同一境界」。梁啓超曾談到：「夫所貴乎史者，貴其能敘一群人相交涉、相競爭、相團結之道，能述一群人之所以休養生息、同體進化之狀，使後之讀者愛其群、善其群之心油然生焉。」〔註 2〕由此觀之，一群人之所以可以被歸爲一個群體，正是因爲他們有著「休養生息、同體進化之狀」，群體中的個體能自覺地尋找到與其他個體之間「相交涉、相競爭、相團結」的取徑。群體的共同目標和精神內核也在不斷發展演變中得以呈現。我們之所以認同他們是一個群體，是由於這些個體在社會交往和生活中彼此有著密切的聯繫，從文學創作到人生追求都有著相似或相同之處。我們追索群體的演變過程不僅可以探得交涉、競爭、團結之道，

〔註 1〕陳寅恪：《金明館叢稿二編》，北京・生活・讀書・新知三聯書店，2009 年版，第 279 頁。

〔註 2〕梁啓超：《新史學》，北京・商務印書館，2014 年版，第 87 頁。

亦可從中尋到群體內質的發展軌跡，繼而對其內核進行探索。因此，從具體的交遊活動和歷史眞實出發，我們將對淮海詞人群體的形成、發展和演變，個體的互動關係進行討論。

淮海詞人流動頻繁，交遊軌跡繁多，唱和活動也因由詞人的流動無法呈現固定的組合形態。但對文獻進行綜合整理之後，我們發現淮海詞人群體的聚合雖以零散的唱酬居多，但還是有規律可循的。詞人群體的聚合雖然表現爲唱酬活動，但聚合是經歷一定過程的。聚合是以個體相互交往、活動爲基礎的。就淮海詞人群體而言，由蔣春霖、丁至和、杜文瀾、金安清等人所組成的軍中九秋社雖然在同治年間開始活動，但其四人、及其周圍詞人個體的互動早在咸豐初年就已經開始了。由本籍詞人黃錫禧、郭夔等人主持的唱酬活動也早在道咸交替時就開始了。從這個意義上來看，僅就詞社活動來確定、考訂詞人的活動是遠遠不夠的。詞社的確立僅是一個詞壇活動的表現，一個群體相互交流的表現。我們需要從群體中的重要個體出發，尋找個體交往的線索，還原詞社確立前的詞人活動狀態，繼而才能明確這一群體的發展過程。

從現有文獻出發，我們發現在淮海詞人群體發展歷程中，有兩次較大的詞人聚合。其一是同治二年軍中九秋社的活動，其二是李肇增集《淮海秋笳集》中所輯諸位詞人的相互交遊。這其中九秋社成員共九人，基本爲外籍詞人，但這九人在近十年的交往中與近半數的淮海詞人有交流，從他們的交遊活動中可以看到一些其他詞人的交遊軌跡。因而對九秋社的成員訂交、交遊狀況和成社過程、詞社活動進行考量的同時，也可以兼及與其有交集的其他外籍詞人的考察。《淮海秋笳集》中詞人大體爲本籍詞人，其中成員也常有互動、交流，而其交往對象往往以本籍詞人爲主。因而通過對《淮海秋笳集》中作者詞學活動的考察，我們也兼及考察了淮海詞人群體中的本籍詞人。下文即從這兩個方面出發，展開對淮海詞人群體整體交遊活動的考察。

第一節　九秋社與相關成員交遊考

九秋社成社於同治二年（1863），由喬松年、金安清、杜文瀾等人倡立於泰州軍中。社中成員爲杜文瀾、錢勖、宗源瀚、姚子箴、蔣春霖、張熙、黃涇祥、黃文涵、金安清。社中人以軍中生活秋綺、秋櫪、秋堠、秋灶、秋鏑、秋幢、秋幕、秋角、秋堞爲題，九人同作。九秋社可謂是咸同年間淮海地區最重要的詞社之一。

一、九秋社主要成員訂交考訂

就淮海詞人群體來說，在可考的詞人當中，蔣春霖是流寓詞人中較早來到淮海地區的一位詞人。有學者將咸豐元年（1851）杜文瀾、蔣春霖於泰州訂交作爲淮海詞人群體的正式形成，〔註 3〕但實則自道光二十八年（1848）鹿潭始爲淮南鹽官開始，淮海詞人群體個體的交流就已經開始了。

李肇增《水雲樓詞》序云：「蔣君鹿潭，負文學氣義，與世牴牾，官鹽曹十年。」〔註 4〕據馮其庸先生考，按鹿潭丁巳年母憂去官向前推，其初爲鹽官當爲道光二十八年（1848）。雖然蔣氏在《甘州》詞中云「辛亥，余爲淮南鹽官」，〔註 5〕其並非指鹽官自辛亥年始。另鹿潭詞《探春》云「己酉秋暮，飲於珠谿」。〔註 6〕「珠谿」地在鹽城南，己酉年爲道光二十九年（1849）。由此也可證明鹿潭早在辛亥年前到了淮海地區。在與杜文瀾訂交前，蔣春霖與淮海詞人的交遊無法考證，但可以從一些線索推出蔣氏已經與一些詞人開始了往來。如

〔註 3〕陳水雲：《咸豐、同治時期淮海詞人群體綜論》，武漢大學學報（人文科學版），2007 年第 6 期。

〔註 4〕李肇增：《水雲樓詞敘》，《水雲樓詞》，曼陀羅華閣本。

〔註 5〕馮其庸：《〈水雲樓詩詞〉輯校》，《蔣鹿潭年譜考略〈水雲樓詩詞〉輯校、重校〈十三樓吹笛譜〉》，青島・青島出版社，2014 年版，第 1 頁。

〔註 6〕馮其庸：《〈水雲樓詩詞〉輯校》，《蔣鹿潭年譜考略〈水雲樓詩詞〉輯校、重校〈十三樓吹笛譜〉》，青島・青島出版社，2014 年版，第 13 頁。

鹿潭詞《角招》曾記其與本籍詞人郭夔在咸豐二年（1852）遊慈慧寺一事。其詞《探春・己酉秋暮，飲於珠谿。奉觴人頗似阿素，霧鬢風鬟，飄零亦相若也，感成此解》也爲記載道咸交際時詩酒唱和之作，詞云：

> 墮葉紅腴，疏苔綠倦，年華輕換箏柱。玉病禁秋，花嬌媚晚，燭底鬢添涼霧。縹緲驚鴻影，似乍見、春風前度。暗憐舞褪絲楊，鏡中消瘦眉嫵。　　蘇小芳顏認否。甚油壁歸來，偏恨遲暮。帶眼移香，琴心記夢，鉛淚也無重數。寒雨連江夜，莫更把、琵琶低訴。明日相思，峭帆還掛愁去。〔註 7〕

據周夢莊先生考證，此首「飲於珠谿」的詞，雖未標舉同座之人，但或可是與淮海詞人群體一員周作鎔的唱和之作。「鹿潭嘗往來珠溪，每下榻余家繭園中，園多花木，蒼茂如雲，修竹深藏，三徑皆綠，老柏虬拿，孫枝翠挹，亭堂軒榭，均覆以茅。憑欄俯瞰，帆影溪光，如列几案，心目曠然。」〔註 8〕蔣春霖「每下榻余家繭園」，可證其相與交遊的頻繁。據周氏載：「鹿潭遊珠溪，曾繪有小像留存，今尚藏余家海紅精舍，小像題詞者數十人。」又可見得其時唱和頻繁，及周、蔣交情之深。周作鎔，湖州人，長於書畫和詞。在淮海詞人中，周氏是溫雅詼諧、清言娓娓的一位，時常「傾其座人」。杜文瀾《憩園詞話》載：「（周作鎔）幼歲遊庠，食廩餼，納粟官南河，擢江蘇知縣，一署丹徒。卸篆後，因案被劾，人皆惜之。素工書畫，尤擅長於詞，與丁保庵、蔣鹿潭遊，深究格律。余曾索其殘稿，錄存數闋。」〔註 9〕周作鎔善詞，亦常在咸同間在淮海間遊走，與其中丁至和、蔣

〔註 7〕馮其庸：《〈水雲樓詩詞〉輯校》，《蔣鹿潭年譜考略〈水雲樓詩詞〉輯校、重校〈十三樓吹笛譜〉》，青島・青島出版社，2014 年版，第 23 頁。

〔註 8〕周夢莊：《水雲樓詞疏證》，臺北・黎明文化事業股份有限公司，1989 年版，第 152 頁。

〔註 9〕杜文瀾：《周陶齋大令詞》，《憩園詞話》，《詞話叢編》，北京・中華書局，1986 年版，第 2934 頁。

春霖等人均有交遊。不僅杜氏在詞話中有載，馮煦在《蕢月詞序》中也提到：「淮海間多詞人，若江陰蔣春霖鹿潭、江都丁至和葆庵、甘泉李肇增冰叔、郭夔堯卿並爲倚聲家泰斗，而嘗盍簪於吳陵。酒邊花下，賡唱迭和，一篇脫手，爭相傳寫。陶齋頡頏諸子間，跌宕自喜，與鹿潭、葆庵尤有笙磬之翕，故所詣益深。」〔註10〕其中不僅提到了周作鎔與淮海諸子的遊唱，提及本籍詞人郭夔、李肇增等人，還特別指出其與丁、蔣二人的「笙磬之翕」。蔣鹿潭嘗作《暗香》寄懷周瀟碧，詞中有「漫倚焦琴，斜日相思滿京洛」等寄懷語。〔註11〕丁至和有《西子妝》。小序云：「陶齋自號瀟碧，乙卯秋同客袁浦，聯吟過從無虛日，酒闌燈炧，出示西湖填詞稿，歌此奉贈。」又有《三姝媚》以詞答覆周氏近況。丁作《齊天樂》序云：「瀟碧于役吳陵，屢以詩詞索和，其絕句云『相逢便許句同敲，幾度從君吹洞簫。不見詞人姜白石，垂虹煙月太蕭條。』秋窗夜寂，淒不能寐，爲拈碧山韻寄懷。」〔註12〕丁氏小序作的寂寥，讀來頗能見二人深情摯意。周作鎔亦有《燭影搖紅》寄懷袁江詞社諸友：「夕陽旗影照孤郵，一片悲笳亂，花底閒鷗夢短，悔飄零，琴尊自款。」〔註13〕藏於詞間的「鷗夢」二字能見故友深情。丁至和書齋名爲「漚夢館」，時人常於其中唱和。周作鎔以其二字紀念交遊閒情。從周氏詞中我們也找到了早期淮海詞人的交往線索。

咸豐元年（1851）鹿潭任富安場大使。同年，杜文瀾始權泰州分司，在東臺始與蔣氏訂交。《憩園詞話》載：「蔣麟潭鹺參軍春霖，江

〔註10〕馮煦：《蕢月詞序》，《詞學季刊》，第二卷第四號，第128頁。

〔註11〕馮其庸：《〈水雲樓詩詞〉輯校》，《蔣鹿潭年譜考略〈水雲樓詩詞〉輯校、重校〈十三樓吹笛譜〉》，青島·青島出版社，2014年版，第65頁。

〔註12〕馮其庸：《重校〈十三樓吹笛譜〉》，《蔣鹿潭年譜考略〈水雲樓詩詞〉輯校、重校〈十三樓吹笛譜〉》，青島·青島出版社，2014年版，第21頁。

〔註13〕周作鎔：《蕢月詞》，《詞學季刊》，第二卷第四號，第133頁。

蘇人，寄籍順天。歷署淮南鹺尹，曾練鄉團禦寇，吏治卓越，商民感之。性好長短句，專主清空，摹神兩宋。遇文士必引以作詞，娓娓不倦。余權泰州僉判，始與訂交，樂數晨夕。」〔註 14〕杜文瀾雖然在詞話作「樂數晨夕」論，但由杜文瀾行跡發現，咸豐元年初夏其始赴兩淮鹽運使司。然同年粵寇初起，「兩江陸立夫制軍建瀛爲欽差大臣，赴楚堵勦。檄余與戚子固觀察綜理糈臺，余兼司箋奏。」也就是說咸豐二年（1852）底，杜氏就已經隨陸建瀛赴湖北圍剿太平軍了。蔣、杜二人訂交後，「樂數晨夕」的日子很快便被戰亂打亂。

咸豐三年（1853）正月，太平軍自武昌直趨南京，二月破城定都。蔣鹿潭雖不在南京，但其友人金澍在出逃金陵後，「爲述沙洲避雨光景」，鹿潭以《臺城路》記之。詞序云：「金麗生自金陵圍城出，爲述沙洲避雨光景，感成此解。時畫角咽秋，燈焰慘綠，如有鬼聲在紙上也。」〔註 15〕金麗生，名澍，浙江秀水人。杜文瀾《憩園詞話》卷四云：「余表妹倩金麗生澍，本籍隸杭州，幼隨其尊人寄司秀水。弱冠遊楚北，與余同硯席十餘年，有詩癖而詞不耐循律。……麗生歸杭修墓，代索楹帖，並題西泠讀書圖，寫作皆妙。旋聞其入軍幕，保官司馬。」〔註 16〕由杜氏言看，金麗生爲杜氏同鄉，並與其「同硯席十餘年」。金氏與蔣鹿潭如何相識無史可考，但據此推測可能是因杜文瀾而相互熟識。金麗生與蔣鹿潭所述金陵事，也有本可考，詳載於金樹本所記《張邴原金陵內應紀略》中。該書的手稿本封面題簽下署「金麗翁筆，時丁巳新秋，寓申江客舍」。王韜手抄本序云：「介鶴於癸丑春爲賊虜至金陵，置糧館中。曾與金陵張炳元、

〔註 14〕杜文瀾：《蔣鹿潭鹺參軍詞》，《憩園詞話》，《詞話叢編》，北京・中華書局，1986 年版，第 2922 頁。

〔註 15〕馮其庸：《〈水雲樓詩詞〉輯校》，《蔣鹿潭年譜考略〈水雲樓詩詞〉輯校、重校〈十三樓吹笛譜〉》，青島・青島出版社，2014 年版，第 52 頁。

〔註 16〕杜文瀾：《秦次遊司馬詞》，《憩園詞話》，《詞話叢編》，北京・中華書局，1986 年版，第 2919 頁。

攜李金麗生及同志數百人謀內應。」〔註 17〕曾國藩日記咸豐十年七月十一日附記中載有「金樹本，麗生，錢塘人，在杜文瀾署中」。〔註 18〕可做一參考。杜文瀾《平定粵寇紀略》附記四中對此事亦有記載。由上可以推測作《張郉原金陵內應紀略》的金樹本可能就是金澍，其中所記事也當爲其與鹿潭所言金陵事。然就金氏與蔣、杜的交遊來看，其三人絕非泛泛之交。鹿潭詞中有三次均提到金麗生。其一即爲上文所提《臺城路》，另有《尉遲杯》和《清平樂》兩篇。其中《尉遲杯》序云：「春暮別褚又梅、金麗生，秋始相見。余又將出遊，用美成韻留別。」〔註 19〕可證其相與交遊之頻繁。《清平樂》序云：「金麗生工愁少寐，每以斜倚重籠自況。賦此調之。」〔註 20〕可見其二人交遊甚篤，並非泛泛。只可惜除此之外，金氏生卒，與蔣、杜或其他淮海詞人的交遊均無可考。

同年，杜文瀾任淮北監掣，從軍邗上，與黃文涵訂交。楊鍾羲《雪橋詩話》云：「黃文涵子湘，澧州人。童時嘗讀書於秣陵張靖逆侯故第之安園。宰邳宿，能完城殄賊。去官後從戎粵西。庚申避地海上。己巳卒於揚州。」〔註 21〕黃氏與杜文瀾的訂交見於杜氏《好事近・癸丑冬與黃子湘同從軍於邗上，重逢話別賦此贈之》中，詞云：

帳拂曉星寒，倚劍共吟晴雪。多少新亭殘淚，又唾壺敲缺。　　枇杷弦上小滄桑，青衫怨秋月。霜外雞聲初起，

〔註 17〕金樹本：《張郉原金陵內應紀略》，羅爾綱、王慶成主編：《近代史資料叢刊續編：太平天國 4》，桂林・廣西師範大學出版社，2004 年版，第 324 頁。

〔註 18〕曾國藩：《曾國藩全集 17》，長沙・嶽麓書社，2011 年，第 188 頁。

〔註 19〕馮其庸：《〈水雲樓詩詞〉輯校》，《蔣鹿潭年譜考略〈水雲樓詩詞〉輯校、重校〈十三樓吹笛譜〉》，青島・青島出版社，2014 年版，第 44 頁。

〔註 20〕馮其庸：《〈水雲樓詩詞〉輯校》，《蔣鹿潭年譜考略〈水雲樓詩詞〉輯校、重校〈十三樓吹笛譜〉》，青島・青島出版社，2014 年版，第 57 頁。

〔註 21〕劉勇剛：《水雲樓詞研究》，大連・遼寧師範大學出版社，2008 年，第 188 頁。

任孤帆催別。〔註22〕

小序證實了杜、黃二人相識於邗上之論。詞中所言「新亭殘淚」、「孤帆催別」，均可見二人的交情甚篤。在杜文瀾《憩園詞話》中雖然並未專節論及黃氏，但也多有零篇散記提及黃文涵，如卷四「昔在海陵時，黃子湘太守文涵言，丹徒嚴問樵太史保庸，由道光己丑庶常，改官知縣，放情詩酒，詞曲至精。口述小令並書扇長調各一闋」，又如「江南北利於舟楫，嘉道間牧令實任者，各置坐船，窮極工麗，其船沿俗名曰蒲奚頭甚華美。子湘告余曰：『此施夢玉司馬舊船也。』」〔註23〕黃文涵除了與杜文瀾相與交遊外，與社中、或群體中的其他詞人也有聯繫。蔣鹿潭與黃文涵雖未有資料證實其二人何時訂交，但鹿潭有詞《三姝媚·送別黃子湘》存其二人交往：

> 相思堤上柳。喚漁童樵青，繫船沽酒。水鶴飛來，背亂山無語，共君招手。莫上層樓，春已在、斜陽時候。雁磧沙寒，潮落潮生，暮帆催又。　　塵海吟身驚瘦。剩卅載才名，對花消受。尚著宮衣，聽夜窗絃索，淚般雙袖。眼底滄桑，休更迭、哀蟬淒奏。怕問王孫芳草，淮陰渡口。〔註24〕

此闋雖然難考時地，但是卻可從中見得二人交往情誼深厚。沉鬱滄茫的詞境中，顯示出蔣鹿潭對黃子湘的讚譽。社中宗源瀚與黃文涵也有交集。宗氏存詩數首，有《黃子湘大令攝儀徵，事一月政聲籍甚瀕行，民之送者踵相及也》、《下邳北山眺月次黃子湘韻》、《黃子湘太守約遊海陵昭陽途次得詩》等。〔註25〕其中《黃子湘大令攝儀徵，事一月政聲籍甚瀕行，民之送者踵相及也》以「請纓詩壯乘風膽（子湘

〔註22〕杜文瀾：《采香詞》，咸豐曼陀羅華閣刻本，卷二。

〔註23〕杜文瀾：《嚴問樵太史詞》，《憩園詞話》，《詞話叢編》，北京·中華書局，1986年版，第2920頁。

〔註24〕馮其庸：《〈水雲樓詩詞〉輯校》，《蔣鹿潭年譜考略〈水雲樓詩詞〉輯校、重校〈十三樓吹笛譜〉》，青島·青島出版社，2014年版，第37頁。

〔註25〕宗源瀚：《頤情館詩鈔》，《清代詩文集彙編》727，上海·上海古籍出版社，2010年版，第307～308頁。

從軍廣西，有《請纓集》），述祖碑尋墮淚文。十里郵亭萬行酒，鯉魚風裏送神君」語，言及黃文涵的豪情和政績，可作其留存不多的生平注解。又《黃子湘太守約遊海陵昭陽途次得詩》言：「半載東皋避網羅，閒中愁思醉中歌。臥遊不敢圖江海，眼底滄桑變態多。嘉客相逢意興長，門前流水送飛艎。棹歌夜半渾淒絕，唱到江南總斷腸」，〔註26〕以海陵約遊爲題，從眼前滄桑世態寫到烽煙戰場，既記了此二人遊途中的情和事，也寫遍世態炎涼和心底的無奈。此外，杜文瀾有詞《風入松・題黃子湘拜松圖》、陳寶有詩《題黃子湘太守〈拜松圖〉》，此兩篇亦可作群體交遊佐證。

咸豐四年（1854），蔣春霖詞《甘州》中論及其與淮海詞人趙熙文的往來。詞序「甲寅元日，趙敬甫見過」，〔註27〕記載了趙熙文於新年首日來拜見蔣春霖之事。由此可見兩人交情匪淺。趙熙文的弟弟是趙烈文，兄弟二人多爲時人稱道，如戴望有「惠甫與其兄敬甫恪守先人遺訓，益篤學務實」之語。但與其弟趙烈文相較，趙熙文的人生軌跡十分模糊，僅見於時人日記的零散條目中。而這其中對其生平記載最詳的要屬趙烈文《能靜居日記》。惠甫日記中常道「阿哥」即爲趙熙文，時有載錄二人日常往見和書信來往。如同治年間趙烈文受曾國藩所招在南京時，趙熙文也同時在曾國藩幕中，二人同在一處，時常與其時名士往來，同治四年（1865）十八日己酉條「至阿哥處，阿哥招同幕人飲，偕坐，二鼓歸」，又二十五日丙辰條「阿哥來……赴李壬叔之招，同座眉生、杜小舫、張小山、周縵雲，席散同登飛霞閣一眺」。〔註28〕同座李善蘭、周縵雲等人均爲其時名士。趙烈文爲趙

〔註26〕宗源瀚：《頤情館詩鈔》，《清代詩文集彙編》727，上海・上海古籍出版社，2010年版，第309頁。

〔註27〕馮其庸：《〈水雲樓詩詞〉輯校》，《蔣鹿潭年譜考略〈水雲樓詩詞〉輯校、重校〈十三樓吹笛譜〉》，青島・青島出版社，2014年版，第30頁。

〔註28〕趙烈文：《能靜居日記》（全四冊），長沙・嶽麓書社，2013年版，第945頁。

熙文記載下了其爲數不多的人生點滴。光緒六年十二月初五日，在其得知趙熙文死訊時，惠甫「心神驟懵、如墜深谷」，所載最爲痛心、淒慘：「吾兄所如不偶，畢生鬱結，又身體孱弱，絕不知養生之方，余憂之已久，故每有書函進服餌諸法，吾兄最不信醫，未嘗用也。……回憶同治癸酉在易州送兄之行，距今八年，中無歲不萌到屯溪省視之意，因循怠忽，遂成死絕。」〔註 29〕趙熙文以流幕爲生，李鴻章日記中作「運同銜即選知州趙熙文」、「謹將擬保光緒元年天津辦理海運出力員弁繕具清單……候補典史趙熙文」之語。曾國荃日記載「查趙函所陳昔日金陵大營利弊及今日進兵次第緩急，均屬偏隅之見，無甚可採者」等，〔註 30〕均印證了其「所如不偶、畢生鬱結」的人生遭遇。趙熙文嗜金石，也能詞，繆荃孫《國朝常州詞錄》收其詞兩闋。〔註 31〕其曾流幕淮海並與蔣鹿潭、杜文瀾均有交遊。與蔣氏的交往可由《甘州》詞證。杜文瀾《憩園詞話》中「陳槐亭司馬詞」條「夫人氏趙，字英媛，爲余友敬甫、惠甫刺史之姊」語，〔註 32〕也可爲趙、杜二人交往存證。在趙熙文爲數不多的生命存跡中，淮海詞人群體外的譚獻與其亦有交往。譚獻在光緒元年（1875）途徑懷寧時與時任安慶候補知州的趙熙文、知縣鄭襄作別，吟成《渡江雲・大觀亭同陽湖趙敬甫江夏鄭贊侯》，詞云：

> 大江流日夜，空亭浪卷，千里起悲心。問花花不語，幾度輕寒，恁處好登臨？春幡顫嫋，憐舊時、人面難尋。渾不似、故山顏色，鶯燕共沉吟。　　銷沉。六朝裙屐，百戰旌旗，付漁樵高枕。何處有、藏鴉細柳，繫馬平林？

〔註 29〕趙烈文：《能靜居日記》（全四冊），長沙・嶽麓書社，2013 年版，第 1995 頁。

〔註 30〕曾國荃撰，梁小進主編：《曾國荃集 5》，長沙・嶽麓書社，2008 年版，第 139 頁。

〔註 31〕繆荃孫輯：《國朝常州詞錄》，清光緒 22 年，雲自在龕刊本，卷二十六，第 24 頁。

〔註 32〕杜文瀾：《陳槐亭司馬詞》，《憩園詞話》，《詞話叢編》，北京・中華書局，1986 年版，第 2976 頁。

釣磯我亦垂綸手，看斷雲、飛過荒潯。天末暮，簾前只是陰陰。

譚獻的贈別詞，以吟離唱別，講「千里悲心」，訴滄海桑田之感。而就是這樣一首詞，也成爲趙熙文爲數不多的生命軌跡的留存。趙熙文作爲淮海詞人群體一員是短暫的。蔣鹿潭在新年首日以詞記存後不久，又於約二、三月間作詞《齊天樂・送周弢甫、趙敬甫之杭州》。其後，趙熙文離開淮海一隅，先後隨幕遊走南京、天津等地，飄零各處，匯入戰亂中的時代。蔣春霖提及趙熙文的還有另一首《齊天樂・送周弢甫、趙敬甫之杭州》，詞云：

天涯只恨溪山少，青春未留人住。海上閒鷗，沙邊客燕，總被西湖招去。垂楊萬縷。帶離恨絲絲，暗牽柔櫓。好趁東風，畫船一路看飛絮。　　相逢知更甚處。鷓鴣啼不斷，都是煙雨。淚點關河，軍聲草木，愁殺江南行旅。絲闌漫譜。怕怨笛吹殘，落花難數。門掩春寒，日斜聞戍鼓。〔註 33〕

詞序中除趙熙文外，所云周弢甫，即周騰虎，也是淮海詞人群體中頗具政治抱負、交遊廣泛的一員。在周氏《餐芍藥館日記》中記載了其偕家眷避難東臺的狀況：「（咸豐三年一月）廿一日，揚城移家者紛紜不一，運使及守令家眷無不上船，一舟價至百金者，余家兄得小舟三，亦五十洋錢也。飯後奉慼幃登舟，妻子均隨侍。廿二日一早，余亦下船，是日開舟泊仙女廟，避難之舟均入六閘。仙女廟泊舟數千，燈火繁盛，連日月失色，正午視日濛昧如白月，風霾競天，自後每日如此，開舟後連日爲風雨所阻，至廿八日晚始抵富安，廿九日奉慈幃入寓蘇氏室，家室住定，余即開舟，三十日至東臺晤蔣鹿潭大使春霖、萬心蓮大使開彬。」〔註 34〕從日記中不僅可以找到周、蔣二人交往的

〔註 33〕馮其庸：《〈水雲樓詩詞〉輯校》，《蔣鹿潭年譜考略〈水雲樓詩詞〉輯校、重校〈十三樓吹笛譜〉》，青島・青島出版社，2014 年版，第 31 頁。

〔註 34〕周騰虎：《餐芍藥館日記》，《太平天國稀見史料三種》上，中華全國圖書館文獻微縮複製中心，1995 年版，第 19 頁。

線索，由「避難之舟均入六閘。仙女廟泊舟數千」也可以看到其時災禍蔓延、士人輾轉流索的情狀。金安清在《周徵君傳》時也有言：「己酉，君年三十四矣，屢困場屋，平時復厭薄科舉，急思有用於世，乃爲《兩淮鹽說》數千言，制府陸公韙之，屬君集商爲倡，戚黨雄資者皆從之，輒利三倍。復擬爲經久計，專商定岸而粵寇東下，事遂大壞。君奉太夫人避居東臺。甲寅遊浙江。」〔註 35〕其中可見，周騰虎原本可憑藉《兩淮鹽說》之盛一展宏圖，卻因粵寇不得不避居淮海。好在其雄才仍頗得時人厚譽，其中包括曾國藩。周氏入曾國藩幕府後，多得其賞識。曾氏嘗言「周弢甫頗習夷務，所言亦曉暢事理。」然周騰虎生平最投緣者是趙烈文。二人爲陽湖同鄉，以兄弟相稱，多有惺惺相惜之感。趙烈文在《墓表》中云：「弢甫言：『病農不可，徵商可』首建策居貨及一金者取其釐一軍爲饒裕。於是數十年間，名臣巨公，咸踵行之不變，度支增入以億萬計，卒平打亂。而始謀者乃一寒士，莫能知之焉。」〔註 36〕趙氏明言周騰虎在經濟上的建言，行文中亦可見趙烈文對其欽佩之意。在周騰虎死後十七年，趙烈文作《有清奇士周先生墓表》以表紀念。其中一則講：「庚申，賊陷常州，韜甫時客吳門巡撫徐公有壬所，旋幕軍，親率之復州郡。方閱募籍呼名，而賊已陷蘇州入，與一子並爲所虜。旋以計得脫，走吳興。」〔註 37〕恰如趙烈文所說，從中眞能見得周騰虎這位「有清奇士」之奇。周氏有勇有謀，不僅敢想，能建言，也敢爲，能「幕軍，親率之復州郡」。論及這位奇士與淮海詞人群體中其他人的交往，除了與蔣鹿潭的數月之謀以外，他與金安清、趙熙文均有交往。其與趙氏兄弟過從甚密、無需贅言。他與金安清相識於淮海地區袁浦，此後數十年傾心相與。在

〔註 35〕周騰虎：《餐芍館詩集》，《清代詩文集彙編》663，上海·上海古籍出版社，2010 年版，第 308 頁。

〔註 36〕周騰虎：《餐芍館詩集》，《清代詩文集彙編》663，上海·上海古籍出版社，2010 年版，第 310 頁。

〔註 37〕趙烈文：《能靜居日記（全四冊）》，長沙·嶽麓書社，2013 年版，第 1872 頁。

金安清為其所作傳中亦有言及。周騰虎雖有《蕉心詞》，但留別之作多為詩作，其如《九秋，至許中丞營，呈陳梁叔、趙敬甫、方蘭槎諸君》:「高秋笳鼓幣軍營，江上風寒鐵甕城。堅壘屯軍疲百戰，孤懷拊髀起三更。樽前難話英雄事，老去宜辭俠烈名。且喜年豐輸挽易，待看天路掃□槍。」〔註 38〕詩中可見得其人高亢之感，也應了時人「豪於詩，雅健不凡」的評價。這位奇士，對於淮海詞人群體來說卻是曇花一現，或可以說周騰虎的生命雖可作詞人的注解，但這並不是其抱負所在，他以不懈遊走奔幕的生命軌跡告訴我們，奇士一身豪情、志在四方。

同年（1854 年），杜文瀾離開揚州赴清江。杜氏作《長亭怨慢》贈別張熙：

> 竟偷被東風吹暮，綺怨銷香，畫橋颺絮。燕子歸來，一襟幽怨向誰語。落花蠹網，偏不放春魂去。後約問薔薇，早拍遍闌干無數。　空誤，甚年華似水，卻把舊愁留住。新寒未減，尚負手玉階尋句。待檢點小扇輕衫，笑呼酒煙蘿深處。奈樹外斜陽，還惹殘鶯啼苦。〔註 39〕

張熙與杜文瀾於咸豐三年在揚州軍中共事時訂交。在杜文瀾看來，「揚州軍中，前後共事者五十餘人，平齋、緣仲二君外，與張子和大令最契洽。」在其《憩園詞話》中，杜氏對這位知己的描述極為詳細：「子和名熙，一字耔荷，山陰人。以父祖先後官江蘇，僑寓白門，於城北築園曰陶穀，為一時觴詠勝地。有六朝梅一樹，詞人爭賦之。粵逆久跨，遂付劫灰。子和以納粟官江蘇，歷署溧陽、寶山、興化、丹徒各邑。幼即好為倚聲之學，其友為刊主客圖。後與丁萍綠諸君遊，慕兩宋風味，乃盡棄舊學，並素所得意句而摧燒之，別成精句為《扁舟草》數十闋。丁卯秋，余權江寧審篆，子和自吳門至，窮愁抑塞，各無暇談風月。旋以感時疾亡，傷哉。其詞稿均散失，今以友

〔註 38〕周騰虎：《餐芍館詩集》，《清代詩文集彙編》663，上海·上海古籍出版社，2010 年版，第 386 頁。
〔註 39〕杜文瀾：《采香詞》，咸豐曼陀羅華閣刻本，卷一。

人所留搜集之，僅得六闋。」〔註 40〕由杜文瀾的描述，張熙自幼便好倚聲之學，並有詞的家學淵源。因戰亂遷徙，張熙在淮海地區與丁至和等人交流唱和。除了對其生平敘述頗詳之外，杜文瀾對張熙在詞上的天賦異稟極力肯定，云：「子和穎悟，殊異常人，其《浣溪沙》一闋，神似草窗。《鷓鴣天》即追詠揚州軍中事，清時一聯，神來之筆，不可多得。」既愛好亦有天資的張熙常與杜文瀾、丁至和等諸家交流。雖張氏自己的詞不存，但是在丁至和等人的詞裏，時有同調唱和之樂。張熙與丁至和的交情也十分深厚。杜氏有言：「子和大令宰興化時，丁萍綠在其幕中，以詞酬唱」以證其二人交情。丁至和有《月下笛・同治甲子，月當頭夜，與張子和同譜此調》。〔註 41〕在張熙下世四年後，丁至和又作悵懷之作《鷓鴣天》，序云：「甲子十一月十五日，與張子和夜飲於宜月軒。霜華滿地，擁鼻行吟，極一時觴詠之樂，忽忽四載。子和下世，余復寓此間，愁病相兼，旅懷蕭瑟，撫今憶昔，不禁憮然。」〔註 42〕由此可見，不僅杜文瀾將張熙視爲「最契合」之人，丁至和與張熙亦頗多往過，惺惺相惜。

咸豐五年（1855）、六年（1856）因時局混亂，詞人多四處飄零，互相交往行跡罕見。蔣春霖有詞《金縷曲》（雪淨梅根土）擬作揚州之行，卻因「或以蕪成爲言」未果。到咸豐七年（1857），淮海詞人的行跡又漸漸出現，詞壇重複生機。是年，蔣春霖丁母憂，去官，居住在東臺。杜文瀾改任泰州分司運判，兼署東臺縣知縣，「時與蔣鹿潭鹺尹、丁保庵明經往來，兩君皆精詞學，不免故技漸癢，相與討論」。

在這段時期內，與杜文瀾往來繁多的除了蔣春霖，還有能與「白

〔註 40〕杜文瀾：《張子和大令詞》，《憩園詞話》，《詞話叢編》，北京・中華書局，1986 年版，第 2930 頁。

〔註 41〕馮其庸：《重校〈十三樓吹笛譜〉》，《蔣鹿潭年譜考略〈水雲樓詩詞〉輯校、重校〈十三樓吹笛譜〉》青島・青島出版社，2014 年版，第 63 頁。

〔註 42〕馮其庸：《重校〈十三樓吹笛譜〉》，《蔣鹿潭年譜考略〈水雲樓詩詞〉輯校、重校〈十三樓吹笛譜〉》青島・青島出版社，2014 年版，第 68 頁。

石飛仙」比肩的丁至和。丁至和，江都人，「幼即工詞，老而益進」。丁氏自言：「余頗好爲長短句，每拍一解，或十數日而後定，或十數月而後定。」〔註 43〕丁氏生平以遊幕爲主，其交遊十分廣泛。他時常邀友唱和，在這其中，他亦是淮海地區本籍詞人與流寓詞人的重要紐帶。在咸豐年間，尤其是癸丑到丁巳間，丁至和遊跡在東臺、泰州，「客杜觀察小舫幕中」。杜文瀾在《憩園詞話》中也提到其身世：「丁保庵明經至和，一字萍綠，江蘇江都人。幼即工詞，老而益進，垂四十年，昕夕無間。初幕遊大江南北，後至六十外，預修揚州志，歸住邗江。家本素封，迭被兵災，夙業蕩盡。鰥居半世，僅留一字。今已年近七旬，患頭風疾，不耐構思，然詞興猶未減。」〔註 44〕丁氏在杜文瀾幕中，並與同在東臺的蔣鹿潭相互切磋，也得杜氏資助不少。丁氏所著《萍綠詞》又名《十三樓吹笛譜》，初刻於袁浦，在東臺時，杜文瀾爲其刪定、重刊詞集。至一八六一年刻成後，杜氏將丁至和《萍綠詞》、蔣鹿潭《水雲樓詞》和自己的《采香詞》並稱爲「曼陀羅華閣三家詞」。丁氏在淮海地區的廣泛交往，讓其在詞壇頗具號召力。其《臺城路》（小橋霜信疏林早）小序云：「庚子秋，余賦黃葉詩四首於吟花館，四方知名士，和者幾二百人。」〔註 45〕但道光庚子年「和者幾二百人」的盛況未能一直延續。數十載過去，顛沛流離的生活和無法逃脫的世亂讓故友飄零散去，「家本素封，迭被兵災，夙業蕩盡」，就連其曾經得一時之盛的詞作、詞集也因兵燹不存。雖然遍嘗飄零牢落之苦，但丁至和仍以詞爲樂。至咸豐年間，丁氏仍舊遍徵題詠，主一時詞壇之盛。其《萍綠詞》陸續徵詞，現存留的有杜文瀾《瑤華・題〈十三樓吹笛圖〉，用集中自題韻》、周作鎔《聲聲慢》（嵐雲度翠）、郭夔《揚州慢》

〔註 43〕馮其庸：《重校〈十三樓吹笛譜〉》，《蔣鹿潭年譜考略〈水雲樓詩詞〉輯校、重校〈十三樓吹笛譜〉》青島・青島出版社，2014 年版，序。

〔註 44〕杜文瀾：《丁保庵明經詞》，《憩園詞話》，《詞話叢編》，北京・中華書局，1986 年版，第 2927 頁。

〔註 45〕馮其庸：《重校〈十三樓吹笛譜〉》，《蔣鹿潭年譜考略〈水雲樓詩詞〉輯校、重校〈十三樓吹笛譜〉》，青島・青島出版社，2014 年版，第 38 頁。

（泥爪浮生）、李肇增《琵琶仙》（秋雨疏桐暗長）、宗源瀚《月下笛》（暝遠秋空）、胡爾坤《石湖仙》（梅邊攜手）、張熙《解連環》（斷雲天末）、黃涇祥《水調歌頭》（髡盡大堤柳）、馬書城《月下笛・題〈十三樓吹笛圖〉》（誰喚詞仙）、黃之馴《踏莎行》（水繞荒城）、沈鴻《金縷曲》（廿四橋頭住）、夏仲水《揚州慢》（紅杏爭春）、張遠霖《笛家》（量帶圍金）、吳慶曾《國香・兼送別》（絮罥香霏）、芮應達《長亭怨》（正落葉催秋渡）共十五首。時年艱辛，能在流連的世事中仍集一方風雅實則不易。雖然十五首題辭不及當年「和者幾二百人」之盛，但在丁至和詞中，我們又得以復原淮海詞人群體中的一次盛會。而丁至和與淮海詞人群體中周作鎔、張熙等的交往由上文可以見得，在此不作贅述。其與友人的唱酬之作如致杜文瀾《念奴嬌》「巨觥吸盡，對澄霄、如洗狂歌明月。門巷烏衣，生茂草，禾黍西風時節。奩暗生塵，霜繁堆鬢，枕蕈新涼怯。小簾低掩，砌蟲幽怨能說」〔註 46〕、宗源瀚的《齊天樂》「篷窗甚時更倚。燕磯飛不去，嵐翠餘幾。戍火譙樓，風沙斷驛，催老盟鷗身世。滄波萬里。任擊楫高歌，醉魂消易。滿目殘汀，葦荒迷舊壘」〔註 47〕都頗見丁至和的治詞功力。

同年（1857 年），蔣春霖作《渡江雲》（春風燕市酒）感懷數年前淮海詞人、亦是其舊友王午橋諸君。詞序有「燕臺遊蹤，阻隔十年，感事懷人，書寄王午橋、李閏生諸友」。〔註 48〕序中李閏生已無從考察，而王午橋則可確認爲淮海詞人群體中人。蔣鹿潭《甘州》（記疏林霜墮蘄門秋）序中云：「王午橋常山人，詞筆清麗似吳夢窗，渡滹

〔註 46〕馮其庸：《重校〈十三樓吹笛譜〉》，《蔣鹿潭年譜考略〈水雲樓詩詞〉輯校、重校〈十三樓吹笛譜〉》，青島・青島出版社，2014 年版，第 65 頁。

〔註 47〕馮其庸：《重校〈十三樓吹笛譜〉》，《蔣鹿潭年譜考略〈水雲樓詩詞〉輯校、重校〈十三樓吹笛譜〉》，青島・青島出版社，2014 年版，第 56 頁。

〔註 48〕馮其庸：《〈水雲樓詩詞〉輯校》，《蔣鹿潭年譜考略〈水雲樓詩詞〉輯校、重校〈十三樓吹笛譜〉》，青島・青島出版社，2014 年版，第 53 頁。

沱時相見。庚午復遇於南中，云自越絕返都門也。歌而送之。」從鹿潭兩首詞看，數十年後，還能回憶起當日之遊暢之景、歎零落之情，可見其與王蔭昌的交情絕非一般。在淮海詞人群體中王蔭昌與其他詞人的交遊無法尋得，但其嗜詞、作詞是可以確定的。他曾在《昇甫詞》後跋「五橋王蔭昌拜讀一過」，也有《尺壺詞》十二首收錄於《明湖四客詞鈔》當中。其身世可在其致閻敬銘的書札中略作一解：「比年昌以逐隊北上，復碌碌者數年。比回山左，竟以風痹致疾，蹀躞躑躅，兀然在臥榻之中者遂及三年。謹遵命再呈一律，應錄入第二圖中，而此圖未回山左，另紙呈閱，再求正之……甲戌之歲，昌在德州，曾以繕就稟函浼昌郵遞，顧其駢語或不合格，因亦未敢遞呈。今王生已於丙子捷南宮，分農部。去歲到武定，有欲請改教官之意，商之於昌。彼時昌知其不願離老親也，因告知以前之改教爲得親心，今既已受職，則近於自棄。移步換形，未可輕舉。生頗知感，聞其已如說還京師矣。昌病雖已小愈，猶是不良於行。」〔註49〕其中，王蔭昌時年顛簸的軌跡可以得見。曆年間，雖「青衫無恙」，但歷經病痛、輾轉的淮海詞人王蔭昌也應了鹿潭詞云「一角滄桑」了。

咸豐八年（1858），蔣鹿潭在東臺作《尉遲杯》贈褚榮槐。褚榮槐是浙江秀水人，與杜文瀾同鄉，也因此其與杜氏「尤相契」。其在咸豐丙辰年間渡江。其後數年客遊淮海間，周作鎔、蔣春霖等一方名士「爭與爲交」。「二梅幼有神童之目，初試爲舉業，援筆立成，年十三列於庠，稍長博覽群籍，以才自豪，平生於世俗無所諧，跌宕淋漓，惟馳騁文字爲樂，有作則風飛雲湧，翔躡虛無，一稿出人爭傳之。學使者暨郡邑大夫課試，輒魁其曹，雖屢躓場屋，不屑也，尤工弈棋，善飲博，出遊淮上，客分司杜君筱舫所，士大夫多慕與爲交，二梅亦藉以練當世務，志意發皇，蓋兼有友朋江山之助矣。咸豐己未登賢書，再上春官不第，遭故鄉寇陷，骨肉流離，有弟曰少梅紹羲者，名與之

〔註49〕《清代名人書札》編寫組編：《清代名人書札》，北京・北京師範大學出版社，1990年版，第87～88頁。

齊，幽憂顛頓以卒，余詩哭之慟，而二梅益侘傺不自聊，南北驅馳，訖無所就，最後以孝廉就銓，得龍游校官去。」〔註 50〕褚榮槐天資聰穎，以「神童之目」馳騁於文字之間。其身世也因戰流離悲慘，不僅「故鄉寇陷」，亦「骨肉流離」。戰亂中，「吾弟吾姪吾女吾嫂被刀更蘇，沉河自表，陳屍涉洵。」然其才雖多得友朋讚譽，但他多年赴試不中，「南北驅馳」遍嘗艱辛。他的遭遇和文才讓他與蔣春霖等眾人惺惺相惜。其流連淮海間，蔣鹿潭多為其賦。以《八聲甘州・贈褚又梅》（甚天涯芳草引遊韉）為例，蔣氏云：「誰識幽情苦調，借一枝斑管，散遍瑤芳。更煙蘿池館，彈淚說滄桑。莫倫和、玉臺新句，怕春風、又妒畫眉長。如虹氣，不消磨處，夜識干將。」〔註 51〕詞中以直言的「幽情苦調」痛訴離殤，滄海桑田間，友朋來去。鹿潭以「誰識」二字領起，似問何人，實謂故友。而褚榮槐對蔣春霖同樣激賞，在其為《水雲樓詞》所作序中可見其二人感情相通：

> 我讀蔣子《水雲樓詞》，而悄然以悲，廢然以歎也。夫其乘彌戾之車，抱蕭邱之性。方寸映日，都現文章。清談干雲，不撫珠玉。羅含之夢鳥五色，汗漫之屠龍千金。謂宜一上強臺，三奪坐席。影然而魚龍誇，鏘爾而鸞鳳鳴。而乃司馬家貧，安仁宦拙。神劍繞指，明瓊表心。世方以大樂享魯爰居，我且視諸石如海鷗鳥。洗耳行潔，或誣以盜冠；倚柱聲悲，頗疑為求牡。伯龍牟利，鬼笑梁間。子昂賣文，琴碎市上。徒蛋蜉以何裨，究連犿而無傷。猶復絲竹寓感，煙雲鬱懷。磊飯留賓，楹書付予。南面北面，何曾夫婦之儀。東頭西頭，陸機弟兄之屋。時或蕪城作賦，山陽聞笛。吟杜陵出塞之章，灑新亭高會之涕。目倦修途，心傷逝湍。弔精靈於夜壑，回日月於扁舟。〔註 52〕

〔註 50〕褚榮槐：《田硯齋文集》，光緒七年褚氏家刻本，趙銘新序。

〔註 51〕馮其庸：《〈水雲樓詩詞〉輯校》，《蔣鹿潭年譜考略〈水雲樓詩詞〉輯校、重校〈十三樓吹笛譜〉》，青島・青島出版社，2014 年版，第 61 頁。

〔註 52〕褚榮槐：《水雲樓詞序》，《水雲樓詞》，曼陀羅華閣本。

褚榮槐長於駢文，並不以詞名，但其在鹿潭詞中如見知音之感，有「悄然以悲、廢然以歎」的讚譽之論。「吟杜陵出塞之章，灑新亭高會之涕」二句，也一語道破鹿潭詞滄桑沉鬱之美。序文中，褚榮槐的瀟灑文采盡顯，其二人因身世相近而得的惺惺相惜之感也一併顯現。杜文瀾、周閑等人與褚榮槐均有交遊之作留存。褚氏雖日後南北流離，也多作駢文，但是作爲詞人的褚榮槐在淮海間的足跡足以讓其列入淮海眾賢之列。

時至咸豐十年（1860），蔣春霖又作宦遊，至泰州，遇宗源瀚、杜文瀾諸君。從此時開始諸君往來頻繁。杜文瀾詞《萬年歡》序有「即席示李冰署、郭堯卿」〔註 53〕之語。庚申重九，蔣、杜二人遊泰州戶墩大聖寺，以同題《霜葉飛》相與唱和。鹿潭云：「遙認瘦塔玲瓏，苔斑青換，去年人又重到。翠萸杯冷客衣單，況玉琴孤抱。算鬢影蒼華誤了。絲闌愁和淒涼調。待寄還、相思語，寒樹冥冥，舊鴻稀少。」是年，洪楊之亂已進入第十年。雖然在年初，太平軍在九洑洲失守，但至二、三月間，太平軍重奪江南大營，歷次破丹陽、常州、蘇州城，直抵上海。蔣春霖語中輕寒，登山遠眺時，縱使人又遠眺，所念仍是淒涼調。點點寒樹間，蔣氏直歎「舊鴻稀少」。〔註 54〕與蔣氏不同，杜文瀾仿在以詞勸慰蔣氏：「波外又掠征鴻，湖陰漠漠，片雲詩被催到。半天鈴語警新霜，更暗添淒抱。笑海角遊蹤倦了。柴桑思譜歸來調。但細語、黃花約，明歲東籬，醉朋休少。」〔註 55〕杜文瀾雖道「波外又掠征鴻」，但暢想隔年黃花約定，仍報以「醉朋休少」的希望。同年，杜文瀾爲周閑作《換巢鸞鳳・題周存伯〈橫河移居圖〉》，蔣春霖也有同題詞爲周閑作。

周閑是浙江嘉興人，是爲杜文瀾同鄉。周閑雖然遊歷淮海時間不

〔註 53〕杜文瀾：《采香詞》，咸豐曼陀羅華閣刻本，卷二。

〔註 54〕馮其庸：《〈水雲樓詩詞〉輯校》，《蔣鹿潭年譜考略〈水雲樓詩詞〉輯校、重校〈十三樓吹笛譜〉》，青島・青島出版社，2014 年版，第 55 頁。

〔註 55〕杜文瀾：《采香詞》，咸豐曼陀羅華閣刻本，卷二。

長，但其與當時褚榮槐、黃文涵諸君均有往來，因而也將其視爲淮海詞人群體一員。和其他淮海詞人不同，周閑在此前的人生經歷可謂十分豐富：

> 存伯先生姓周氏，諱閒，字小園，別號范湖居士，世居吾鄉之風池坊。先生少孤力學，於書無所不覽。弱冠就郡縣試，列前茅，會封翁攝協鎮篆遘劇疾，不及應院試，馳赴任所，視湯藥，卒不起，哀毀逾恒，由是摒擋家事，事寡母以孝，撫諸弟以友，人無間言。未幾，家益落，遂櫜筆遊甬，大府羅致之幕下，時英夷寇邊，磨盾草檄，皆出先生手，一時推爲不凡器。款既成，先生偕諸弟僦居虎林與諸名士遊學，日益淬厲，顧念遭際終窮，遂棄舉子業，益肆力於詩古文詞。書法遒勁，兼及丹青，所作花鳥皆超逸有致。道光季年遊楚北，所過名山大川，輒記以詩，惜不自收拾稿多散佚，不二年復客吳門，佐戎幕，隨軍剿逆匪。以功得六品官，旋保知縣，分發江蘇以直隸州陞用，加同知銜，迭辦要差，措置裕如，上游深器重之。同治三年，檄權新陽縣事，因事與大吏齟齬，桂冠去，隱居吳市，假筆墨以自娛，與名士觴詠流連無虛日。〔註56〕

周閑不僅參加了東南沿海的抗英戰鬥，「磨盾草檄」也皆出自其手，可見其不凡之氣。其有勇有謀，亦載筆遨遊，以詩載所過名山大川，常以筆墨自娛。據杜文瀾載，他「繪事極工」，魄力雄渾，能做大幅。周閑能詩善畫，亦工詞，蔣敦復嘗謂：「存伯詞前歲在吳門即已得讀，時吳中好事者聞余至咸，以詞相質，嘗語人曰：『閱他人詞用目力十三四足矣。』至范湖詞光透楮背，復往來墨面數過才識廬山眞際，如費吾目力何。雖一時戲言，要非於此道三折肱者。」〔註57〕依蔣氏語可知，周閑作詞當與其成事、吟詩一般，氣韻深厚。其生平

〔註56〕金猷琛：《范湖草堂遺稿序》，《范湖草堂遺稿》，《清代詩文集彙編》678，上海・上海古籍出版社，2010年版，第536頁。

〔註57〕周閒：《范湖草堂遺稿》，《清代詩文集彙編》678，上海・上海古籍出版社，2010年版，第536頁。

著述繁多，但據其自記，自吳中庚申之變之後，「凡所撰著皆陷於賊」，生平所得窮思畢慮之什，一朝俱盡，僅得自己孑身脫難。然而不幸中的萬幸是，在「寇烽復逼吾鄉，舉室東遷」時，周閑於敗簏中得十年前舊詞三百首，雖猶未刪定，但實爲幸事。周閑有《壽樓春》（逢雛晴尋芳）載其時眾遊唱和之盛，小序云：張司馬煦招同湯都督丈貽汾、侯學溥雲松、黃大令文涵、陳縣尉弢宴陶穀。〔註 58〕同座皆爲能詞之人。周閑戰後歸於吳地，亦時有觴詠。《憩園詞話》載：「余與大令交廿餘年，後其僑寓爲張子青尚書拙政園西鄰，觴詠時必招之。時遘足疾，坐竹椅，舁至廳事，談燕相歡，未一年即仙去。」〔註 59〕周閑雖短居淮海，但其作爲詞人與眾淮海詞人暢遊，離開後亦與眾人保有聯繫、時常唱和，其詞也多得杜文瀾等眾人賞識。以上皆是周氏當爲淮海詞人群體一員的原因。

咸豐十一年（1861），蔣春霖作《角招》（暮寒際），詞前小序云：「壬子正月，遊慈慧寺，舟穿梅花林，曲折數里而至。石峰峭碧，沙水明潔，佛樓藏松影中，清涼悅人。十年後與郭堯卿復過其地，則夕烽不遠，寺門闃然閉，梅樹半摧爲薪，存者亦憔悴如不欲花。堯卿謂白石正角招譜後，罕有和者，曷倚新聲紀今日事？余既命筆硯，堯卿擊節而歌，蓋淒然不可卒聽也。」詞云：

> 暮寒際。誰家尚遣扁舟，去看煙水。檣枝沙外倚。忘卻那回，花下游事。山靈倦矣。漸露出、雙峰憔悴。十里寒香何在，剩千萬樹梅魂，伴銅仙鉛淚。　　還喜。梵王殿址。松梢塔影，陳跡殘僧指。四闌仍畫裏。戍角聲聲，當年無此。霜楓滿地。更懶問、歸人歸未。月上西風又起。怕潮落、石橋灣，愁難洗。

鹿潭感懷十年世事變遷。與其同遊者爲本籍詞人郭夔。十年前，

〔註 58〕周閒：《范湖草堂遺稿》，《清代詩文集彙編》678，上海·上海古籍出版社，2010 年版，第 386 頁。

〔註 59〕杜文瀾：《周存伯大令詞》，《憩園詞話》，《詞話叢編》，北京·中華書局，1986 年版，第 2967 頁。

蔣春霖初爲鹽官，與淮海本籍眾詞人遊。其中便有郭夔。郭夔雖爲本籍詞人，卻未只限於同本籍詞人交流。杜文瀾講：「今讀司馬詞（高望曾），有與蔣鹿潭、郭堯卿諸君唱和，固屬同調，其詞筆致幽秀，出顯入微，洵推作手。」〔註60〕郭夔同仁和高望曾、江陰鹿潭的交往由此論可得。高望曾有《一枝春》（瘦影叢叢）爲郭夔所作。〔註61〕然論及郭氏生平，所論極少，現僅有《江都縣續志》中存其生平：「郭夔，字堯卿。未冠，補諸生，甚負才名。甘泉黃錫慶妻以女。錫慶至筠子，兩淮鉅賈也。夔以翩翩少年與當時諸老宿爲文酒之會，興酣落筆，恒蓋其座人。未幾遭洪楊之亂，流離轉徙，而黃氏亦漸式微。夔不善治家人生產，亂後歸里，貧無聊賴，妻亦旋沒，處境愈窮，傲物愈甚。夔既與世落落，其胸中之奇，無所發洩，往往寓之詩歌，然輒隨手散去，夔不自惜，人亦無爲夔惜之者。工草書，謂其品格在梅植之、吳讓之之間。以不輕作，故名不著。卒年六十餘。子汝成，諸生，坎壈以死，夔遂無後。」〔註62〕郭夔平生雖甚負才名，但卻無法在一個安穩的環境中暢敘幽情，僅能以日漸落寞的生活聊以度日。傳中所云「往往寓之詩歌，然輒隨手散去」當爲眞實。縱觀郭氏詞作，僅存者不及十首。雖然郭氏存詞不多，詞壇也未多見其名，但從李肇增將其收入《淮海秋笳集》中可見，郭氏還是有一定詞筆功力的。又從郭夔與蔣鹿潭、高望曾的交遊看，其交遊較之其他本籍詞人要廣泛的多，他的生平雖然寥落但與很多淮海詞人有著同樣的經歷，因此也將其留名於群體中。

同年（1861年）蔣鹿潭亦爲仁和高望曾亡婦作《慶春宮》（慘月啼鵑）。據載，高望曾亡婦是仁和人陳嘉，字子淑。咸豐辛酉冬，城陷，奉姑出城，既渡江，會天雪餒甚，乃屬姑於妯娌而死。」在陳

〔註60〕杜文瀾：《高稺顏司馬詞》，《憩園詞話》，《詞話叢編》，北京・中華書局，1986年版，第2963頁。

〔註61〕高望曾：《茶夢庵劫後詩稿十二卷茶夢庵詞稿二卷》，《清代詩文集彙編》677，上海・上海古籍出版社，2010年版，第673頁。

〔註62〕鳳凰出版社編：《民國江都縣續志》，南京・鳳凰出版社，2008年版，第293頁。

氏死後，高望曾請舊識泰州朱櫻船大令作《空江弔月圖》祭奠亡婦，並遍尋徵詠。丁紹儀《聽秋聲館詞話》云：「（高望曾）念今世解工古文者，見吳桐雲觀察大廷《小酉腴山房集》峭潔似昌黎，乞爲立傳，並繪《空江弔影圖》，徵詞於余。」〔註 63〕蔣氏此首《慶春宮》於此事後作。高、蔣交遊便僅見於此了。杜文瀾《憩園詞話》對高望曾有所載：「高稚顏同知望曾，一字茶庵，仁和人。以名諸生援例爲司馬，發福建，曾攝將樂令。與其配陳子淑夫人均工詩，時人比之郎仙眷。惜夫人於咸豐辛酉殉杭城之難。司馬刻《茶夢庵燼餘詞劫後稿》，附《寫糜樓遺詞》，即夫人作也。余此錄無閨秀詞，未摘抄，今讀司馬詞，有與蔣鹿潭、郭堯卿諸君唱和，固屬同調，其詞筆致幽秀，出顯入微，洵推作手。」〔註 64〕杜氏雖載高氏條目，但並未談及其二人的交遊狀況，僅提及了高氏與郭夔、蔣春霖諸君唱和。據杜氏所載規律，大體與其有所交遊的多會說明訂交過程，由此判斷，可能高望曾和杜文瀾並無交往。

1862 年，在金安清舉薦下，宗源瀚於同年在泰州軍中總理度支。不久，宗源瀚便與蔣春霖、丁至和等人訂交。宗源瀚，江蘇上元人。《清史稿》本傳云：「少佐幕，薦保至知府。光緒初，官浙江，歷署衢州、湖州、嘉興府事，敏於吏事，判牘輒千言。在湖州濬碧浪湖，興水利。時太湖漊港淤塞，前守楊榮緒疏濬無功，會有疏陳治法者下郡，源瀚乃議大興工役，所規畫甚備。榮緒回任，卒成之，補嚴州。兵後凋敝，多溫臺客民寄墾，習於剽劫，廉治其魁，遣散歸者六千人。治嚴五載，煦嘔山民，穿渠灌田，引東西湖以泄新安江之暴漲，旱潦不害。每巡行田野，勸民力穡。」〔註 65〕宗湘文之所以能「薦保至知

〔註 63〕丁紹儀：《空江弔影圖題詞》，《聽秋聲館詞話》，《詞話叢編》，北京·中華書局，1986 年版，第 2784 頁。

〔註 64〕杜文瀾：《高穉顏司馬詞》，《憩園詞話》，《詞話叢編》，北京·中華書局，1986 年版，第 2963 頁。

〔註 65〕趙爾巽：《清史稿》第四十一冊，北京·中華書局，1977 年版，第 12552 頁。

府」，其仕宦的起點便是在淮海地區，即金安清舉薦其作出納事。譚獻《二品銜浙江候補道署溫處兵備道宗公墓誌銘》云：「公特出英奇，幼而鋒異，少即讀有用書，文實岸然，不沾沾於章句，師友推敬。粵寇方起，居恒叱咤，默思自奮，出爲諸侯上賓。通知時事，才識甲幹人，持變守正，處爲出基矣。嘉善金按察安清方籌大江軍糧，道義交契，公佐祐鉅細，不以勞勩辭，時時有所匡勖。比按察中蜚語被逮，漕督使者鉤稽恐猲，群僚匿影。公獨謁來使抗辯，文簿出入，要領俱在，使無以難。按察事徐解，乃撰《海陵義友記》，以識懷感，聞風者歎慕，公一笑置之。」〔註 66〕譚獻所述即爲金安清與宗湘文在泰州所遇之事。時金安清遭人陷害，正是宗源瀚以文簿出入抗辯，爲金氏正聲。由此事可見宗源瀚剛正品格和做事細緻縝密的風範。也正因爲其人品剛潔，才能在泰州短短的時間內迅速與淮海詞壇眾賢達訂交，並相與唱和。杜文瀾言：「以知府之浙江，屢署要缺。補嚴州府，調寧波，政教誕敷，有循良第一之譽。文才博贍，詩學湛深。揚州初克時，有冶春詞十二絕，傳誦於時。余與共事，極契合。」〔註 67〕「循良第一」、「文才博贍」可謂很好的總結了宗源瀚其人。馮煦《頤情館詩鈔》序云：「獨屯生客勤恪幕府，朱出墨入，恢恢有餘，不以繁文損性，亦不以虛談防務，簡軍實，恤民隱，目營口授，百吏不給，勤恪倚如左右手。竿牘少暇，數有文酒之會。一篇既出，恒蓋其坐人。」不僅杜文瀾對其讚譽有加，喬松年也「倚如左右手」。〔註 68〕宗氏在詩文上的造詣在馮煦看來是不鳴則已、一鳴驚人。蔣春霖與宗源瀚雖相識不久，但亦視之爲知己。蔣氏《玲瓏四犯》（曳櫓夢輕）小序云：「湘文既之浙，余亦東遊，江空歲寒，念湘文當過常熟，結鄰之約，

〔註 66〕譚獻：《譚獻集》，《復堂文續》卷五，杭州・浙江古籍出版社，2012 年版，第 321 頁。

〔註 67〕杜文瀾：《宗湘文太守詞》，《憩園詞話》，《詞話叢編》，北京・中華書局，1986 年版，第 2940 頁。

〔註 68〕宗源瀚：《頤情館詩鈔》，《清代詩文集彙編》727，上海・上海古籍出版社，2010 年版，第 306 頁。

幾時可遂。」〔註 69〕故友遠行，蔣氏將無奈和失落寫在這短小的詞序中。杜文瀾《如此江山・題宗湘文太守江天曉角圖次自題原韻》（斷風嗚咽蘆花際），陳寶《壽宗湘文三十》、《湖州郡衙西偏，有南宋愛山臺址。宗湘文前守湖時重建，後歷守杭、嘉、嚴、衢諸郡，今春再攝湖守。予以孟夏來訪，獲登斯臺，即題沈旭庭所繪圖卷，和卷中次東坡游道場山詩韻》均爲相與唱酬之作。宗源瀚自己亦有《黃子湘大令攝儀徵事一月政聲籍甚瀕行，民之送者踵相及也》、《贈沈吾》〔註 70〕等詩記其與淮海詞人間的交往。

二、九秋社成社過程和詞社活動

經過近十年的互動過程，淮海詞人群體中個體的交往，雖然因爲時代、個人的原因時有變化，但是一些固定的交往活動讓一個活動「圈子」固定下來。除去流散、亡逝的詞人以外，這其中專意爲詞的人在 1861 年至 1863 年間共同創造了淮海詞壇的高潮。

載九秋社事最詳爲杜文瀾《憩園詞話》。卷三「姚子箴九秋社詞」條言：

> 同治癸亥春，鎮江揚州水陸各軍，以餉缺將潰，金眉生廉訪承薛覲唐中丞會檄，馳駐泰州，設籌餉局，以安軍心。三五月間，竟得爬梳就緒。乃以公暇廣招才士，大開詞壇。時喬鶴儕中丞師都轉兩淮，復能主持風雅，文墨之盛，遠近所傳，無殊王漁洋、盧雅雨之在揚州也。比有軍中九秋詞社，爲秋角秋堞等題，同作九人，今眉生與錢揆初觀察、黃子香太守、黃琴川刺史、姚子箴、張子和兩大令、蔣鹿潭參軍，均歸道山。僅宗湘文太守及餘存耳，可勝黃壚之感。拙作秋灶已刊入《采香詞》，余未存稿。昨見

〔註 69〕馮其庸：《〈水雲樓詩詞〉輯校》，《蔣鹿潭年譜考略〈水雲樓詩詞〉輯校、重校〈十三樓吹笛譜〉》，青島・青島出版社，2014 年版，第 84 頁。

〔註 70〕宗源瀚：《頤情館詩鈔》，《清代詩文集彙編》727，上海・上海古籍出版社，2010 年版，第 316 頁。

子箴《菊壽庵詞》中，有疏影調詠秋堞一闋，正社中作也，錄之以存故事。詞云：彎環雉堞，認丹樓碧瓦，那處城闕。渺渺斜陽，一角愁紅，飛鴉數點明滅。秋心綠遍天涯草，向望裏、千闌百折。待譙門、夜火懸星，又聽斷茄淒咽。客路鞭絲慢指，女牆掩映處，煙樹重疊。野菊叢邊，蝶度蜚慵，孤負登高時節。十年夢繞居庸翠，記冷掛、秦時明月。甚西風、響蝶寒砧，卷下半天黃葉。〔註 71〕

據杜氏所言，九秋社當成立於同治二年（1863），大開詞壇的主事者爲時任兩淮鹽運使的喬松年。時值金安清在泰州設籌餉局，且蔣春霖、黃文涵、姚輝第、張熙等人均在，群賢畢至，於是得以極一時之盛。九秋社中活動有「秋角秋堞」等明確的主題，各人作同題詞。《九秋詞》計有：《霓裳中序第一》（秋袴）、《霜葉飛》（秋櫪）、《長亭怨》（秋堠）、《轆轤金井》（秋灶）、《一枝花》（秋鏑）、《奪錦標》（秋幢）、《燭影搖紅》（秋幕）、《疏影》（秋堞）、《水龍吟》（秋角）。

喬松年在主持同治年間雅集之外，其在咸同年間重用蔣鹿潭一事，也爲淮海詞人群體的活動以及九秋社之盛做出了貢獻。金武祥《蔣君春霖傳》言：「庚辛之際，兵事方急，徐溝喬勤恪公松年，嘉善金運使安清，先後爭致之，君抵掌陳當世利弊甚辨，謇侃奮發，不以屬吏自撓，上官亦禮遇之，不爲牾也。兩公既去，君憂時念亂，益牢落寡合，浮湛下僚者六七栽，而年且垂老矣。」〔註 72〕蔣春霖自咸同年間去官後，並未再度被啓用，幸得喬松年的幫助，才使得他在同治年間重得錄用。其相對潦落的生活境況也得到了改善。清史稿《喬松年傳》載：「喬松年，字鶴儕，山西徐溝人。道光十五年進士，授工部主事，再遷郎中。咸豐三年，以知府發江蘇，除松江，調蘇州。……六年，從怡良駐常州，署兩淮鹽運使。八年丁本生父憂，總督何桂清

〔註 71〕杜文瀾：《姚子箴九秋社詞》，《憩園詞話》，《詞話叢編》，北京・中華書局，1986 年版，第 2904 頁。

〔註 72〕金武祥：《蔣君春霖傳》，《續碑傳集》，明文書局，1985 年版，卷八十文學三。

覆奏留。九年，授兩淮鹽運使，兼辦江北糧臺。十年，奏劾南河河道總督庚長擅提淮北存鹽變價充餉，又截留山西解江北糧臺餉銀；復劾庚長在清江聞警猶演劇設宴，迨寇急，倉皇退守。命侍郎文俊往按得實，庚長褫職逮問。又疏論用勇不如用兵，請發京師護軍營暨北五省綠營赴江北防剿。英吉利、法蘭西兵入犯，京師戒嚴，松年請赴畿輔督兵禦敵，諭止之。十一年，設江南北兩糧臺，仍命松年辦理。敘勞，以按察使記名。同治二年，擢江寧布政使，仍留辦糧臺，擢安徽巡撫。三年抵任，駐防臨淮。」〔註73〕由喬氏行跡看得，他兩度兼辦江北糧臺。雖僅能憑杜文瀾詞話所載零星，判斷其對淮海地區詞壇盛世的推動，但是就其在淮海地區活動的時間來看，其所到之時，淮海地區詞壇可得一時之盛。

除了喬松年以外，九秋社的另一核心即是金安清。他是浙江嘉善人，極負才名，也頗有經世之才，佐幕時多得曾國藩賞識。「曾文正公治軍江左時，幕府人材，極一時之選。以文學著稱者，如李梅生廉訪鴻裔、金眉生都轉安清、趙惠甫司馬烈文三君，皆中年引退，歸隱吳越間。李居蘇州之蘧園，即宋之網師園；金居嘉善之偶園；趙居常熟之能靜園，成擅水木亭臺之勝……眉丈有寄先祖《偶園雜詩》十餘首，今憶其一首云云。蓋亦風華自賞者。」〔註74〕俞氏將金眉生與趙烈文、李眉生二人相提並論，也是對其的一種讚賞。金安清熟通古今，也有遠見卓識。其時海疆多戰事，士大夫多主戰，「眉生獨不謂然」，作《能一編》竭力主和，並大述明朝之往事，以古陳今。徐世昌謂其「當日能見及此者，殊不多得也」。金氏的才謀並非僅得徐世昌一人識得，劉禺生《世載堂雜憶》也有記載：「令集久於鹽務能文之吏，日隨眉生。眉生高坐口講，吏握筆疾書，有錯誤者，日翻某卷某案，

〔註73〕趙爾巽：《清史稿》第四十冊，北京．中華書局，1977年版，第12259頁。

〔註74〕錢仲聯主編：《清詩紀事 咸豐朝卷》，南京．江蘇古籍出版社，1989年版，第11586頁。

不一句而條例辦法皆具，厚幾盈尺，居然鹽政全書矣。數十年來淮鹽法案，皆眉生所訂也。」〔註 75〕金安清對淮海詞壇極爲重要。他並不以詞名，卻以其力薦舉數人，爲詞人生計謀得出路。蔣鹿潭、宗源瀚等人均受其賞識推舉。同時他雖不多作詞，卻能唱和風雅，與淮海眾詞人相與交遊。其時，杜文瀾四處遍尋詞集，其中很多詞人和詞集都是金安清推薦的。如陳元鼎詞即爲如此：「余於辛未秋，自吳門乞假歸里，金眉生廉訪安清檢以見贈，時置研右，暇即歌之。」〔註 76〕又張海門詞相關，杜氏云：「余誌其語，遍詢鄉人，後知金眉生廉訪舊與締交，思刻其遺詞，求稿未得。今始見於詞綜續編中。」〔註 77〕由以上二則可見，金安清雖不爲詞，但往來之間不乏眾多詞人。金安清好開筵作文酒會，其偶園落成時，更是廣招二三百里內友人，相與唱和遊玩。據《憩園詞話》載，杜文瀾與李梅生、潘季玉共赴金眉生之招，「歡聚累日」。席間潘氏首唱《滿江紅》數闋，「同人迭爲賡和」，連「向工詩而不喜作詞」的吳雲都韻和《滿江紅》。〔註 78〕其一時之盛，雖已在淮海唱和之後，但觀此盛況，我們也可想見當時淮海詞會之盛況。因金氏不爲詞，因而其在淮海的行跡則多見於淮海詞人的詞作中。金安清在移居揚州後曾遍徵吟詠。其也在《移家揚州詩四首》中提到這次「索和」:「甲子初夏，自安宜移邗上。風鶴已遠，海鷗足安，同人促紀以詩，禁述兵燹語，漫然應之，爰成四律。閱者以爲雍門之琴乎？子山之賦乎？破涕爲笑，無聲而泣，殆勿顧後之視今也古。」〔註 79〕蔣春霖有《揚州慢・兵後金眉生還居揚州賦詩索和》，

〔註 75〕劉禺生：《世載堂雜憶》，北京・中華書局，1960 年版，第 79 頁。

〔註 76〕杜文瀾：《陳實庵太史詞》，《憩園詞話》，《詞話叢編》，北京・中華書局，1986 年版，第 2873 頁。

〔註 77〕杜文瀾：《張海門太史詞》，《憩園詞話》，《詞話叢編》，北京・中華書局，1986 年版，第 2935 頁。

〔註 78〕杜文瀾：《吳平齋觀察詞詞》，《憩園詞話》，《詞話叢編》，北京・中華書局，1986 年版，第 2894 頁。

〔註 79〕金安清：《移家揚州詩四首》，《揚州歷代詩詞》，北京・人民文學出版社，1998 年，第 166 頁。

是爲一作。詞中以「竹邊舊屋，問歸來，燕子都忘。漫指點煙蕪，梅花冢在，文選樓荒。一覺十年前夢，春風減，杜牧清狂」〔註 80〕諸句感懷金氏離開。

此外，九秋社中人還有錢勖和姚輝第二人。錢揆初是江蘇無錫人。其雖屬於社中人，但與社中諸子唱和之作無處考證。錢氏交遊行跡卻可從趙烈文日記中見得。據趙氏所載，錢勖、趙熙文、金眉生與杜文瀾眾人常於南京往來過從。如同治四年（1865）十月二十一日壬子條有「阿哥同錢揆初勖來訪眉生與余。……夜杜小舫來候眉生及余」，二十二日癸丑條「阿哥及錢揆初來。……夜觴眉生」。〔註 81〕姚輝第是河南輝縣人，《憩園詞話》載：「弱冠與道光戊戌科進士，以知縣即用發江蘇，一權上海縣，以催科被議。復官後，抑鬱而終。所著《菊壽庵詞》四卷，其婿吳槎仙司馬爲付梓，屬余校訂。其詞摹仿二窗，深得玉田三昧。抒情詠物，小令、慢詞，無不美備。」〔註 82〕此外，杜文瀾在詞話中多處錄其詞，可見其激賞之意。蔣敦復在《菊壽庵詞稿》跋語中也稱姚氏詞爲「丸月在天，玉梅試華；銀河倒地，蘭夜靜語。芬芳豔息，綿邈邈遠思」。〔註 83〕姚輝第與黃文涵、張熙、錢勖等詞人過從甚密。集中有《踏莎行·詠蠟楪寄黃子湘大令粵西軍中》、《紫萸香慢·九日偕黃子湘大令張次柳公子虎阜登高》〔註 84〕等，記錄了姚氏與黃文涵之間的交遊，集中其如「多情似報捷書來，東風替破丸兒蠟」〔註 85〕等語均用情深厚。姚輝第與周閑、張熙等交往的

〔註 80〕馮其庸：《〈水雲樓詩詞〉輯校》，《蔣鹿潭年譜考略〈水雲樓詩詞〉輯校、重校〈十三樓吹笛譜〉》，青島·青島出版社，2014 年版，第 80 頁。

〔註 81〕趙烈文：《能靜居日記（全四冊）》，長沙·嶽麓書社，2013 年版，第 945 頁。

〔註 82〕杜文瀾：《姚稚香大令詞》，《憩園詞話》，《詞話叢編》，北京·中華書局，1986 年版，第 2871 頁。

〔註 83〕姚輝第：《菊壽庵詞稿》卷三，咸豐二年活字本，跋。

〔註 84〕姚輝第：《菊壽庵詞稿》卷三，咸豐二年活字本，第 3 頁。

〔註 85〕姚輝第：《菊壽庵詞稿》卷一，咸豐二年活字本，第 4 頁。

行跡同樣得見於集中。如有詞《石湖仙・周存伯大令屬任君渭長作范湖草堂圖自記之，復分題十九詞率倚此和原韻》〔註 86〕、《高陽臺・題張子和明府籽荷山莊詞集後》〔註 87〕等。除此之外，姚氏《菊壽庵詞稿》中所有《疏影・秋堞》、《水龍吟・軍中九秋詞分得秋角》〔註 88〕等多篇，可證實其參與九秋社並與社中諸子的交往。

九秋社極盡一時之盛，也有餘響。杜文瀾《憩園詞話》有載：

> 同治甲戌秋，余權常鎮道篆，丹徒趙次梅廣文彥俞秉鐸白門，以瘦鶴軒詞刊本見投。自序云：「壬戌遊海陵，晤蔣鹿潭於客舍，時興詞會。鹿潭與同人作九秋詞，強余拈題，得秋角，賦《徵招》一闋，許以能詞。因知己一言，每遇好詞，愛不忍釋。循聲按拍，十載於兹，得詞三百八十餘闋，刪存一百六首付梓，時年七十有一矣。」閱此，始知即鹿潭所玉成者，其詞講律極精，筆亦秀挺。錄《愁倚闌令・晚泊茱萸灣》云：「東風起，水悠悠。古灣頭。尚有舊時殘壘在，使人愁。黃昏細雨扁舟。垂楊外、來往一群鷗。燈火寂寥三兩處，是揚州。」又《高陽臺・元夜寒甚獨坐有感》云：「淚眼模糊，迴腸宛轉，忍寒猶坐窗西。撲面東風，今宵分外淒淒。滿城簫鼓春如海，好光陰、孤負燈期。月初低。匝地霜華，怕聽烏啼。中年哀樂都嘗遍，指星星白髮，往事休題，一夢剛圓，隔牆驚破荒雞。拈毫懶索銷魂句，爲箋愁、半屬無題。夜何其，檢點薰爐，珍重添衣。」皆能清機徐引，意旨纏綿，詩人之詞，不愧老而好學。惜鹿潭已往，不及同賞之耳。〔註 89〕

丹徒趙彥俞就是餘響中的一員。據上文杜文瀾語，大興詞會與九秋社同題作也一併給了趙彥俞以啓發。杜文瀾在評語中除了賞識之語

〔註 86〕姚輝第：《菊壽庵詞稿》卷三，咸豐二年活字本，第 7 頁。
〔註 87〕姚輝第：《菊壽庵詞稿》卷二，咸豐二年活字本，第 14 頁。
〔註 88〕姚輝第：《菊壽庵詞稿》卷二，咸豐二年活字本，第 3 頁。
〔註 89〕杜文瀾：《趙次梅廣文詞》，《憩園詞話》，《詞話叢編》，北京・中華書局，1986 年版，第 2924 頁。

外，也可見得其欣慰之意。

趙氏著詞受蔣鹿潭影響極大。這一點在趙氏《瘦鶴軒詞》自序中表達得更加明確，其云：「余生平不善填詞，壬戌遊海陵，晤江陰蔣鹿潭於客舍。鹿潭以《水雲樓詞》著名者也。詩酒往來，相視莫逆。一夕酒間謂余曰：『君素填詞否？』予曰：『未也。』鹿潭曰：『片語樂府，與詩同源。君能詩，君何不爲詩之餘乎？』」〔註 90〕在趙氏賦《徵招》並以稿示鹿潭後，鹿潭贊其云「吾固知君之必能詞也」。從序中，我們能看出趙彥俞與蔣鹿潭交情不淺。在詞集中，趙氏與丁至和等九秋社成員的交往也頗豐。如其有《高陽臺・和丁保庵九日登拱極臺》、《南浦・送江都丁保庵遊吳門兼有杭州之行》、《木蘭花慢・燈市和丁保庵》〔註 91〕等載明丁、趙二人行跡。其作《徵招・秋角》、《齊天樂・登海陵泰山墩謁岳忠武王廟》〔註 92〕等都是與社中諸人同遊並同題而作的。

極盛之後，勢必轉衰。淮海詞人群體中的這個「圈子」發展到九秋社這個頂峰以後，便開始急轉直下，未兩年便消落了。同治三年（1864）杜文瀾調離泰州至安慶，金安清移居揚州，又轉至吳門隱居，宗源瀚赴浙任職，蔣鹿潭雖仍留居泰州，但是又四年，同治七年（1868）蔣春霖下世。雖然在鹿潭離世後，淮海詞人群體中人仍有零散的活動，但是截至此時，詞人或各自遊走，或匯入其他的詞人群體中，淮海詞人群體的主體已經漸漸消散。

第二節　《淮海秋笳集》中主要成員交遊考

淮海詞人群體中除了以九秋社爲核心的流寓詞人外，還有一個以本籍詞人爲主的「小圈子」。其中人物大體以李肇增《淮海秋笳集》中諸君爲主。王鵬運《鶯啼序・辛峰寄示與張丈午橋訓唱近作，依調

〔註 90〕趙彥俞：《瘦鶴軒詞》，民國二十二年本，序。

〔註 91〕趙彥俞：《瘦鶴軒詞》，民國二十二年本，第 21 頁。

〔註 92〕趙彥俞：《瘦鶴軒詞》，民國二十二年本，第 1 頁。

賦寄，並呈張丈》中有注云：「《淮海秋笳集》，午橋詞社舊刻也。」社中張丙炎，字午橋，或以其成社爲名。社中活動與九秋諸子活動時間大體相同，詞人相互交遊亦有交叉。但從交遊活動來看，集中諸子的往來更加頻繁，因而將其另列出，以《淮海秋笳集》中詞人作爲淮海詞人群體中的一個分支梳理。我們仍以時間爲序，對諸子的交往和其生平做一概述。集中詞人唱和具體時間無從查考。從詞中反映的內容看，其人唱和大致在咸同年間。

咸豐三年（1853）癸丑，七夕，本籍詞人范凌雙作《邁陂塘・癸丑七夕和吳讓之》（怕蟲鳴），其後兩日，范氏又作《水調歌頭・癸丑七夕後二日，九松道院同讓之芮宜庵郭堯卿》（今夕是何夕）。〔註93〕范凌雙是江蘇甘泉人。《淮海秋笳集》中僅錄范氏詞兩首，可見其並不以詞名。他有《湖東集》四卷，載其咸豐三年（1853）、咸豐四年（1854）詩。其兩首詞也一併附錄其中。莊棫序云：「子聞徵君名十餘年矣，同居城中而不相見，癸丑後子漸知爲學，益識徵君，然徵君居湖東，子遷海上，相隔數百里。視同城時爲尤難。今年秋始識徵君於泰州。……因慨古今詩人不經變故，居憂患之境而憔悴於邑，必不能有合於《國風》、《小雅》之旨也。徵君以湖東名集而託始癸丑，意在斯乎，意在斯乎。湖東濱下，河質樸，多古風，徵君居此別有微恉。」〔註94〕莊中白序言其與范氏之交。其言「聞徵君名十餘年」指出了范氏在淮海一方的名聲。姚正鏞序中也有「余丙午甲寅前後，居揚州者十餘年。聞徵君名最久。乙卯冬識黃子鴻錫禧、汪硯山鋆。丙辰春因兩君識徵君」，〔註95〕可見范凌雙及其學識在揚州聞名已久。據兩首詞判斷，范氏與吳熙載交遊無疑。但無法判斷其與其他詞人之間的交往。縱觀其《湖東集》，其中不少線索可以還原其交遊軌跡。縱觀其

〔註93〕范凌雙：《冷灰詞》，《淮海秋笳集》，《揚州文庫》，揚州・廣陵書社，2015年版，第606頁。

〔註94〕莊棫：《湖東集序》，《湖東集》，咸豐十一年刻本。

〔註95〕姚正鏞：《湖東集序》，《湖東集》，咸豐十一年刻本。

交往，范凌雙大體上是與本籍詞人交往爲多。由姚正鏞序可知，范氏與姚氏的熟識經過。此外，李肇增同樣爲范凌雙作序。李肇增在詳述其生平後感歎道：「嗟乎，越石生平眞成繞指，繭成詞賦。總屬傷心故知落葉之什，非篤意於惛悽病梨之箴寶，流響於沉菀。淮南桂樹息影無徒，邗上琅軒，求思弗報。」〔註 96〕由此雖然無法判斷二人何時訂交，但是可以得出他們相識甚熟的結論。又，《湖東集》中范凌雙自序云：「曩在城中與南樵、冰署論詩，共數晨夕，有《膏庵初集》稿本四卷，冰署製序，弁其端。癸丑城陷，稿散失僅存《浙遊詩》數十篇。」〔註 97〕由中可知范、李訂交當時來已久，且在咸豐三年揚州城陷前。此外，集中卷一有《花朝與冰署等雲山閣還過東園看梅花飲虹橋酒家作》、卷二有《短歌次冰署韻贈文伯》、卷三有《與冰署同飲市中即送歸黃子鴻》，可見二人交往頻繁。在自序中，范氏還敘述了其與其他同人之間的交往：「在城復候，同人集謝埭，往往記誦前詩復零星誌之，如逢故我。甲寅秋，黃君子鴻因汪君研山移書，謀付剞□。因分癸丑、甲寅所作爲四卷，並舊作能記憶者，附錄於後。……庚申春得交姚君仲海，贈詩一篇，重九日招集岳阜登高，少長咸集。仲海文藝擅絕一時，復申子鴻前約。……易曰：同聲相應，同氣相求。古今人所以不相遠也。」〔註 98〕序中，「黃君子鴻因汪君研山」語，說明了范氏與集中黃錫禧、汪鋆兩人的交往。集中亦有《贈黃子鴻》〔註 99〕等。「庚申春得交姚君仲海」句，也說明了他其時得識姚氏，並參與了重九日的登高。此外，范氏在卷一有詩云《寄懷張石樵安保》（即題《味眞閣詩集》後並序）又證實了范凌雙與張安保的交往，其序云：「道光戊申春，客遊眞州，積雨連旬。石樵招看梨花，屬題詩集。歸邗上，詩已作成。遷延未報，賊氛孔熾。後恐不通音問，走筆

〔註 96〕李肇增：《湖東集序》，《湖東集》，咸豐十一年刻本。
〔註 97〕范凌雙：《湖東集自序》，《湖東集》，咸豐十一年刻本。
〔註 98〕范凌雙：《湖東集自序》，《湖東集》，咸豐十一年刻本。
〔註 99〕范凌雙：《湖東集》，咸豐十一年刻本，卷四。

書此遺之。」〔註 100〕據以上范凌雙的交往軌跡來看,《淮海秋笳集》中成員基本均已出現,詞人活動的輪廓已經初具雛形。

咸豐三年(1853)與范凌雙同譜此調的是吳熙載。吳熙載是江蘇儀徵人。共有詞五首收入《淮海秋笳集》。其所長並非詩文,他以書畫、篆刻見長,是包世臣的弟子。《清史稿》云:「熙載爲諸生,博學多能,從包世臣學書。世臣創明北朝書派,溯源窮流,爲一家之學。其筆法兼採同時黃乙生、王良士、吳育、朱昂之、鄧石如諸人之說,執筆,食指高鉤,大指加食指中指之間,中指內鉤,小指貼名指外拒,管向左達,後稍偃,若指鼻準。運鋒使筆毫平鋪紙上,筆筆斷而後起。結字計白當黑,使左右牝牡相得,自謂合古人八法、九宮之旨。熙載恪守師法。世臣眞、行、藁草無不工,嗜篆、分而未致力。熙載篆、分而未致力。」〔註 101〕清史稿對其篆術所述甚詳。汪鋆《揚州畫苑錄》稱吳氏「善各體書,兼工鐵筆,邗上近無與偶」,可見吳氏之名。咸豐三年的同人聚會,吳氏也在其列。其有《陂塘蒲・癸丑七月寓邵伯埭同人有七夕詞屬和焉》〔註 102〕一詞爲證。咸豐三年揚州失守,吳讓之避地泰州,寄寓在姚正鏞寓所。汪鋆曰:「鋆亂後師事之,終日晤於泰州姚氏遲雲山館。精於金石考證,著有《通鑒地理今釋》,稿存歸安吳平齋觀察處。詩古文辭皆工,惜不多作。鋆僅得四律,刻入《十二硯齋隨錄》。」〔註 103〕其外,吳氏有《霓裳中序第一・用周草表單,見芙蓉花作和姚仲海汪硯山》(花光動木末)可見其與汪鋆、姚仲海等人的交情。這次唱和汪、姚二人均有詞存留。汪鋆有《霓裳中序第一・詠木芙蓉》(池塘淨唾碧)〔註 104〕、姚正鏞有《霓裳中序

〔註 100〕范凌雙:《湖東集》,咸豐十一年刻本,卷一。
〔註 101〕趙爾巽:《清史稿》第四十一冊,北京・中華書局,1977 年版,第 12552 頁。
〔註 102〕吳熙載:《匏瓜室詞》,《淮海秋笳集》,《揚州文庫》,揚州・廣陵書社,2015 年版,第 606 頁。
〔註 103〕汪鋆:《揚州畫苑錄》,揚州叢刻本,光緒十一年刻本,卷二。
〔註 104〕汪鋆:《梅邊吹笛詞》,《淮海秋笳集》,《揚州文庫》,揚州・廣陵書社,2015 年版,第 607 頁。

第一・同硯山吳陵城西看木芙蓉作》（微飆蕩靜碧）可作爲佐證。另黃錫禧有《霓裳中序第一・春雨釀寒客愁岑寂愴懷竟夕有託於言》（江梅半狼藉）〔註 105〕雖爲同題，但所詠並非木芙蓉，不知是否也爲此次雅集所作，茲錄於此。此外，姚正鏞「蓋平姚正鏞仲聲詩詞書畫之章」、「蓋平姚氏藏書」等章，均出自吳讓之之手。吳氏有「近日讀仲海之作，興會既集，爲作小印鈐之。惜目力昏耗，不能工也」〔註 106〕之語。吳熙載同樣也爲汪鋆刻印，據汪氏載：「咸豐己未（1859），先生將赴胡文忠公（林翼）之招，鋆曾寫圖並賦七古以贈於將發也。匆匆購得此石。先生頃刻奏刀。興到之作，神妙無似，不第魄力沉雄已也。而先生亦極得意，屈指廿年，恍然在目，鋆亦冉冉將七十矣，然亦何幸獲此。殆與斯刻同不朽云。光緒九年（1883）試燈日，追溯其始，乃爲贊曰：老辣痛峭，氣横九州，斯冰內蘊，金石外遒，超元軼明，惟漢與牟。」〔註 107〕

咸豐六年（1856），丙辰春日，王荄有《石湖仙・題白石道人小像》（垂虹秋雨），姚正鏞有同題詞作《石湖仙・題白石道人像》（新詞誰譜），又可算窺見一次唱酬。王荄，甘泉人。也是淮海詞人群體本籍詞人中較爲活躍的一位成員。他是王鶴汀之子、王西御的弟子，「受知於汪冬巢，而又與孔宥涵、莊中白諸人相往還」，有著很深的詞的家學淵源。郭晉超在《受辛詞》序中云：「吾友王君小汀爲鶴汀先生哲嗣，以名父之子，紹衣家學，倚聲一道，獨有千古，前人雖壁幟分樹，雲霞爛天，受辛則指僂眉分，稿爲一得，蓋寢饋於中者五十餘年。當其幼時，吾師汪冬巢先生及王西御丈皆江左詞宗，見其作，

〔註 105〕黃錫禧：《棲雲山館詞》，《淮海秋笳集》，《揚州文庫》，揚州・廣陵書社，2015 年版，第 621 頁。

〔註 106〕朱天曙：《吳讓之與包世臣、姚正鏞交遊考論》，《「百年名社・千秋印學」國際印學研討會論文集》，杭州・西泠印社出版社，2003 年版，第 305 頁。

〔註 107〕趙昌智：《揚州文化研究論叢　第 5 輯》，揚州・廣陵書社，2010 年版，第 31 頁。

謂鶴汀先生云：數十年後，詞壇飛將也。必以此道張吾軍矣。前輩賞識，早歲已然。宜其年愈豐而境愈嗇，名益著而數益奇。」〔註 108〕郭氏詳細介紹了王葵的家世淵源，並謂其「數十年後，詞壇飛將也」。與吳熙載和范凌雙不同，王葵世承其家學，因而專意工詞，在淮海地區享有不小的名聲，但其詞稿「多散佚，惟《受辛詞》一卷尚存」。〔註 109〕王氏與同人交遊在《淮海秋笳集》中所載甚詳。幾次重要的集聚活動也多有參加。如《解語花・又分詠得梔子》（蕉風送暖）、《一萼紅・戊午春客吳陵轉蓬吟館見鄰家海棠盛開同硯山仲海賦》。〔註 110〕除了同姚正鏞唱和的《石湖仙》外，王葵與郭夔有《暗香・西山且住廬看雪，堯卿譜〈疏影〉先成，余譜此調和之》（甚春寂寂）、又有《鬉山溪・雪珠同堯卿賦》（雨絲風片）二闋。其與黃錫禧有《雨霖鈴・初秋，和黃子鴻雨窗抒悶》（愁心如葉）、《陌上花・黃葉和黃子鴻》（濃蔭頓減）等。另王葵《受辛詞》中可見消寒會之說，參加雅集的詞人大體與《淮海秋笳集》中人同，或也可作淮海詞人群體本籍詞人唱和活動的補證，其作歷次有：《擊梧桐・消寒第一集，榕園招集冰甌館詠梅，蘊生先生舊藏古琴，傳爲稽康故物，今歸榕園，因屬同人，共碰此闋》、《眉嫵・消寒第二集，吳次瀟招集同人於梅花庵，詠葉小鸞眉子硯，共譜此闋》，《瑞鶴仙・月當頭夕，硯山招集同人作消寒第三會，劉樹君方伯爲研山臨蘭亭小冊，同人共譜》，《南浦・消寒第四集，樹君方伯招集約園，餞孫駕航太守之官嶺南，共譜》，《摸魚兒・消寒第五集，冰歐館主人招集題夏路門太史裕園圖卷子》，《貂裘換酒・消寒第六集，藥園招集同人爲東坡作生日》，《疏影・消寒第七集，子鴻招集同人棲雲山館，題湯貞愍公畫梅小幅》。〔註 111〕從《擊

〔註 108〕郭晉超：《受辛詞序》，《受辛詞》，光緒刻本。

〔註 109〕中國地方志集成工作委員會編：《中國地方志集成 江蘇府縣志輯》，南京・江蘇古籍出版社，1991 年版，第 542 頁。

〔註 110〕王葵：《受辛詞》，《淮海秋笳集》，《揚州文庫》，揚州・廣陵書社，2015 年版，第 611～613 頁。

〔註 111〕萬柳：《清代詞社研究》，南開大學 2010 年博士論文，第 199 頁。

梧桐・消寒第一集，榕園招集冰甌館詠梅，蘊生先生舊藏古琴，傳爲稽康故物，今歸榕園，因屬同人，共碰此闋》來看，此次招聚之人爲張丙炎。張丙炎冰甌館建於其丁母憂後、光緒年間。因而王莶詞中所言消寒會並非指咸同年間午橋詞社眾人唱和。另據劉湦年序方濬頤《古香凹詩餘》言：「辛巳年冬間，在揚州與張榕園、汪硯山、王小汀、黃子鴻、吳次瀟諸君結消寒詞社爲始其時。」〔註 112〕依劉氏所言，此次消寒雅集當在辛巳年，即一八八一年左右。方濬頤也有《六醜・予既應子鴻之請再詠黃月季，因索子鴻作和顧遲遲不報復疊韻挑戰》、《大酺・子鴻侶琴偕作消寒第八雲山館消寒第十集》、《洛陽春三闋・硯山至華偕作消寒第十一集聯句》等作。〔註 113〕由座中人看，當與王莶所言黃錫禧、汪鋆、張丙炎同。雖然這一階段的眾多唱酬不在咸同年間，但其中一併記載了淮海詞黃錫禧、汪鋆、張丙炎在光緒年間的數次迴響，雖與咸同淮海詞壇無關，但是也可說明淮海詞人群體本籍詞人的互動關係。

姚正鏞是奉天蓋平人，亂戰後避地泰州。其《吾意庵長短句甲乙稿自識》云：「揆自甲寅、乙卯間，閉居泰州，與張石樵、吳讓之諸先生遊。」〔註 114〕姚正鏞雖不是本籍，但在泰州流寓時常招聚唱和，一主當時風雅，因而也可以算作集中的核心人物。自其「自壬戌迄於丙子，以貲郎廁朝籍，署紙尾於農司，都門人海，師友多資」之後，淮海地區兵燹漸散，一時唱和之盛也漸漸消歇。張丙炎在《吳趙印存序》中對姚氏有所載：「憶咸豐庚申秋，予客海陵，主姚仲海寓齋時，蘇常失陷，江南人士麇聚海陵一隅之地，頗極友朋之樂。吳讓之丈日在二仲（仲海、仲陶）家奏刀，卷中諸印多半見其運筆。明年辛酉，仲陶入都應京兆試，攜以見贈。（仲陶雖刻此印，絕不輕用，仲海一

〔註 112〕方濬頤：《古香凹詩餘》，光緒十年（1884）刻本，序。
〔註 113〕方濬頤：《古香凹詩餘》，光緒十年（1884）刻本，卷二。
〔註 114〕姚正鏞：《吾意庵長短句甲乙稿自識》，《清詞序跋彙編》，南京・鳳凰出版社，2013 年版，第 1658 頁。

日向其出藏篋盡印之。）今日重披是卷，忽忽三十餘年，當時朱春舫、黃琴川、汪硯山、王小訂、黃子鴻無一存者，無怪予之老大也。」〔註115〕張丙炎所論爲姚正鏞與吳熙載刻印之事，其中不僅點明了其時的「友朋之樂」，將黃涇祥、黃錫禧、王菼、汪鋆等座中之客一併點明。姚仲海避禍、招聚事於多處有詳載，如：「仲海文藝擅絕一時，丙午、甲寅前後居揚州者十餘年，賊來遷避海陵。撫今弔古，託此哀音，讀《秋笳》一集，可以論其世矣。」〔註116〕居泰州時，姚正鏞與當時名士均有交往，除了吳熙載、汪鋆等人外，其與蔣鹿潭也有交遊。鹿潭曾爲姚氏作題畫詩，云：「翩翩風度才如海，作客江南且閉門。萬里風沙故關月，雁來時節最銷魂。」〔註117〕其時，淮海詞人張安保、張丙炎父子、王菼等人都有來往，在其《江上維舟詞》中均可見得。另張安保《長亭怨慢・舟夜聽雨寄懷仲海》（久孤負）〔註118〕、張丙炎《長亭怨慢・將歸荻渚村居，留別姚仲海》（最難得）王菼《一萼紅・戊午春客吳陵轉蓬吟館，見鄰家海棠盛開同硯山、仲海賦》（最難禁）〔註119〕都是其時交遊之作。姚正鏞最著名的一次招聚當屬咸豐丁巳年的登高招聚。

咸豐七年（1857）姚正鏞招聚汪鋆、黃錫禧、張安保等登岳阜。岳阜爲泰州城內一土墩，初稱「泰墩」。宋代建炎四年（1130），據傳岳飛曾在此抗擊金兵。後明代舒大猷在此處建岳鄂王廟，因此改爲「嶽墩」，又稱岳阜。因爲岳飛的關係，本邑文人常流連此地，感慨古今。

〔註115〕郁重今編纂：《歷代印譜序跋彙編》，杭州・西泠印社出版社，2008年版，第604頁。

〔註116〕楊鍾義：《雪橋詩話三集》，北京・北京古籍出版社，1991年版，第505頁。

〔註117〕馮其庸：《〈水雲樓詩詞〉輯校》，《蔣鹿潭年譜考略〈水雲樓詩詞〉輯校、重校〈十三樓吹笛譜〉》，青島・青島出版社，2014年版，第113頁。

〔註118〕張安保：《晚翠軒詞》，《淮海秋笳集》，《揚州文庫》，揚州・廣陵書社，2015年版，第605頁。

〔註119〕王菼：《受辛詞》，《淮海秋笳集》，《揚州文庫》，揚州・廣陵書社，2015年版，第613頁。

《雪橋詩話》云：「嘗於丁巳重九岳阜登高，與石樵、硯山、子鴻諸人均有所作。岳阜拔起城西，遠攬江瀨南徐，諸山遙遙如列屏，土人傳爲岳忠武王屯兵處，立廟其上。」〔註 120〕此次招聚由姚正鏞組織，參加者爲社中同人。其時存作有汪鋆作《龍山會・九日登岳阜同仲海作》（暮色橫吳楚）、黃錫禧作《龍山會・九日登岳阜同仲海作》（遺恨悲今古）、姚正鏞有《龍山會》、張安保有《念奴嬌・九日登岳阜，時兵氛孔亟，撫今弔古難已於言》（菊花開了）。姚正鏞在詞前小序云：「吳陵城西高阜，獨拔遠攬江瀨南徐諸山，遙遙如列屏土。人傳爲岳忠武王屯兵拒金人處也。立廟其上，每風日清曠，都人士多憑弔焉，丁巳九日與汪大硯山作高會，於是江湖滿地景物愁人撫今思昔，不獨以蕭條而悲乎。秋氣矣譜以撥悶，並索硯山和。」〔註 121〕此次聚會中汪鋆不僅有詞和之，還在日後的小詞中談及。其《重陽旗稻糕》云：「中秋過了，霏霏玉屑蒸香稻。劉郎未敢題詩稿。飛出紅旗，又報重陽到。　　回思風味吳陵好，斜糕正配斜旗小。登高岳阜年年到，指點青簾，二角欹斜照。」〔註 122〕

汪鋆，諸生，占籍儀徵，其擅長花卉、山水，工篆、間作小詩。汪鋆與姚正鏞私交甚好。但論及倚聲，汪鋆亦曾從郭夔遊，汪氏曾云：「幼從郭少卿孝廉學賦。孝廉善塡詞。曾隨作數首，不知所以爲詞也，即捨去。閱數年，與吳篆生友，知其詞。且知詞之難也，而更捨去。以後十年，此調不彈矣。癸丑後傭棲雲山館，主人黃子鴻司馬工倚聲，昕夕與共，服習日深，遂亦效顰，有所作矣。又不佳，仍欲捨去。主人曰：『存而不論可也』。」〔註 123〕由此見，汪鋆數年前曾與郭夔相

〔註 120〕楊鍾羲：《雪橋詩話三集》，北京・北京古籍出版社，1991 年版，第 505 頁。

〔註 121〕姚正鏞：《江上維舟詞》，《淮海秋笳集》，《揚州文庫》，揚州・廣陵書社，2015 年版，第 624 頁。

〔註 122〕汪鋆：《梅邊吹笛詞》，《揚州歷代詩詞》，北京・人民文學出版社，1998 年，第 368 頁。

〔註 123〕汪鋆：《梅邊吹笛詞稿題跋》，馮乾編校：《清詞序跋彙編》，南京・鳳凰出版社，2013 年版，第 1286 頁。

與交遊，後或因另有所好而棄之，直至在咸豐年間又遇到黃錫禧等人，才重拾筆觸。姚正鏞在《梅邊吹笛詞稿》後題「丙辰冬初，仲海弟姚正鏞讀於吳陵寓齋」。然汪氏又有《梅邊吹笛詞續存》，序云：「鋆素慕倚聲，自棲雲、遲雲別後，將廿餘年，此調絕未一彈，會□正獲購張皋文所輯《詞選》，復讀一過，如晤故人，未免怦然又有所作。索過風於前林，尋墜絮於已往，姑存之以驗老年之進退。光緒戊寅試燈，汪鋆自識。」〔註 124〕由此看來，他素來便好倚聲，在不再與黃錫禧、姚正鏞交遊後，「此調絕未一彈」。他在《揚州畫苑錄》序中言：「咸豐癸丑之亂，淪陷城中者半多相識，心痛傷焉。」〔註 125〕其中「淪陷城中半多相識」語，可見其交遊的廣泛。其詞集吳熙載、郭夔、張安保、黃錫禧均有跋語。其與黃錫禧有《疎簾淡月・題棲雲山館記曲園》（紅紅曲記）、《瑤華・棲雲山館銷夏分賦得茉莉花》（銀絲細結）等，與黃涇祥有《八歸・送黃琴川歸里》（雲箋擘粉）等。〔註 126〕此外他與宦居揚州的方濬頤、金安清等也往來密切。方濬頤詞中有《鷓鴣天・寄硯山》、《齊天樂・爲硯山題湖山春社圖》、《柳色黃・硯山假何至華寓齋作消寒會仝賦盆中黃月季》等。〔註 127〕金安清與其交遊不詳，但留有詩作《寄汪硯山》：「竹西容笑傲，歲月任消磨。金石盟心久，雲煙過眼多。交遊遍南國，愛慕仰東坡。他日重相見，茗甌話碧蘿。」〔註 128〕

咸豐七年岳阜登高者還有張安保。張安保，江蘇儀徵人，與汪鋆爲同鄉。淮海詞人張丙炎是其子，工詩，也能詞。但可惜的是張氏所存詩詞不多，其《晚翠軒詞》存於《淮海秋笳集》已是其僅有的線索。

〔註 124〕汪鋆：《梅邊吹笛詞稿題跋》，馮乾編校：《清詞序跋彙編》，南京・鳳凰出版社，2013 年版，第 1287 頁。

〔註 125〕汪鋆：《自序》，《揚州畫苑錄》，揚州叢刻本，光緒十一年刻本。

〔註 126〕汪鋆：《梅邊吹笛詞》，《淮海秋笳集》，《揚州文庫》，揚州・廣陵書社，2015 年版，第 607～609 頁。

〔註 127〕方濬頤：《古香凹詩餘》，光緒十年（1884）刻本，卷一。

〔註 128〕金安清：《寄汪研山》，《揚州歷代詩詞》，北京・人民文學出版社，1998 年，第 167 頁。

就集中判斷，張氏《念奴嬌》（菊花開了）當爲登高同日所作。〔註 129〕除了這首詞，他還有《長亭怨慢・舟夜聽雨寄懷仲海》（久孤負）寄於姚正鏞。另其有跋語，寄汪鋆詞集云：「丙辰仲冬，往來棠湖，與研山大兄同寓福壽禪庵，將及兩月。研山出所制《梅邊吹笛詞》見示。每就佛燈，靜夜讀之，哀感頑豔，如不勝情，余將歸石樵，戢影蓬戶，不知會合又在何時。爲題數語於卷端，以志傾倒。」〔註 130〕由此，張、汪交往密切之時當爲咸豐六年（1856）年間。

張安保之子，張丙炎也爲社中人，丙炎字午橋、藥農，號榕園。也是淮海詞人群體中一主風雅者。雖然無法確定其字午橋確與「午橋詞社」的關聯，但是其與詞社的關係、社中諸子的關係是極爲密切的。張丙炎弱冠之年便隨父親參與《重修儀徵縣志》的編撰。少年隨父從諸家遊，咸豐九年（1859）高中進士，其後歷次入都門、至廣州、肇慶，直至光緒四年（1878）丁母憂，重回揚州。由其經歷來看，張丙炎與淮海眾詞人的交遊集中在入京前，即咸豐年間。王荽《冰甌館詞鈔序》云：「（張丙炎）每出一章，互相傳寫，主人顧故自愛惜，隨手散棄。朝溪子謂少游性不耐聚稿，間有淫章醉草，輒散落青簾紅袖間，主人殆有似焉。近多倡和之作，余輒爲庋藏。又征諸忍齋、約叟、硯山、勺園、仲海、次瀟諸君，寫而錄之。燈窗展讀，愛玩不忍釋受。同人索觀，各家評騭。」〔註 131〕從中可見張丙炎可能同其父一樣，並不專意爲詞，「少工倚聲」後不久便「棄去」。而其對其所作也並不在意，甚至「隨手散棄」。這也可能是《淮海秋笳集》中僅存詞三首的重要原因。張氏早年在淮海地區時，與淮海詞人並無許多交遊往來，自其光緒年間回揚後，開始與眾多淮海詞人頻繁唱和。上節王荽處所考諸多雅集，均爲張氏所倡。其與後來寓居揚州的方濬頤尤其惺

〔註 129〕 張安保：《晚翠軒詞》，《淮海秋笳集》，《揚州文庫》，揚州・廣陵書社，2015 年版，第 605 頁。

〔註 130〕 張安保：《梅邊吹笛詞稿題跋》，馮乾編校：《清詞序跋彙編》，南京・鳳凰出版社，2013 年版，第 1285 頁。

〔註 131〕 王荽：《冰甌館詞鈔序》，《冰甌館詞鈔》，光緒十一年（1885）刻本。

惺相惜。方濬頤有《舟中述懷和午橋贈別韻》尤爲深情：「憑買恨難解滿腔離緒，鋪茵待倒瓊。卮譜妍辭，寒梅將孕，又到客歸時。約園紛唾珠璣碎，秉燭深宵重一醉，頰微酡，臉生渦，誰道欲行，偏自惹餘波。　篷囪裏柔毫泚，天塹迢遙，施水蜀山凹。莽森蕭，鐵杆虯枝，能耐歲寒彫。眼看烏兔逼人老，高尚如君近今少，雨黏天劇，纏綿無限。相思繫住秣陵船。」〔註 132〕張丙炎繼其父遺風，雖不以詞名，但其愛詞、惜詞之心，及其對眾多淮海詞人的觀照，可算其爲淮海詞人群體作的貢獻。

咸豐八年（1858）戊午，汪鋆、王茨、姚正鏞再聚，分賦《一萼紅》：汪鋆有《一萼紅・隔牆有海棠一株，當春已花嬌紅欲滴，邸居對此殊難爲情賦此索仲海小汀和》（甚春情）〔註 133〕、王茨有《一萼紅・戊午春客吳陵轉蓬吟館見鄰家海棠盛開同硯山仲海賦》（最難禁）〔註 134〕、姚仲海有《一萼紅・吳陵鄰家有海棠一株，當春著花密蕊高枝出牆，若徐妃倚半面妝窺人。予僑居於此已三度花時矣，不禁黯然爲賦此解》（露幽姿）。〔註 135〕又兩年，咸豐十年（1860），王茨、黃錫禧、姚正鏞又有唱和。王茨有《陌上花・黃葉和黃子鴻》（濃蔭頓減）、黃錫禧有《陌上花・庚申秋杪重客吳陵見黃葉感賦》（西風頌晚）、姚正鏞有《霜葉飛・黃葉》（千林如繡）。

和王茨相同，黃錫禧也是江蘇甘泉人。自幼嗜詞。吳熙載序其詞云：「子鴻弱冠，於讀書寫字而外，即好塡詞，於諸家門戶無所不窺，短章雅近五代。」〔註 136〕據《續修四庫全書總目提要》載，黃氏原

〔註 132〕方濬頤：《古香凹詩餘》，光緒十年（1884）刻本，卷一。

〔註 133〕汪鋆：《梅邊吹笛詞》，《淮海秋笳集》，《揚州文庫》，揚州・廣陵書社，2015 年版，第 610 頁。

〔註 134〕王茨：《受辛詞》，《淮海秋笳集》，《揚州文庫》，揚州・廣陵書社，2015 年版，第 613 頁。

〔註 135〕姚正鏞：《江上維舟詞》，《淮海秋笳集》，《揚州文庫》，揚州・廣陵書社，2015 年版，第 624 頁。

〔註 136〕吳熙載：《棲雲山館詞存跋》，《棲雲山館詞存》，同治六年（1867）刻本。

從吳熙載學詞。雖吳氏詞「從常州派出也」，但「錫禧所撰，似不宗一家」。黃氏既嗜詞，也好研究。其有跋語在《張子野詞》後，指出是本與「候亦園刻增多五十六闋」，並引校異文，又芟正其中謬處。在淮海詞人群體中，其與午橋社中人的交往十分密切。尤以與汪鋆交往最爲頻繁。僅汪鋆《梅邊吹笛詞》中所載就有《踈簾淡月・題棲雲山館記曲園》（紅紅曲記）、《瑤華・棲雲山館銷夏分賦得茉莉花》（銀絲細結）、《淒涼犯・和黃子鴻秋夜雨窗書悶》（冷雲夢續）等數首。〔註 137〕黃錫禧在爲汪氏詞作序時也談：「丙辰除夕，硯山大兄過訪樊川旅次，復出《梅邊吹笛詞》見示。諷詠一過，憂從中來，不可卒讀。於詞中之妙境，諸君已詳言之，茲不復贅。爰書數語，以誌歲月。」〔註 138〕黃氏稱汪鋆詞「憂從中來，不可卒讀」，則必有共同之感受才能得出此語。在黃錫禧的交遊中，蔣春霖也留有痕跡。鹿潭不愛作詩，卻有詩留存，其爲數不多的詩中有題畫詩《黃子鴻桃花》。詩云：「虹橋去遊蹤斷，野寺東風幾歲華。淒絕揚州舊公子，雨窗和淚寫桃花。」〔註 139〕蔣、黃二人蹤跡、交遊行跡無從可考，但從「淒絕揚州舊公子」，判斷蔣對黃是有一定瞭解的。

除以上諸子外，集中作者還有黃溼祥。其人原籍江西樂安，後流寓泰州。工詩擅文。黃氏爲避亂，流寓泰州，宗源瀚云：「王雨嵐、楊柳門、姚西農、黃琴川、錢揆初、黃子湘，皆以詩名」。宗源瀚將其與錢勖、黃文涵等並提，可以見得黃氏還是小有名氣的。黃氏既同在午橋也在九秋社，與其往來者自不在少數。流寓詞人如蔣春霖、杜文瀾，本籍詞人如丁至和、汪鋆等均有詞作唱和。其中蔣鹿潭有詞《角招》，序云：「陳小翠，揚妓也，居南水灘。門外多楊柳樹，春來一碧，

〔註 137〕汪鋆：《梅邊吹笛詞》，《淮海秋笳集》，《揚州文庫》，揚州・廣陵書社，2015 年版，第 608 頁。

〔註 138〕黃錫禧：《梅邊吹笛詞稿題跋》，馮乾編校：《清詞序跋彙編》，南京・鳳凰出版社，2013 年版，第 1285 頁。

〔註 139〕馮其庸：《〈水雲樓詩詞〉輯校》，《蔣鹿潭年譜考略〈水雲樓詩詞〉輯校、重校〈十三樓吹笛譜〉》，青島・青島出版社，2014 年版，第 113 頁。

如煙如潮。江西黃琴川爲賦《南灘春柳詩》數十章，小翠每謂之曰：『青青若此，忍使有隨風報秋之感耶！』」〔註 140〕雖道黃琴川煙花巷裏事，但是由此也足見鹿潭與黃氏的交情。丁至和和姚正鏞所存之詞也與此事相關。丁氏有《法曲獻仙音》，注云「黃琴川索賦南灘春柳曲」，〔註 141〕姚氏有《淡黃柳・題黃琴川南灘春柳圖》。〔註 142〕黃氏往來淮海間，亦與莊棫有交往。莊棫在同治六年（1867）秋作《醉蓬萊》，詞前小序云：「琴川嘗作《蘆花》四律屬和，余未答也。又遲作《冬花館詞》，亦久而不報。秋水泛舟，蘆荻彌望，而琴川新歿於徐州。眷念故人，能無感喟。」〔註 143〕黃溼祥生卒年一直不詳，但由此「新歿」二字，我們可以大致推斷黃氏卒年當在此詞創作前不久。由黃琴川兩次屬和之事來看，二人相交甚密。

至 1860 年，諸人相與唱和的活動漸漸消歇。其年，李肇增編《淮海秋笳集》，刪存詞作，編成是篇。也爲咸豐年間這批淮海詞人的活動做一總結。李肇增及其《淮海秋笳集》已在上文有所論述，在此僅對李氏的交遊作一論述。李肇增與丁至和爲舊相識，二人曾「共遊處孫氏之百尺梧桐閣」。其與鹿潭相識較晚，約在同治年間。鹿潭詞《徵招》小序云：「李冰叔與鄧薌甫善，客南匯數年，今春歸東臺，將復遊揚州。書此贈行。」〔註 144〕李肇增《采香詞》序云「余自涉將還

〔註 140〕馮其庸：《〈水雲樓詩詞〉輯校》，《蔣鹿潭年譜考略〈水雲樓詩詞〉輯校、重校〈十三樓吹笛譜〉》，青島・青島出版社，2014 年版，第 82 頁。

〔註 141〕馮其庸：《重校〈十三樓吹笛譜〉》，《蔣鹿潭年譜考略〈水雲樓詩詞〉輯校、重校〈十三樓吹笛譜〉》，青島・青島出版社，2014 年版，第 68 頁。

〔註 142〕姚正鏞：《江上維舟詞》，《淮海秋笳集》，《揚州文庫》，揚州・廣陵書社，2015 年版，第 622 頁。

〔註 143〕孫廣華：《常州詞派詞選》，南京・南京大學出版社，2011 年版，第 390 頁。

〔註 144〕馮其庸：《〈水雲樓詩詞〉輯校》，《蔣鹿潭年譜考略〈水雲樓詩詞〉輯校、重校〈十三樓吹笛譜〉》，青島・青島出版社，2014 年版，第 60 頁。

北，旅寄東亭」。由此可以判斷，李肇增和蔣鹿潭當相識於東亭，即東臺。在宗得福《墮蘭館詞存》中有《東風第一枝・辛巳人日冶春第一集分韻得上字》:「同治乙丑，偕蔣鹿潭、李冰叔、胡厚堂在蜀岡挑菜。越日，鹿潭詞成，付女校書阿素按而歌之。回首十六年，已同塵夢，而鹿潭、冰叔均已下世，追維陳跡，能不憮然。」〔註 145〕據宗德福所言，蔣鹿潭、李肇增、胡爾坤等曾在蜀岡相聚。蜀岡在揚州，然遍考蔣氏同治乙丑蹤跡，並無其至揚州的記載。據馮其庸先生考，鹿潭當年仍居泰州。鹿潭自記有言「湘文既之浙，余亦東遊」。此「東遊」所指之事爲其同治乙丑秋與婉君泛舟黃橋事，並非至揚州事。由宗氏記載看，此事畢竟是宗氏「回首十六年」所提，時間上有差池極有可能。如宗載之「回首十六年」記憶無誤，鹿潭於同年二、三月間至揚州蜀岡，入秋回泰州、泛舟黃橋，也並非絕無可能。縱使時間不確定，此次聚會和唱酬諸君應無臆撰可能，當均爲眞實存在。在此錄下，一併作李、蔣交往佐證。同治年間，李氏遊走南京，與趙熙文兄趙烈文等亦有往來。據趙氏日記載，同治四年十月二十三日甲寅，「下午，李冰叔肇增，揚州名士。來候」，二十五日丙辰「李冰叔來，彭笛仙嘉玉來候。」〔註 146〕李肇增與集中同人的交遊不僅由其所輯《淮海秋笳集》可得見。其《山園離席圖序》中也有記載：「戊午正月二十日，余挈妻子渡江，舟過揚之郡城。同人先期會別於棲雲山館。引筋奏弄，敘情申慼……夜流助槍恨也。時主人黃君子鴻將赴浦口戎幕，孔君肴函亦奉檄，且行入都則姚君仲海，坐六人而行者四，居者謝君夢星，王君小汀耳。」〔註 147〕由此可見，雖李氏和同人散居各處，四下漂泊，但是同人還能招聚，維繫情誼。

〔註 145〕吳唐林：《墮蘭館詞存序》,《墮蘭館詞存》，宣統乙酉初夏禺山羅維翰署排印本。

〔註 146〕趙烈文：《能靜居日記（全四冊）》，長沙・嶽麓書社，2013 年版，第 945 頁。

〔註 147〕李肇增：《琴語堂雜體文續》，同治三年刻本，第 16 頁。

綜上，《淮海秋笳集》中諸位詞人在咸豐年間的交遊大致呈如上面貌。在咸豐後，詞人各有行跡。直至光緒年間，自張丙炎回揚州後，其與黃錫禧等人又重開盛筵，頗多聚合和唱酬，重引一方之盛。

第四章　淮海詞人群體創作主題

群體的創作風格由其創作內容、思想情感、藝術手法三個方面來揭示。在對淮海詞人群體的人生軌跡和交遊行跡進行概述之後，本文將對群體的創作內容進行考察。淮海詞人群體詞人眾多，其中個體詞人創作內容豐富。詞人創作取向呈現出極強的現實性和廣泛性。爲了全面反映淮海詞人群體的創作風貌，在對其思想情感表達和藝術手法運用進行總結之前，我們有必要對群體創作的主題取向做一分類整理。從總體上來看，詞人的創作內容大體集中在以下三個方面：戰爭、詠物、題畫。

第一節　戰爭之什

咸同年間，淮海一地屢受太平軍侵擾。戰禍連綿的十數年間，包括淮海詞人在內的淮海地區的士人生活大多奔走流離。山川壯美之色不再，滿是破碎的自然軀體。城市、鄉村祥瑞融合的生活氣息不再，滿是荒蕪之狀。太平軍前後倡亂十五年，據金陵十二年，蹂躪及十六省，淪陷六百餘城。〔註 1〕僅以揚州城爲例來看，太平軍在咸豐三年攻佔南京後，開始開拓北伐路線，在這一過程中，揚州城曾數度被太平軍攻下，又被清軍部分收回。僅三月到五月短短的六十天內，這座

〔註 1〕錢穆：《國史大綱》，北京·商務印書館，2012 年版，第 877 頁。

江北的重鎮屢次遭受侵擾。據載，咸豐三年三月十九日，「太平軍出揚州襲琦善大營，琦善合陳金綬，勝保及總兵雙來力戰卻之，游擊白含章戰死」。〔註 2〕又過一月，四月二十九日，「欽差大臣琦善等猛攻揚州，與太平軍戰於二十四橋、法海寺」。〔註 3〕再一月，「五月七日，欽差大臣琦善、幫辦軍務勝保、陳金綬等四路進攻揚州，破城外土壘木城，東路太平軍避入城內。」〔註 4〕又幾日，「揚州太平軍出南門繼續西進，清侍衛德興阿等截擊之於蔣王廟」。〔註 5〕而這樣拉鋸式的戰事，一直到同治年間太平軍完全消歇才最終結束。在數十年的流亡行走之間，士子們有太多自身命運的無奈，家國不復的痛心。咸豐年間揚州團練中人張翊國曾言：「倘再不准我帶勇南下，我將到南京覓家七叔及舍弟等屍骨，以了自己家事。我何人斯，豈敢妄談國事耶。」〔註 6〕張氏雖道百姓尋常之言，但從中可以看出，戰爭不僅是「國事」，還是「自己家事」。這市井百姓都明瞭的道理，在心思細密、敏感的詞人那裡便又千百倍地放大了。他們滿目瘡痍，在太多的生離死別中，「孤枕聞雞，遙空唳鶴」，不得已而爲詞。他們中或有入幕、從軍者，或有雖被戰亂卷席、幸運逃離者，此時詞人們所書寫的戰爭，並不是「國事」。戰爭給尋常人家帶來的離散，才是最牽人痛處的。對他們來說，訴諸筆端的是他們被戰爭扯碎的安逸生活，是他們日日經歷的妻子父兄離散之痛。淮海詞人，或直言戰事、或慨歎蕭條戰後即景、或傷懷友朋離散，雖未字字言戰，卻時時處處展現著戰時百態。

〔註 2〕郭廷以：《太平天國史事誌》，上海·上海書店，1986 年版，第 241 頁。

〔註 3〕郭廷以：《太平天國史事誌》，上海·上海書店，1986 年版，第 246 頁。

〔註 4〕郭廷以：《太平天國史事誌》，上海·上海書店，1986 年版，第 246 頁。

〔註 5〕郭廷以：《太平天國史事誌》，上海·上海書店，1986 年版，第 247 頁。

〔註 6〕張翊國：《自敘揚州事》，羅爾綱、王慶成主編：《近代史資料叢刊續編：太平天國 4》，桂林·廣西師範大學出版社，2004 年版，第 324 頁。

戰時多艱。淮海詞人不僅要面對自身命運的飄零、還要面對家國鄉園的荒蕪。親歷戰事，隨幕奔走，詞人往往更得多見行間戰況，感慨良多。詞人往往將感受和境況藏在詞中，不直接鋪呈在表面，因而往往直言戰事之詞並不多。黃錫禧《百字令・江上軍夜》云：

> 霸圖南國，算而今一帶，荒江凝碧。客裏西風驚夢遠，往事都成陳跡。畫角吹煙，旌旗卷霧，夜月寒蘆荻。望中吳楚，隔江零亂山色。　　曾是樂府刀環，無人解唱，空怨陽關笛。幾樹梧桐霜欲落，萬户搗衣聲急。玉帳光沉。雕弧影滿，塞雁啼沙磧。天邊衰草，斷腸今夕何夕。〔註 7〕

是作小序便直截了當地點名了主題。黃氏出身名門，祖居揚州，咸豐三年避居泰州，此詞當於其時之作。詞人客寓他地，由臨江所見之景完成詞的架構。詞的場景也在今夕之間不斷切換。「霸圖南國」四字領起，將我們對昔日滔滔江漢、南國之際的繁盛模樣勾起，「算而今」將詞境在瞬間轉折回詞人所處之當下。眼中所見，「凝碧」處所依並非滔滔盛景，而是一片「荒江」。「客裏西風」後，以「夢」所託，重新將時間切換到往昔，然而「霸圖」不再，僅留「陳跡」。迴環後，軍中號角聲在江上浮煙中迴響，軍中旗幟高揚，場景再遠些，隔岸的江南卻是零亂模樣。下闋又念昔日，雖念「刀環」，卻無法還歸，僅能空歎離愁。梧桐霜落，萬戶搗衣，懷鄉之情頓時顯現。然而詞人又將此情煞住，回歸眼前。「玉帳光沉」，滿目仍盡是烽煙。杜甫云「今夕復何夕，共此燈燭光」。玉帳沉光，又問今夕，到頭來還是「斷腸」。詞人雖依江月，卻身在軍中，滿眼滄桑中似乎連歎及思鄉都無法顧暇。戰爭中，偶而休歇的即景，引出了詞人身不由己的感受。詞中斷下、煞住的情緒，最後都化成無奈。詞人還是要回到當下，跟隨世事漂流。與黃錫禧一樣，淮海詞人流轉間往往泊舟江邊，如杜文瀾也有類似詞作《月下笛・舟泊茱萸灣》。〔註 8〕詞人咸豐癸丑年「初事司糧

〔註 7〕黃錫禧：《棲雲山館詞》，《淮海秋笳集》，《揚州文庫》，揚州・廣陵書社，2015 年版，第 621 頁。

〔註 8〕杜文瀾：《采香詞》，咸豐曼陀羅華閣刻本，卷一。

臺」，在奉差至茱萸灣頭水營時創作了此詞。詞下闋云：「橋畔。秋聲戰。似小隊弓刀，陣雲零亂。團鴉噪晚，柳絲凋翠誰綰。西風十里揚州路，聽嗚咽、寒潮弄遠。怕青鬢、對吳鉤，一夜霜華浸滿。」杜氏在詞裏抒發的情緒與黃錫禧相同，其也在古今之間頻繁切換，最後流露出時光難尋的無奈之感。此外，汪鋆《水龍吟》(西風做就淒涼)「休問梧桐金井。賦蕪城、鮑昭筆冷。飄英掃地」〔註 9〕、姚正鏞《龍山會》(海氣蒸如雨)「天地寫秋聲，正江外、波濤雪舞。儘蕭條，岳家壁壘，當時樓櫓」〔註 10〕等均以眼前戰事即景懷望從前，與黃氏同感。

仍寫戰事，仍是直言，張安保將眼前所見之景與歷年中所見的場景融合到一起。其詞《念奴嬌・九日登岳阜，時兵氛孔亟，撫今弔古難已於言》云：

> 菊花開了，又匆匆輪到，重陽時節。滿地平蕪，斜日冷，何處登臨眸豁，古樹盤鴉，西風唳雁，戰壘人爭說，蕭條遺跡，至今猶想芳烈。　　十年避亂江淮。烽煙滿目，鬢髮愁成雪。獨立蒼茫，空浩歎，誰掃鯨鯢巢穴。直抵黃龍，迎歸車駕，痛飲心猶熱，千秋遙望，一尊空對明月。〔註 11〕

是作上片寫登高極目之景。詞人重陽日在泰州，登臨舊時岳飛抗敵之處。古樹、盤鴉、西風、飛雁、故壘，一片蕭條。「至今猶想芳烈」句轉折，詞境由今及古。下片詞以詞人自身遭遇「避亂江淮」開始。詞人不作多論，以烽煙滿目四字，概括十年所見。然這足以讓人鬢髮蒼白了。詞人一腔豪情，慷慨興歎，「誰掃鯨鯢巢穴」，道出了張安保希望一掃匪徒、結束戰爭的願望。然而，此前一個「空」字道出了理想與現實的矛盾。旋即，詞人又「直抵黃龍」，重新祈願，「痛飲心猶熱」，重塑豪情。又一個「空」字，矛盾重新直呈筆端。由詞中可見，

〔註 9〕汪鋆：《梅邊吹笛詞》，《淮海秋笳集》，《揚州文庫》，揚州・廣陵書社，2015 年版，第 609 頁。

〔註 10〕姚正鏞：《江上維舟詞》，《淮海秋笳集》，《揚州文庫》，揚州・廣陵書社，2015 年版，第 624 頁。

〔註 11〕張丙炎：《晚翠軒詞》，《淮海秋笳集》，《揚州文庫》，揚州・廣陵書社，2015 年版，第 605 頁。

作者昔日的豪情滿滿。但是在累月的戰爭中，作者的慷慨之氣漸漸消退，雖然還願意重祈宏願，但是隱隱的無奈讓作者在詞中最後呈現出一番矛盾的心態。其實詞人在詞中所描繪的「空」，無論從場景上來說，還是從情緒上來說，都是極爲準確的。「空」從景物上看，是一種難以言狀的蕭涼。英國主帥額爾金曾聽自天京歸來的使團描繪了其時南京城中的騎行：「好比是在一個巨大的公園裏，城裏四處林木成蔭，街道也比在中國其他地方要寬闊；但他們禁止經商，所以整個地方看上去和被棄置無異。這裡看不到很多毀壞的跡象，但其荒涼比我們看過的其他地方尤爲過之。」〔註 12〕從這段描述中我們可以看出，街道是寬闊的，甚至沒有什麼毀壞的跡象，但是荒涼的程度卻是前所未有的。這種荒涼在當時太平軍席捲之地都廣泛地存在著，而淮海詞人們便流轉、遊走於此種荒涼之中。

淮海詞人在詞中最爲常見的還是寫實景，歎實情。戰後的蕪城、百姓的流亂是淮海詞人創作中，對戰爭最直接的表達。如吳熙載《揚州慢・咸豐三年十二月入揚州郡城作》云：

> 道是還家，尋疑重夢，黃埃繞遍歸程。認荒園獨樹，勝幾點餘青。自歌吹，繁華日久，干戈兒戲，民不知兵，念蒼生，誰問空教，重做蕪城。　　鮑昭去後，有坐飛，沙石還驚，想鬼伯吹燈，燐青閃壁，都是冤情。骨肉舊歡安在，無人哭，哭也無聲，歎飄零身世，何堪重卜他生。〔註 13〕

吳熙載世居揚州城內，咸豐三年四月間，揚州城頻遭亂戰，詞人避難他地。是年末，詞人重回故園，所見觸目驚心。吳氏「黃埃繞遍歸程」所言，恰如鮑照《蕪城賦》中「直視千里外，惟見起黃埃」。〔註 14〕故土成荒園，詞人道「勝幾點餘青」，似是給茫然的情緒中，添了點

〔註 12〕額爾金、沃爾龍德著，汪洪章、陳以侃譯：《額爾金書信和日記選》，上海・中西書局，2011 年版，第 151 頁。

〔註 13〕吳熙載：《匏瓜室詞》，《淮海秋笳集》，《揚州文庫》，揚州・廣陵書社，2015 年版，第 606 頁。

〔註 14〕鮑照著，錢仲聯校：《鮑參軍集注》，上海・上海古籍出版社，1980 年版，第 13 頁。

生機，卻實際上添了這「幾點餘青」，更讓人慨歎。不是「凝碧」，不是青翠一片，是「餘青」，還僅星點而已，似有還無。幾點餘青也讓詞人重新回想曾經「歌吹」時候，又恰如鮑照所寫得「歌吹沸天」時候。詞境急轉至「繁華」，再重回當下。如兒戲般的干戈鏖戰之中，如何能有人「知兵」。《史記・項羽本紀》云「兵未戰而先見敗徵，此可謂知兵矣」。〔註 15〕然芸芸蒼生，誰又能知曉呢。在詞人看來，於塵世間再挽回故園已無他法，惟有求於佛法中，看看能不能再讓曾經繁華歌吹的廣陵城重新出現。一番慨歎之後，下片詞人開始講最讓人牽腸掛肚的人之生死。吳氏筆下的故園不僅荒蕪，還如鬼城一般，「燐青閃壁」。最慘是末句。作者先問「骨肉舊歡安在」，不等回答，直接道「無人哭」。再一句「哭也無聲」，歎出茫然。詞人又問「何堪重卜他生」，卻可能「他生未卜此生休」才是他最後想表達的。此番慘狀其他詞人也都有描摹。其如杜文瀾《聲聲慢》（江淹老去）「饑鷹啄殘戰血，泣寒沙、燐火青蕪」、杜文瀾《江南好》（鼙鼓聲銷亂）「無語怨春風。一片樓臺金粉空。付與啼鴂匆匆」〔註 16〕、郭夔《琵琶仙・寄李冰署》（何世人間）「空外清角吹寒，簫聲自凝咽。芳思渺、江湖夢隔，鎮吟冷、戍樓殘月」〔註 17〕等語均蒼茫無奈、慘澹無緒。

戰中流離的淮海詞人，常作行旅詞。而就內容來說，塡滿行旅之作的內容一般都是與戰爭相關的內容，或爲行中的感慨，或爲漂泊流浪的無奈。其如姚正鏞《琵琶仙・室冷於，冰燈昏似漆，暗風疎雨，觸處驚秋，惟羈旅客得此滋味於愁中耳》云：

> 新雁來時，早句起、秋雨秋風消息。幾樹黃葉無情，催歸誤羈客。怕繞砌、疎花亂落，空狼藉、滿庭寒色。策策輕陰、沉沉斷漏，驚破幽寂。　　夜闌更、挑盡殘燈，有酸雨、聲聲傷愁滴。已拼飄零雙鬢，把霜華堆積。休更

〔註 15〕司馬遷：《史記》，北京・中華書局，2006 年版，第 59 頁。
〔註 16〕杜文瀾：《采香詞》，咸豐曼陀羅華閣刻本，卷三。
〔註 17〕郭夔：《印山堂詞》，《淮海秋笳集》，《揚州文庫》，揚州・廣陵書社，2015 年版，第 616 頁。

倚、湘簾卷處，鎮一桁、晚翠猶濕。只有纖月微明，暗籠空碧。〔註18〕

姚正鏞在淮海詞人中，較之其他生活窘迫的詞人，其生活處境相對安穩富足。然其與其他詞人所共通的是這份漂泊羈旅之感。冰燈、暗風、疎雨，詞序中已經表露出其羈旅客的愁滋味了。前闋寫詞人所在的時節、環境。庭院中有「寒色」，疎花雖有但是「亂落」，冰冷、寒寂的環境中，詞人獨立。景物移換，從庭院中移到詞人身前。夜闌時候，僅有殘燈，雨滴落下，似在訴點點愁傷。再向庭院中望，碧空中有纖月，卻僅漏微光。禍亂讓詞人原本安穩富足的生活中橫插入此羈客之愁。詞人以詞訴愁，並留此空婉無奈的詞境，以期在漂泊無助的羈旅中尋求棲身和共鳴。實則，在淮海詞人群體中，能與姚氏此感有所共鳴的太多。詞人們共同在大時代的驅使下輾轉，難以逃脫。其如郭夔《淡黃柳・歸自西山途中見江南山》：

青山與客，相伴長途側。遠黛單衫同一色。會到蛾眉恨壓，不在江南在江北。　　正愁極。行行更相憶。野雲滿，隱斜日。怕來朝、又被濃陰隔。爲道天涯，任人憑弔，還有何人去得。〔註19〕

詞人羈旅，詞題中便可見得。然此首詞將其身世羈旅與戰爭的關係表現得更爲明確、具體。郭夔依白石調，寫行旅間離愁。譚獻考其爲「金陵陷後作」。〔註20〕詞境中，江南山一片翠色，當時一派和融的春景。然「青山與客」，卻是遠山和單衫同一色，原本翠意盎然之色，在羈旅中蒙上了「單衫」的灰色。下闋起，便是愁聲。蕭條的氛圍更爲濃烈了。野雲、斜日，怕又有連日濃陰。詞人心跡沉悶，途中景色不僅換了哀沉的顏色，換了沉悶的氛圍。而這種沉悶又不知還要連綿多少

〔註18〕姚正鏞：《江上維舟詞》，《淮海秋笳集》，《揚州文庫》，揚州・廣陵書社，2015年版，第623頁。

〔註19〕郭夔：《印山堂詞》，《淮海秋笳集》，《揚州文庫》，揚州・廣陵書社，2015年版，第616頁。

〔註20〕譚獻：《清詞一千首　篋中詞》，杭州・西泠印社出版社，2007年版，第173頁。

時日。一曲小調，歎盡青山，也道盡了故園不再、往昔不復之感。羈旅愁、戰事苦、詞人零亂心緒全付與青山中。另如張安保《浪淘沙》（煙水太迷茫）「幾樹瘦垂楊，漸換輕黃。西風瑟瑟做微霜。征雁一行飛過去，畫裏瀟湘」、《菩薩蠻》（茫茫水汽蒸如夢）「蘆花頭已白，楊柳眉餘碧，暝色易黃昏，西風愁煞人」，〔註 21〕馬汝楫《百字令．宜陵旅次書懷》（曉憑樓檻）「多少輕帆堤畔過，牽我旅懷同結。燕外游絲，鷗邊涼夢，不稱青青髮。曩歡記否，強攜尊酒重說」，〔註 22〕都道戰時羈旅之苦。

慣常地說慘澹、說興亡事，容易流俗。而在淮海詞人群體中，蔣春霖獨具一格。不僅在詞境的構畫上別有新意，在寄託所言之事上，也頗具巧思。此處以蔣春霖《渡江雲．燕臺遊跡，阻隔十年。感事懷人，書寄王午橋、李閏生諸友》爲例，詞云：

> 春風燕市酒，旗亭賭醉，花壓帽檐香。暗塵隨馬去，笑擲絲鞭，擫笛傍宮牆。流鶯別後，問可曾、添種垂楊。但聽得、哀蟬曲破，樹樹總斜陽。　堪傷。秋生淮海，霜冷關河，縱青衫無恙。空換了、二分明月，一角滄桑。雁書夜寄相思淚，莫更談、天寶淒涼。殘夢醒、長安落葉啼螿。〔註 23〕

鹿潭全篇似營造一副懷人、懷戀年少的氛圍，通篇不見沙場旌旗、不問蒼生慘狀，更不談家國天下事。作者開篇便呈現「少年意氣」，並點名「燕市」的地點。「暗塵隨馬」、「笑擲絲鞭」一直到「宮牆」句，此詞都還是輕鬆明快的憶往昔少年的情緒。「流鶯」句開始，詞人開始感慨離殤。垂楊、哀蟬、斜陽，冰霜，此間景物、情狀都發

〔註 21〕張安保：《晚翠軒詞》，《淮海秋笳集》，《揚州文庫》，揚州．廣陵書社，2015 年版，第 605 頁。

〔註 22〕馬汝楫：《雲笙詞》，《淮海秋笳集》，《揚州文庫》，揚州．廣陵書社，2015 年版，第 619 頁。

〔註 23〕馮其庸：《〈水雲樓詩詞〉輯校》，《蔣鹿潭年譜考略〈水雲樓詩詞〉輯校、重校〈十三樓吹笛譜〉》，青島．青島出版社，2014 年版，第 53 頁。

生了巨大的變化。情緒突變，轉明快為哀婉。鹿潭似在歎與友人的離情、遠離少年時代的無奈，但若真僅是在談友朋交誼，又何必論及長安落葉和「天寶淒涼」呢？據譚獻考，此詞別有深意。首先他認為這首詞作於庚申年，即1860年。就時間來看，十年前太平戰爭初起，而1860年英法聯軍也在鹿潭曾遊的「燕臺」肆虐妄為。譚獻有「前使李暮事，後闋以天寶應之，鉤鎖精細」的說法。再依循譚獻的線索重觀此詞，我們發現了埋藏在這樣一首交遊詞中的戰爭線索。詞人所講「哀蟬曲破」，不僅指與摯友之別，還在談連年戰事。自道光年間，內外戰爭都起，「樹樹總斜陽」。下闋換了二分明月則指代太平天國戰爭，意指太平軍佔據江南，天下二分。直到「天寶淒涼」，詞人的線索赫然紙上，以天寶後的唐朝比今歲之淒涼。「長安」二字再指回京師。據學者黃嫣梨考，前闋「流鶯」二字當喻道光二十二年（1842）的鴉片戰爭，後闋「長安」句則直指英法聯軍之役。〔註24〕整闋回望，蔣氏此首，恰如譚獻「鉤鎖精細」四字所言。講戰爭，終道出了詞史意味。

第二節　詠物之什

「詠物」之源，最早可探至《國語・楚語》，其云：「若是而不從，動而不悛，則文詠物以行之」。〔註25〕其後蕭統《文選序》中云：「若其紀一事，詠一物，風雲草木之興，魚蟲禽獸之流，推而廣之，不可勝載矣。」〔註26〕歷經數代，詠物已經從「紀一事，詠一物」的內容推衍出新的功能。蔣敦復云：「雖小小詠物，亦貴得風人比興之旨。唐五代、北宋人詞，不甚詠物；南渡諸公有之，皆有寄託，白石、石湖詠梅，暗指南北議和事；及碧山、草窗、玉潛、仁近諸

〔註24〕黃嫣梨：《蔣春霖評傳》，南京・南京大學出版社，1997年版，第158頁。

〔註25〕左丘明：《國語》，上海・上海書店出版社，1987年版，第192頁。

〔註26〕蕭統編，李善注：《文選》，北京・中華書局，1977年版，第1頁。

遺民，《樂府補題》中龍涎香、白蓮、蓴、蟹、蟬諸詠，皆寓其家國無窮之感，非區區賦物而已。」〔註 27〕龍榆生嘗言：「詞家之詠物，或因寄所託，或侔色揣稱，略等有聲之畫，其初不過文人階級，聊以遣興娛賓，相習成風，促進詠物詞之發展；其極則國家興亡之感，亦以詠物出之，有合於詩人比興之義。」〔註 28〕大體諸家所言，都論及詠物之寄託。比興之餘，詞人往往需要在所詠之物中表達一種物外之感受。恰如蔣敦復、龍榆生所論，詞人的詠物在南渡之後，往往與家國興亡之感相聯繫。此種理論也成爲淮海詞人詠物詞繁多的重要依據。淮海詞人寄託之感不僅投射在大量直詠戰事的作品上，還反映在種類繁多的詠物詞中。

淮海詞人詠物詞繁多。其所詠之物種類也繁多，僅其詠花類就有海棠、木芙蓉、夜來香、茉莉花、白蓮花、蘭花、梔子花、荷花等，其他品類如詠雪、詠雁、詠寒鴉、詠新柳、詠紅葉、詠梧桐、詠橘、詠青欖，不一而足。而詞人對所詠之物寄託的情感或內涵，也各有不同。就淮海詞人所言之物來看，大體有如下兩類目的：其一是借物傳情，或爲閒情、或爲哀情、或爲思鄉之情等；其二是借物言事，繼而託志。

姚正鏞《霓裳中序第一・同硯山吳陵城西看木芙蓉作》即是一首借物託志之作。詞云：

> 微飆蕩靜碧。惻惻昏鴉寒落日。羈旅亂愁似織。正疎柳墮黃，殘蘆縈白。經秋暗憶。有一枝、開向幽夕。繁華盡，西風影裏，憔悴見顏色。　　拋擲。玉容誰惜。漾波底、嬌紅凝滴。蕭條留伴亂荻。亂落清煙，不傍阡陌。拒霜甘寂寂。問別怨，何人識得。應憐我，搴來木末，冷露淚同濕。〔註 29〕

〔註 27〕蔣敦復：《芬陀利室詞話》，《詞話叢編》，北京・中華書局，1986 年版，第 3675 頁。

〔註 28〕龍榆生：《中國韻文史》，上海・上海古籍出版社，2010 年版，第 143 頁。

〔註 29〕姚正鏞：《江上維舟詞》，《淮海秋笳集》，《揚州文庫》，揚州・廣陵書社，2015 年版，第 625 頁。

是作前闋以詞人縱覽木芙蓉的景色始，構了一副清空蕭索的羈旅圖。「微飆蕩靜碧」，在一片濃綠的景致裏，惻惻昏鴉傳遞出了其中蒼涼。過行寄止的人在異鄉之中，何能無愁。由此，詞中情緒漸濃。柳樹疏落，蘆花殘白，愁緒正濃。在此愁景中，偏有一支獨立者，「開向幽夕」。漸趨蕭條的秋色中，五色繁華日益消散，鏡頭不斷推移，直至聚焦在了這憔悴秋天裏僅有的顏色中。後闋以「拋擲」領起，詞人仿若融入進了木芙蓉的花魂當中，詞境視角也由木芙蓉慢慢展開。花之容貌是「嬌紅凝滴」的，然卻未能身在繁花之中，反倒落入蕭條蘆荻之間。「亂落清煙」，襯出淒涼感和孤獨，花和人的處境竟如此之相同。孤獨間的情感是可以互通的，但並不代表詞人會在情感上必須要依傍他人或他物，或許就如這木芙蓉一般「拒霜甘寂寂」。詞末，再轉回花之落敗身世，似又與詞人同。詞人歎木芙蓉，又以木芙蓉自比。《群芳譜》中，木芙蓉的形象正直如君子「八、九月間，次第開謝，深淺敷榮，最耐寒而不落。總之，此花可稱俟命君子」，而其品格「清姿雅質，獨殿群芳，秋江寂寞，不怨東風」。〔註 30〕詞人不僅由木芙蓉的生存境遇聯想到了自身，也以木芙蓉之高潔獨立自比。雖然其中既期望獨立中自得雅質，又希望能有知己識得此種品質、認同此間風格，全篇不時有著對孤獨的矛盾情緒，但是這都不是詞人蕭涼的原因，也並非詞人寄託所在。詞人所言，不過一種累年羈旅的煩苦，所託也正是如此哀情。譚獻對此詞有「精粹南宋深處」〔註 31〕之語。姚氏並非想解決孑然獨立和顧盼知音的情緒矛盾，而是想託木芙蓉的「君子身軀」，歎遺世獨立之感，常年漂泊之苦。姚正鏞又有《霜葉飛・黃葉》所云也與是詞所感相同，詞云：

千林如繡。芳菲晚，關河霜信初透。暗風吹到雁來時，誰關鵝兒酒。便釀處、深秋其後。哀蟬聲斷蕭條後。有古

〔註 30〕王象晉撰輯：《群芳譜詮釋》，北京・農業出版社，1985 年版，第 236 頁。

〔註 31〕譚獻：《清詞一千首　篋中詞》，杭州・西泠印社出版社，2007 年版，第 176 頁。

> 寺荒寒，正冷落、六朝金粉，此際孤負。　　不見昔日青青，一雙蝴蝶，只合相對消瘦。淡煙疎雨總無情，恰菊籬開又。算望眼、都迷橘柚。江南村遠傷心久。更盼他、春韶換，吹暖天涯，綠陰依舊。〔註32〕

以黃葉入詞，詞境所要渲染的氣氛、情緒的基調便已經基本確定。阿英《夜航集》裏在談詩中黃葉時講，「黃葉入詩，最饒意象。」他引用了張大復作一說明：「秋葉純黃者上，班衣次之，水紅又次之。卉之品百，無麗於此，乃其憔悴之神，多在爛漫之際，其鮮紅，以悻微縮；其綠膩，而此暗；其黃特韻，然無餘。籬落之致殆盡，而韻華不存，豈相家所謂色嫩者耶？老猶履霜，不安寧也。夏初乞之郎僧，甚早，不堪其憂；今盛敷榮，致足撫掌。持螯拍浮之酣，十餘日，豈願問哉！」〔註33〕阿英認同張氏所言黃葉之意象內涵。張氏所說的「無餘」和「殆盡」，在阿英解讀中是一種「生命絕滅的象徵，一種肅殺秋聲中的哀歌」。而此種情愫，最足以襲擊敏感多愁的文人。聲聲秋信中，黃葉疏落，也讓詞人姚正鏞哀從中來。上片「千林如繡」領句，詞人所見實則一片壯美。在如此景色中，詞人的情緒帶著詞的情緒急轉直下，頓呈一片蕭條。暗風、秋雁、哀蟬、古寺，這些蕭殺之景都與那一片黃葉一樣，在秋天中荒寒著。然而此間景象，卻都不見「黃葉」字跡。譚獻曾謂姚正鏞爲，「詞思力甚刻至，才性均厚，是一作家。」〔註34〕可以想見，詞人不道「黃葉」，卻時時處處有「黃葉」之感。「其黃特韻，然無餘。籬落之致殆盡，而韻華不存」，詞中韻華不存、以致殆盡的何止是一片黃葉。一雙蝴蝶，相對卻兀自消瘦；已是哀蟬，深秋時刻、聲斷蕭條；疏雨淡煙，都付與無情。詞人眼中，世間千般景致，因由心中情緒，大體都與黃葉相同。而其所託哀情，

〔註32〕姚正鏞：《江上維舟詞》，《淮海秋笳集》，《揚州文庫》，揚州・廣陵書社，2015年版，第626頁。

〔註33〕阿英：《夜航集》，北京・中國文聯出版社，2002年版，第89頁。

〔註34〕譚獻：《清詞一千首　篋中詞》，杭州・西泠印社出版社，2007年版，第176頁。

也自然流露其中。

呈現如此感受的，其如吳熙載《金縷曲・癸丑九月詠柳》（是處涼蟬咽）「往日青青堪折，都付與，隨風一葉。塵冷梁空飛燕去，待何時，重倚朱欄說，夜起來，又殘月」〔註35〕，詞人以柳樹依依歎「亞夫壁壘」不再，雖「一旗春色」，卻是「征途雨雪」，時時處處惦念傷心、悵惘空懷；王焱《賣花聲・憶梅》（外是天涯）「消息隴頭賒。月暗雲遮。相思夜夜聽悲笳。翻被笳聲吹放了，頭上霜花」，〔註36〕詞人以梅花所遇及其心境自比，空歎哀情；又如姚正鏞《淒涼犯・寒鴉》（幾家落日）「黃昏過、殘鴉噪影群積。晚楓漸脫，荒江浩渺，暮山愁碧。歸飛正急」，寒鴉已經極盡淒涼，到頭來還是獨繞空林，無枝可依，詞人零落西風裏，思歸不得，孤寂無靠，哀情無限，譚獻謂此篇爲「念亂之言」；〔註37〕黃錫禧《前調・紅葉》（燕支一抹）「疏林點綴，愁心濃淡。烏桕村邊，霜意淺烘深染。韶華漫說蕭條盡，又做十分穠豔。倚新妝對鏡，芙蓉應妒，倦憑欄檻」，〔註38〕以紅葉時候的霜冷蕭條，道盡空冷，此時詞人心境和行跡也與紅葉相同，常有慘澹之際，後闋「待東風，信息吹來，吹遍綠陰依黯」表明詞人之無奈失落的情緒，訴遍哀情，譚獻由此也有「深靚婉麗」之語。

與借物傷情相比，託物論事、言志詞又是淮海詞人創作中所常見的。詞人往往將時亂暗藏在對對象的描述中，將情緒寄託在所詠之物上，將所念之志鋪敘在詞中。如丁至和《疏影・秋堞》云：

> 彎環雉堞。認丹樓碧瓦，那處城闕。渺渺斜陽，一角愁紅，飛鴉數點明滅。秋心綠遍天涯草，向望裏、千闌百

〔註35〕吳熙載：《匏瓜室詞》，《淮海秋笳集》，《揚州文庫》，揚州・廣陵書社，2015年版，第606頁。

〔註36〕王焱：《受辛詞》，《淮海秋笳集》，《揚州文庫》，揚州・廣陵書社，2015年版，第613頁。

〔註37〕譚獻：《清詞一千首 篋中詞》，杭州・西泠印社出版社，2007年版，第177頁。

〔註38〕黃錫禧：《棲雲山館詞》，《淮海秋笳集》，《揚州文庫》，揚州・廣陵書社，2015年版，第622頁。

> 折。待譙門、夜火懸星，又聽斷笳淒咽。　　客路鞭絲慢指，女牆掩映處，煙樹重疊。野菊叢邊，蝶瘦螿慵，孤負登高時節。十年夢繞居庸翠，記冷掛、秦時明月。甚西風、響堞寒砧，卷下半天黃葉。〔註 39〕

較之託物言情的詞比，託物論事的詞作往往顯得豪情一些。由丁氏這首便可見得。《秋堞》是九秋社中所題之作，以詞描摹戰中之景，託言戰事之論。「堞」即是城上短牆，鮑照《蕪城賦》有「板築稚堞之殷，並幹烽擼之勤」言，所論即「堞」。上闋中作者先對所寫事物進行描摹，首句「彎環稚堞」即點名所論之物。牆邊景色「丹樓碧瓦」並無特別。寒鴉空中盤旋，忽隱忽現。「秋心綠遍天涯草，向望裏千闌百折」讓詞境在蕭條中重現生機。秋心蕭瑟，卻能再盎然重現，所及之勢頭，恰如天涯春草一般。目之所及，雖是百轉千回的曲折之事，但如春草又綠一般，不折服的意志同樣見於這百轉千回之事中。可惜詞人縱使有此豪情，在連累戰事中也被消磨得所剩無幾了。詞境在初現生機之後，重回蕭瑟。城門高樓上，烽火與晨星相映，耳畔依舊是笳聲嗚咽。下闋客居、煙樹、野菊重現。登高望遠詞人依舊愁心不解。及至此時，詞人所感歎的便不再是戰事了，而是自己的飄零身世。懷望曾經豪情，夢繞居庸，詞人回看之時，當是感傷之時。秋意冷落蕭涼正盛，恰一番「寒砧催木葉」，重回眼前。此闋中，詞人矛盾的心態盡顯。對於戰爭，丁氏自然滿心愁恨，但若要結束亂世又必當有滿懷志氣，奮勇抗爭。可十年流落，鬥志何來，縱使還剩些力氣，再回看自己，也早已不復當年之凌人盛氣了。詞人詠物託言戰事，在蕭瑟哀傷中，仿若用最後的力氣抒發些不那麼濃烈的豪情和希望。

由丁氏詞我們也可以發現，吟詠之物不過可數幾種，但是詞人的情緒和心境卻是千百副變化的面孔。而所詠之物中所藏之情，所敘之事，全在詞人的情感和生活當中，並不固定。杜文瀾《眉嫵・詠扁豆

〔註 39〕馮其庸：《蔣鹿潭年譜考略〈水雲樓詩詞〉輯校、重校〈十三樓吹笛譜〉》，青島・青島出版社，2014 年版，第 147 頁。

花次丁保庵韻》云：

> 認參差茅屋，宛轉疏離，邨小話秋意。喚酒邀鄰話，斜陽淡低棚同認晴翠。媛蟾瀉水，漸數叢香霧碎。恁重看瓠葉蕭疏處，自橫臥煙際。　黃竹依牆扶起，似舊藤零落，芳架垂紫。休問相思約，江南路西風都換花事。露華暗洗，待夜涼羅袖新試。怕霜印柴門，蛩語斷夢難記。〔註40〕

還是秋意，杜文瀾筆下，雖有參差茅屋，疏離宛轉，卻能略作輕鬆語「小話秋意」。「喚酒邀鄰話」，甚至還顯出了一番鄉居閒情。此景中也並非全然清閒，轉下句便是「漸數叢香霧碎」了。仇兆鰲云「霧本無香，香從鬢中膏沐生耳」，〔註41〕然自古言及「香霧」又定是在歎淒涼，如蘇軾云「淒風瑟縮經絃柱，香霧淒迷著髻鬟」〔註42〕語。杜文瀾在此，以香霧碎去營造一副淒涼。詞境淒涼中，詞人感慨瓠葉蕭條。《左傳・昭公元年》云：「趙孟、叔孫約、曹大夫入於鄭，鄭伯兼享之，子皮戒趙孟，禮終，趙孟賦《瓠葉》。」又，杜預注云：「義取古人不以微薄廢禮，雖瓠葉兔首，猶與賓客享之」。〔註43〕詞人以瓠葉，隱喻累年亂道之事，其心志自明於其中。左傳云「夫以強求，不義而克，必以爲道。道以淫虐，弗可久已矣！」詞人看似傷於秋暮蕭殺，談及鄉間即景，但實則以瓠葉謂道，講「道以淫虐，弗可久已」的道理。「自橫臥煙際」流露出些許灑脫。在杜氏看來，世間道義猶存，被逆亂所煩擾的心志並非消散。下闋還在此典中，以「黃竹」繼續談周穆王之事。詞人以《穆天子傳》所載周穆王爲風雨雪中凍人作詩三章「我徂黃竹」，發詠託思。詞人論黃竹並謂其「依檣扶起」，重提舊事，並非空歎。宋之問《奉和幸韋嗣立山莊應制》云「一承黃竹詠，長奉白茅居」，〔註44〕前朝往事和歷代所云，恰如詞人當時心緒。「舊藤零落」，詞人並未灰心，反道「芳架吹

〔註40〕杜文瀾：《采香詞》，咸豐曼陀羅華閣刻本，卷二。

〔註41〕杜甫：《杜詩詳注》，北京・中華書局，1979年版，第309頁。

〔註42〕蘇軾：《蘇軾全集》，上海・上海古籍出版社，2000年版，第109頁。

〔註43〕阮元校刻：《春秋左傳正義》，《十三經注疏》，北京・中華書局，1980年版，第2021頁。

〔註44〕彭定求等校點：《全唐詩》，北京・中華書局，1960年版，第648頁。

紫」。《後漢書・馮衍傳下》有言：「衍少事名賢，經歷顯位，懷金垂紫，揭節奉使，不求苟得，常有凌雲之志。」〔註 45〕詞人志之所託，即陳與「垂紫」二字之中。無論是下闋的相思約還是其後的換花事，都或許不是此間詞人眞正要過問的事。露華滌洗，夜涼詞人還願「羅袖新試」。此中也不乏詞人的隱憂。蛩語漸生，怕此秋之際、斷夢難記。隱憂之外，詞人所託全在一闋扁豆花的吟詠之間。

此外王荌《惜餘春慢・刀魚，同堯卿、硯山賦》（玉尺跳波）也在詞人貧窮間有賦凌雲志「酒兵乍接，長鋏休彈，領取江鄉風味。曾記銀苗上時，潑刺攜來，割將龍耳。笑幾人口利，懸河只是，羨君臨水」，〔註 46〕詞寫品評刀魚之感，卻論酒兵乍接之事，以長鋏論寄居之感，道出了齊人馮諼「食無魚、出無車，無以爲家」、「長鋏歸來乎」之志氣；杜文瀾《摸魚兒・菱》（占蓴鄉、綠瑩柔玉）「任多刺。清勝蓮房芡米。折腰情味如此。靈池漫道浮根弱，紅紫未黏泥滓。懷古裏。記趁曉南湖，船聚人喧市。西風又起。悵桂棹歸遲，菰塘路冷，夢繞碧雲裏」，〔註 47〕菱雖紅紫，卻不染污濁，以「清勝」自持，不以折腰爲辱，自有屈身世人之涵量。詞人以菱喻志，雖其中偶有悵惘之感，但詞人縱使屈身於人卻矢志不移的心跡和志向昭然可見。

第三節　題畫之什

在詩文唱和之中，爲畫面題辭、作文的傳統由來已久。明人胡應麟云：「宋以前，詩文書畫，人各自名，即有兼長，不過一二。勝國則文士鮮不能詩，詩流靡不工書，且時傍及繪事，亦前代所無也。」〔註 48〕在胡氏看來，明代以前的文人士子所作題畫之什並不多見。世

〔註 45〕范華撰，李賢等注：《後漢書》，北京・中華書局，1965 年版，第 1002 頁。

〔註 46〕王荌：《受辛詞》，《淮海秋笳集》，《揚州文庫》，揚州・廣陵書社，2015 年版，第 612 頁。

〔註 47〕杜文瀾：《采香詞》，咸豐曼陀羅華閣刻本，卷二。

〔註 48〕胡應麟：《詩藪》外編卷六，北京・中華書局，1962 年版，第 238 頁。

人往往各有所長，於詩、文、辭、畫中不能兼得。然回望明代以前，題畫之作，尤其是詞已經開始漸漸發展起來。

周密《柳梢青序》中云：「余生平愛梅，僅一再見逃禪眞蹟。癸酉冬，會疏清翁孤山下，出所藏雙清圖，奇悟入神，絕去筆墨畦徑。卷尾補之自書《柳梢青》四詞，辭語清麗，翰箚遒勁，欣然有契於心。」〔註 49〕周密在序中提到了楊无咎的《雙清圖》。此圖上亦有四首楊氏題詞《柳梢青》。又，張炎有：「余畫墨水仙並題其上」〔註 50〕之語。據考，張炎的題畫詞多達二十多首，明於畫面上的是《浪淘沙》。這些都是題畫詞已經考訂的明證。

然題畫緣何可以發展起來，其原因有如下兩點：其一，詞、畫結合，讓畫作的表現更加立體，意境的表達更加全面。宋人吳龍翰云：「畫難畫之景，以詩湊成；吟難吟之詩，以畫補足。」就畫面本身來說，題辭可以在形式上對畫面進行平衡「使畫的空白處變虛爲實，破除空虛單調感，使畫面充實」。〔註 51〕從內容上，也就是畫作想要表達的意境上來看，補以詞句和書法，可以引導觀者理解畫的內容，品讀畫作的內涵。其二，早期的題畫詞作，拓展了畫作的傳播途徑，對畫和詞的傳播都起到了促進作用。曾鞏有言：「近世士大夫喜藏畫，自晉以來，名能畫者，其筆跡有存於尺帛幅紙，蓋莫知其眞僞，往往皆傳而貴之，而漢畫則未有能得之者。」〔註 52〕雖然詞加畫的形式一定程度上讓原本難以流傳的畫得以流傳，但是有學者指出，從傳播的時效性上看，畫雖然會被珍藏，但終究具有不可複製性，在其輾轉流傳的過程中，特別是在古代保護技術有限的情況下，最後還是會堙滅無存。〔註 53〕總的來看，題畫詞是詞與其他藝術形式共同完成的一種

〔註 49〕唐圭璋編：《全宋詞》，北京・中華書局，1985 年版，第 4153 頁。
〔註 50〕唐圭璋編：《全宋詞》，北京・中華書局，1985 年版，第 4443 頁。
〔註 51〕吳劍超：《中國畫題詞略論》，雲南藝術學院學報，2003 年第 2 期
〔註 52〕曾鞏：《曾鞏集》，北京・中華書局，1984 年版，第 690 頁。
〔註 53〕譚新紅：《詞學研究》，北京・中國社會科學出版社，2013 年版，第 194 頁。

藝術創作，其可能導致的多種文藝類別創作藝術相互交融、借鑒、滲透的一體化前景令人憧憬。〔註 54〕隨著歷代題畫作品的發展，及至清代，題畫作品的功能又得以擴展。從內容上看，題畫詞作往往是唱酬之作，有時甚或是群體同題的唱酬活動的呈現。從功能上看，題畫詞成爲文人士子交遊的一種方式，更加頻繁地出現在交遊活動中。最後就詞來看，題畫詞在清代的大量出現，在開拓詞的體裁之外也給詞增添了一定的表現力。

淮海詞人所創作的題畫詞數量繁多，內容豐富。詞中往往不講歡筵、不問當日或昔日雅集閒情，全詞的情感、回憶和敘述均由畫卷展開。圖畫本身成了詞的靈感來源。黃錫禧《聲聲慢・小秦淮清夢圖》云：

> 鷗波打槳，燕幕飄燈，那回曾艤扁舟。杜牧飄零，十年一夢揚州。銷魂又聽玉笛，唱伊涼、幾度悲秋。愁正遠，記落花時節，相喚登樓。　一點窺人眉月，鎖煙籠楊柳，不上簾鉤。寂寞闌干，天寒翠袖香留。腰肢爲誰消瘦，卸殘妝、無語凝眸。深夜悄，濺花枝、清淚未收。〔註 55〕

是作開篇便作一番興歎。「鷗波打槳」，原本悠閒自得的退隱生活轉瞬不見，燕之巢在幕上，平靜不再，生活轉而變得危險且變幻莫測。詞人此闋沒有遮遮掩掩的感情鋪敘，也沒有忽而今昔的比對落差，直面愁言和冷淡世事。十年一夢，詞人又將聲音引進此闋中。哀愁中，又聽見笛聲。「聽玉笛驚春怨，此際愁腸千萬段」，此時黃氏的心境大抵與高濂同。於是詞人在悲秋的氣氛中，選了《伊州》、《涼州》二曲。「自酌金樽勸孟光，更教長笛奏伊涼」，《伊州》、《涼州》二曲，在這裡便是愁情的代表。「記落花時節，相喚登樓」，詞人恰是由此情想到了曾經。記憶惱人，於是詞人並未在曾經多做停留。下闋中，詞人又回到「秦淮清夢」中。

〔註 54〕謝永芳：《廣東近世詞壇研究》，上海・上海古籍出版社，2008 年版，第 96 頁。

〔註 55〕黃錫禧：《棲雲山館詞》，《淮海秋笳集》，《揚州文庫》，揚州・廣陵書社，2015 年版，第 620 頁。

秦淮種種，都是蕭條無奈樣貌。煙籠楊柳、闌干寂寞，煙花女子還在，然而卻腰肢消瘦、無語凝眸。雖不得見畫圖爲何模樣，但黃氏描摹的此幅圖景卻是完全地處處清蕭。情景慘澹、回憶零落、身世飄亂，最終詞人借筆秦淮女子，將自己歎了又歎，借題畫之意，繪了幅自己行跡和心境的圖。與之心境、處境、描摹之境相同的還有姚正鏞《淡黃柳・題黃琴川南灘春柳圖》「去年柳色，門外花如雪。又是清明寒食節。望紅樓夢隔，愁說腰肢二三月。正凝絕，青衫易華髮。翠眉斂、對離別。怕江南草長鶯啼歇。杜牧多情，再來何似，底事倡條待折。」〔註 56〕詞人借友人黃涇祥的圖景，寫了柳色，歎了離情。

從畫景直接切入主題，是題畫詞中較爲多見的一種敘述方式。其如姚正鏞《玲瓏四犯・大石調從史梅溪體・題蔡伯吹環翠讀書圖》云：

> 震澤東南，七十二峰巒，占盡煙雨。畫檻雕楹，留住一湖佳處。隔斷世外紅塵，算儘有、伴人鷗鷺。記當時、春載雙槳，容得鏡中來去。　習遊應當奇書讀。對湖山、更攜尊俎。而今滿目，驚烽火、江上愁雲沍。便欲勝境買鄰，奈客意、不如飄絮。問甚時重寫，新圖添個，舊遊吟侶。〔註 57〕

詞人所題爲《蔡伯吹環翠讀書圖》，這幅圖在是作首句便被完整地刻畫了出來。詞人標定了「震澤東南」的地點，繼而用「七十二峰巒」將「環翠」之貌寫了出來。濛濛煙雨中的臺閣便是其讀書之處了。湖邊、「畫欄雕楹」。在詞人看來，世外桃源當如這般景致了。一處鷗鷺間，讓詞人將詞境推至「載酒樂遊」之時。「記當時」，湖面如鏡，泛舟湖上，往來縱橫，恰有朱淑眞「畫舸寒江江上亭，行舟來去泛縱橫」〔註 58〕的感受。記當年事，也道當年之感，詞人又作「習遊應當奇書讀」之語。此閒靜安寧之景致中自當時讀書的好地方。下闋，詞人以

〔註 56〕姚正鏞：《江上維舟詞》，《淮海秋笳集》，《揚州文庫》，揚州・廣陵書社，2015 年版，第 622 頁。

〔註 57〕姚正鏞：《江上維舟詞》，《淮海秋笳集》，《揚州文庫》，揚州・廣陵書社，2015 年版，第 622 頁。

〔註 58〕朱淑眞：《朱淑眞集注》，北京・中華書局，2008 年版，第 235 頁。

湖山言當作之事。元稹詩言「湖山四面爭氣色，曠望不與人間同」，〔註 59〕詞人所想當與其相似。在這處不與人間相同之處，詞人以安靜隱居、讀書其間爲願景。至此，一切敘述和暢想都猶在畫中。詞與畫開始因「而今滿目」四字開始扯離。姚氏不廢多言，烽火、愁雲、飄絮，僅以十餘多字刻畫了江上現當日的面貌。此景不與往昔同，也不與畫卷上相同。昔日盛景、畫卷之景和當日之景構成了同一地點的三幅面貌，交織、穿插在詞作的表現當中。「便欲勝境買鄰」，又回到當日之景當中，詞人的心境和想法也截然不同了。當日「習遊應當奇書讀」已經變成「奈客意不如飄絮」了。原本客居他鄉，得此山清水秀間，當也能補足些詞人的失落之感，然而如今勝境被烽火和愁雲替了，客居之感驟然又生。然而此番零落之感還不僅止於景色當中，下闋末句，詞人以「甚時重寫」句，追尋「舊遊吟侶」，又添零落。詞人由畫中風景講到昔日，再由昔日歎回當下。由畫入實景中，地點未改，時間綿延，世事巨變。

同樣的書寫也見於汪鋆的《醉蓬萊・爲黃堇浦題棠湖紀夢圖》：

> 記蘭橈歸處，殘月長堤。曉風孤岸。燕子多愁，戀杏花妝晚。觸緒牽懷，那時情味，爭說三生幻。好夢如塵，好花如霧，這回悽惋。　一寸柔腸，誰頻轉，落魄同憐，淚痕難綰。縱有琵琶，應動飄零歎。相別何時，相逢何地，正相思何限。莫望天涯，幾枝疎柳，做成依黯。〔註 60〕

詞人以題畫爲名，先回憶畫中景致，舊時歸處。其多以感受來鋪敘今夕的差別，在「觸緒牽懷」後，說到那時的「情味」。然此番回憶卻讓詞人頓感淒婉。所題之畫成爲詞人情緒的來源。詞人以回憶寫畫，也以回憶歎情。下闋作有「縱有琵琶，應動飄零歎」的感慨。末句，詞人將情緒由感慨轉爲無奈，直歎「莫望天涯」。此外，汪鋆《徵招・題邢子膺南湖草堂圖》（笳聲吹冷揚州月）「何處，是分牋，題詩地、

〔註 59〕元稹：《元稹集》，北京・中華書局，2010 年版，第 350 頁。

〔註 60〕汪鋆：《梅邊吹笛詞》，《淮海秋笳集》，《揚州文庫》，揚州・廣陵書社，2015 年版，第 609 頁。

池塘夢吟新句。記否課機聲，共寒燈低訴。星霜纏幾度。有鶗鴂、及時分付。一角湖山，寄懷無數」、黃溼祥《邁陂塘・題羅鏡泉香影庵填詞圖》（記孤山）「荒榛翦，卜築詞人早占。新聲屋外飛滿。籐床紙帳安排就，吹徹一枝瓊管。春豔暖。恐破了、禪心曲爲紅紅選。風流近罕」〔註61〕、杜文瀾《如此江山・題宗湘文太守江天曉角圖次自題原韻》（斷風嗚咽蘆花際）「危樓休更醉倚，歎蒼波換盡，鷗鷺餘幾。遠樹星稀，前洲月墮，都畫淒涼身世。銷魂甚事。只笳鼓光陰，鬢絲添易。過雁沉沉，暗雲埋舊壘」〔註62〕等句也均在場景切換中，哀訴今夕之別。這種敘述方式雖與詠物頗有相似，但是在物品身上，詞人僅能寄託比興，不能直言。比對畫作與舊遊，直觀的感受給敏感的詞人以極大的震撼。因此在題畫詞中，詞人往往能直抒胸臆，也少了些蜿蜒的寄託之感。在表達上更加直白，但在時序的對比上，也能產生出巨大的差異。這也是題畫給詞人帶來的敘述方式的改變。對於淮海詞人來說，世事今夕對比尤烈，因而畫面展開給其的震撼就更爲巨大。在詞人鋪敘中，場景切換頻繁，常見今昔對比，詞中的情感落差也尤爲明顯。

較之以紀遊爲主體的畫作給詞人心靈的震撼，以靜物、靜景爲內容的畫卷大多讓詞人以比興寄託之法，託物言志。如杜文瀾《風入松・題黃子湘拜松圖》云：

> 蒼髯鬱鬱動愁風，腸斷舊遊蹤。令威化鶴知何處，怕歸來雲暗千峰。欲把情魂喚起，一聲樓外疏鐘。　當年車笠訂相逢，心跡畫圖中。野鵑徹夜空啼月，付蛟枝熱淚苔封。誰識故侯庭樹，夕陽幾度驚烽。〔註63〕

杜氏開門見山，以鬱鬱蒼髯直點《拜松圖》之主題。詞人以「令威化鶴」典，在映襯主題的同時感慨興歎。《搜神後記・丁令威》云：「丁

〔註61〕汪鋆：《梅邊吹笛詞》，《淮海秋笳集》，《揚州文庫》，揚州・廣陵書社，2015年版，第609頁。

〔註62〕杜文瀾：《采香詞》，咸豐曼陀羅華閣刻本，卷三。

〔註63〕杜文瀾：《采香詞》，咸豐曼陀羅華閣刻本，卷三。

令威，本遼東人，學道於靈虛山。後化鶴歸遼，集城門華表柱。時有少年，舉弓欲射之。鶴乃飛，徘徊空中而言曰：『有鳥有鳥丁令威，去家千年今始歸，城郭如故人民非，何不學仙冢壘壘』，遂高尙衝天。」〔註 64〕詞人以丁令威歎歸鄉之感，「城郭如故人民非」，恰如杜氏所言「怕歸來雲暗千峰」。歸來時候的「雲暗千峰」又抑或恰是現實的眞實寫照。詞人由今而昔，以「喚起情魂」句帶入。詞人所憶的是與黃子湘壯年訂交的往事。「卿雖乘車我戴笠，後日相逢下車揖；我雖步行卿乘馬，後日相逢卿當下」，詞人以不論貧賤富貴的情誼比其與黃氏的友情。此兩人相逢，時年不再，今日心情與抱負則都在圖畫裏。鶗鳥徹夜啼鳴，虬枝盤桓，當年的熱血意氣到如今，都走入滄桑之中。詞人豪情依舊，卻要面對「熱淚苔封」之景。句末，詞人不免流露出無所寄託之意。「誰識故侯庭樹」，舊時景物早已遺換，幾度夕陽間，烽火依舊。詞中，以松爲題，卻實則在景中以松寄託滿懷抱負、無處可施的無奈情懷。由圖中所繪，寄託情緒和情懷的還有蔣鹿潭《憶舊遊・小舫太守命題從軍記舊圖》云：

> 看胸羅寶宿，氣吐長虹，武庫家聲。烽火湘沅靜，待文雄飛檄，九派江清。回首八公山色，草木助疑兵。算劍影千霄，欃槍自墮，肯賦蕪城。　功名入圖畫，聽笳鼓歸來，雲擁雙旌。廿四橋邊月，伴司勳閒醉，海國花明。髀肉漫驚鞍馬，封拜待書生。試笑看先鞭，燕然再勒鍾鼎銘。〔註 65〕

此闋爲周夢莊著《蔣鹿潭年譜》未刊稿中所載，並未見於水雲樓詞。整首詞的行文風格和情緒也與鹿潭其他作品不太相同。雖是爲從軍記舊圖，但詞人豪情依舊。上闋首句便作「氣吐長虹」語。詞人回溯杜氏從軍舊遊時候，依舊滿腔壯語。從湘江、沅江之時的文雄飛檄，沿

〔註 64〕陶潛：《搜神後記》，北京・中華書局，1985 年版，第 13 頁。

〔註 65〕馮其庸：《〈水雲樓詩詞〉輯校》，《蔣鹿潭年譜考略〈水雲樓詩詞〉輯校、重校〈十三樓吹笛譜〉》，青島・青島出版社，2014 年版，第 102 頁。

江而下直至「江連九派」之時，再至皖省。一路從戎奔走，全入畫圖之中。笳鼓歸來時候，鹿潭以「雲擁雙旌」指其位居高位，在累年經歷後，終得權杖。重回邗上，廿四橋邊，鹿潭回憶與杜氏的舊遊，謂「伴司動閒醉，海國花明」。舊遊時不常，杜氏便「封拜待書生」，另有權職之謀了。鹿潭也以難得的明快、積極之語贈與友人，「試笑看先鞭，燕然再勒鍾鼎銘」。竇鞏詩云「荒陂古堞欲千年，名振圖書劍在泉。今日諸孫拜墳樹，愧無文字續燕然。」鹿潭謂歌頌功績的詩文當再起。鹿潭雖多做哀詞，但此闋中我們也見得其抒寫豪情也瀟灑自如。詞人若心中沒有如此壯闊感受，又如何能描繪出壯闊之景，抒寫瀟灑之論？詞人託於詞中的是對杜氏功動的肯定，同時對杜氏所經歷的鬥爭的勝利予以肯定，也實則是鹿潭自身豪情的抒寫。

第五章　淮海詞人群體的創作風格

從上文我們可以發現，淮海詞人的創作內容多由戰爭生發。顚沛流離中的詞人們又多訴離亂之感。由此二點可知，淮海詞人群體的創作在整體上以「哀音苦調」爲主，以營造幽怨淒涼的詞境爲主要特色，所吟詠的皆爲悲慟之美。詞人群體中人雖各有所主張，但其大體上顯現出「詞清筆婉」的創作特色，善用比興寄託，呈現意內言外的創作風格。另外，淮海詞人群體十分注重聲律，強調著詞當「循聲按拍」。這也是其另一重要的風格特色。

第一節　淮海詞人群體的創作手法

咸同世亂，淮海詞人們或羈旅行役，或流居他鄉。這種社會背景和生活狀態讓他們的詞作多顯落寞之感，詞境蕭索，頗多「哀音苦調」。詞多呈現幽怨淒惻之美。淮海詞人中雖然不乏喬松年、杜文瀾、金安清這樣無憂衣食的達官，但是大部分詞人均以幕府或鹽商爲依靠，在社會上並沒有顯赫的身份，生活也並非十分富足，又値粵匪禍亂，給原本並不安穩的生活又添流離之苦。社會情狀的千瘡百孔讓流轉的詞人們更感無望。詞人往往有感而發，在連年兵燹中多作哀怨之音。

張熙在其《三影樓劫餘草自序》中說：「癸丑之春，烽火西來，臺城瓦解。八公則草木皆兵，新亭則賓寮隕涕。少陵間道，幸保餘生；

王謝故家，同歸浩劫。昔之一詠一吟，亦復灰飛煙滅矣。」〔註1〕烽火中，詞人故家盡失，吟詠唱和亦灰飛煙滅，昔日觴詠之地也在兵燹中「不可復聞」，此間能得以「幸保餘生」，已是萬幸。褚榮槐爲蔣鹿潭詞作序曾云：「時或蕪城作賦，山陽聞笛；吟杜陵出塞之章，灑新亭高會之涕。目倦修途，心傷逝湍。弔精靈於夜壑，惜日月於扁舟。逮至秋鬢凋殘，春人委化。淚浮盈寸，目鰥徹旦。」〔註2〕蔣鹿潭所作哀歌在褚氏看來大半賴因亂世。「目倦修途，心傷逝湍」，詞人往往如蔣鹿潭一般因路遇的亂戰荒城心傷、受到觸動，繼而感慨填詞，恰如杜文瀾評褚榮槐之「抑揚塞北鬱之感，悉於詩古文詞中發之」。孫文川在《江南好詞序》中言：「故國烽煙，舊遊如夢，看似頑豔，實則哀感。」〔註3〕孫氏「實則哀感」四字最爲直接地道出了淮海詞人的詞作風格。「故國烽煙」則爲詞人哀感之源頭。「然從亂離之後，追溯釣遊，形諸歌詠，俾當年勝境之慘罹劫火者，藉以流傳於紙上，而不至終歸泯滅。」〔註4〕袁祖志在《江南好詞序》中爲淮海詞人作哀音苦調尋了個理由。在亂離之後，詞的頑豔難尋，往往呈哀怨於筆端。詞人尋憶往昔盛景幾多歡愉，而罹難之後往往勝境不再，其哪怕吟個苦調也好讓前夕盛景「不至終歸泯滅」。

一、常歎苦調，直作哀音

筆者以《淮海秋笳集》爲例對其中一百二十六首詞中的高頻詞作一統計。在一百二十六闋詞中，表情詞語如愁、淒、孤、恨、怨、悵等爲出現次數最多，全集中幾乎首首言愁，其中「愁」字出現了87次，其餘「淒」出現42次，「孤」出現37次，「恨」28次，「怨」27

〔註1〕張熙：《三影樓劫餘草》，咸豐刻本，序。

〔註2〕褚榮槐：《水雲樓詞序》，《水雲樓詞》，曼陀羅華閣本。

〔註3〕馮乾編校：《清詞序跋彙編》，南京・鳳凰出版社，2013年版，第1359頁。

〔註4〕馮乾編校：《清詞序跋彙編》，南京・鳳凰出版社，2013年版，第1358頁。

次，「悵」18 次。集中所論景物以雨、秋、霜、西風、淚爲多，其中「雨」出現 70 次，「秋」65 次，「霜」29 次，「西風」24 次。其他與苦怨相關的形容詞也頻繁出現，如寒、冷、殘、昏、荒、亂等，其中「寒」出現 66 次、「冷」42 次、「殘」35 次、「昏」27 次。動詞中，「離」和「斷」出現頻率較高，其中「離」出現了 30 次，「斷」46 次。雖然《淮海秋笳集》僅是淮海詞人創作的一部分，但是由對其中高頻詞的總結，我們可一窺其哀苦的程度。

淮海詞人的淒怨哀音，寫盡故園荒土和滿腔愁苦。這一群體創作上的憂怨之美多與其所處人生狀態和社會背景有關。淮海詞人多漂泊，常借小詞抒解漂泊之感，感慨自己的人生際遇，因而淒景苦旅常見於詞中。淮海詞人身處亂世，感痛世變，論事多作哀音，滿目瘡痍之間，多做苦調。因而淮海詞人創作往往營造幽涼的詞境，以憂怨沉鬱的創作風格呈現「苦調文心」，呈亂景、遞苦情。詞中憂怨之美和幽涼的詞境隨處可見：「慘月啼鵑，荒灘驚雁，四山恨匝低雲」（蔣春霖《慶春宮・茶庵婦死於兵作空江弔月圖》）〔註 5〕、「荒鍾乍歇，亂鴉踏碎疏林月」（丁至和《一斛珠》）〔註 6〕、「沙石還驚，想鬼伯吹燈，燐青閃壁，都是冤情」（吳熙載《揚州慢・咸豐三年十二月入揚州郡城作》）〔註 7〕。詞人筆下，處處荒蕪，月不再是「圓月」，而是「慘月」、疏林間「碎月」；江岸不再往行舟船、貿易繁盛，而是「燐火荒岸」、驚雁「荒灘」。在淮海詞人詞作中，常見鴉、煙、秋、寒等字，常談秋淚、秋窗、秋樹、秋心、寒雁、寒簫、寒沙，其中鴉常作「亂鴉」，煙常作「烽煙」、「煙雨」。淮海詞人不斷用這些冷調的詞語

〔註 5〕馮其庸：《〈水雲樓詩詞〉輯校》，《蔣鹿潭年譜考略〈水雲樓詩詞〉輯校、重校〈十三樓吹笛譜〉》，青島・青島出版社，2014 年版，第 44 頁。

〔註 6〕馮其庸：《重校〈十三樓吹笛譜〉》，《蔣鹿潭年譜考略〈水雲樓詩詞〉輯校、重校〈十三樓吹笛譜〉》，青島・青島出版社，2014 年版，第 27 頁。

〔註 7〕郭夔：《印山堂詞》，《淮海秋笳集》，《揚州文庫》，揚州・廣陵書社，2015 年版，第 616 頁。

構建起幽怨的詞境氛圍。

就淮海詞人群體來說，以「煙」字爲例，「煙水」、「煙柳」、「煙雨」等常見於詞中。前人詞如「剩空潭、半樓煙雨，玲瓏如畫，人世繁華原易了，快比風檣陣馬」(陳維崧《鴛湖煙雨樓感舊》)〔註 8〕、「青山欲共高人語，聯翩萬馬來無數，煙雨卻低回，望來終不來」(辛棄疾《菩薩蠻》)〔註 9〕、「甚而今、不道秀句，怕平生幽恨，化作沙邊煙雨」(姜夔《法曲獻仙音》)〔註 10〕、「煙水自流心不競，長笛霜空」(張炎《浪淘沙》)〔註 11〕，「煙雨」或「煙水」之中，詞境往往迷茫。「煙」本身的形態飄渺，在詞中往往與「雨」、「水」、或水邊的「柳」聯結，呈現空茫、無落的情緒。淮海詞人即常用「煙」來造景抒情。其如：

自湖上遊仙事杳，問桃花、又過幾清明。剩取淒煙楚雨，愁畫蕪城。(蔣春霖《一萼紅》)

萬感煙鴻，寄相思、梧葉怕剪。對空江殘角，一夜蓼花紅怨。(蔣春霖《法曲獻仙音》)

相逢知更甚處。鷓鴣啼不斷，都是煙雨。(蔣春霖《甘州》)

暮寒際。誰家尚遣扁舟，去看煙水。櫓枝沙外倚。(蔣春霖《角招》)

遲暮。成倦旅。孤棹冷煙，客燕棲何處。(蔣春霖《換巢鸞鳳》)

鯉魚涼信早。正煙波愁人，去帆隨鳥。(丁至和《三姝媚》)

濕煙吹破蒼茫際。城頭夜鳥驚起。(丁至和《齊天樂》)

客路鞭絲慢指，女牆掩映處，煙樹重疊。(姚輝第《疏影》)

〔註 8〕陳維崧等著，錢仲聯選編：《清八大名家詞集》，長沙・嶽麓書社，1992 年版，第 349 頁。

〔註 9〕辛棄疾著，鄧廣銘箋注：《稼軒詞編年箋注》，上海・上海古籍出版社，1978 年版，第 29 頁。

〔註 10〕姜夔著，夏承燾箋校：《姜白石詞編年箋校》，上海・上海古籍出版社，1981 年版，第 102 頁。

〔註 11〕張炎著：《山中白雲詞》，北京・中華書局，1983 年版，第 110 頁。

逢雛晴尋芳。正風飄細杏，煙弄柔楊。（周閑《壽樓春·張司馬煦招同湯都督文貽汾、侯學溥雲松、黃大令文涵、陳縣尉弢宴陶穀》）

瘦影叢叢，畫簾垂、寫出瀟湘煙曉。（高望曾《一枝春》）

茫茫水汽蒸如夢，瀟瀟雨滴孤蓬重，何處是煙村，家家都閉門。（張安保《菩薩蠻》）

是處涼蟬咽，僅銷魂，一行斜照，做成淒切，露厭煙啼千萬縷。（吳熙載《金縷曲·癸丑九月詠柳》）

碧玉煙凝，紅樓影隔，故人那仞桃根。（汪鋆《高陽臺》）

在淮海詞人筆下，淒煙、煙雨、煙水、冷煙、煙波、濕煙、煙樹、煙村，全是蒼茫。煙色灰白，恰好與詞人眼中的社會即景相同。煙景迷茫，而這迷茫也與詞人的心境、世事之變遷相與契合。在詞中，詞人們用這般意象堆砌出蒼涼的景，再由此景言情，在淒茫的詞境中，訴盡哀怨之苦。

除了蒼茫的詞境，詞人在書寫時往往直言苦楚，痛訴愁情。淮海詞人「苦調」的幽怨之美也往往由此直接體現。詞人詞中擅用苦、愁、孤等字，寫愁苦寫得直白。其如：

雁外心傳錦字，鷗邊夢閣離愁。（蔣春霖《木蘭花慢》）

又東風喚醒一分春，吹愁上眉山。（蔣春霖《甘州》）

寒枝病葉，驚定癡魂結。小管吹香愁疊疊。（蔣春霖《淡黃柳》）

村外柳煙深鎖。晚寒驚破。強沽殘酒熨春愁，已節候、梨花過。（蔣春霖《一絡索》）

蒼髯鬱鬱動愁風，腸斷舊遊蹤。（杜文瀾《風入松·題黃子湘拜松圖》）

花邊絮夢，柳外征愁，又飄零寒食。（杜文瀾《瑤華·題丁保庵十三樓吹笛圖即次其自題韻》）

斷風嗚咽蘆花際，一天亂愁催起。（杜文瀾《如此江山·題宗湘文太守江天曉角圖次自題原韻》）

羈愁。未換征裘。懷俊約，負清遊。（丁至和《木蘭花慢》）

竹陰低壓林杪。酒懷大似相如渴，怕一縷、閒愁未掃。（丁至和《月下笛》）

紈扇螢疏，錦箋雁遠，獨寐愁千結。（丁至和《念奴嬌》）

怕說離愁佯帶笑。阿儂休遣章臺老。（方濬頤《蝶戀花·和午橋韻》）

蘆花頭已白，楊柳眉餘碧，暝色易黃昏，西風愁煞人。（張安保《清平樂》）

十年避亂江淮。烽煙滿目，鬢髮愁成雪。（張安保《念奴嬌》）

愁萬縷，欲問偏青天，閶闔重重阻。（范凌雙《邁陂塘·癸丑七夕和吳讓之》）

所列部分淮海詞人的「愁」言，還僅是其中的一小部分。詞人對苦痛的大量直言，直接催生了其詞作的哀痛之美。滿目瘡痍的社會情狀投射在他們的眼中，繼而直呈筆端。詞人姚正鏞嘗言：「揆自甲寅、乙卯間……睹盜賊之縱橫，閔室家之漂搖。登高望遠，屬目驚心。注歎流離，於焉有作。」〔註12〕詞人們歷經太平天國戰爭，走過蕪城，滿目昏鴉、寒枝，殘山、剩水，荒原和獨村，直面路之白骨和生離死別。他們的體會是直接的、痛感是清晰的。因而將這苦痛訴諸紙上時，他們往往會選擇直抒胸臆，明言苦楚，不談前朝往事，不作歷史的比對，僅言當下的景，歎當下的情。

在此感受下，淮海詞人所營造的淒惻的詞境氛圍和哀痛之美是其獨有的。簡要做一比較，我們便可以看出其獨特。詞人許宗衡在咸同年間久居京師，嘗作揚州遊。在太平天國禍及揚州之後，他大受振慟，在京師中感懷故園不再、友朋離散，多作悵懷之調。如其《金縷曲》前有長序，感懷往昔，其詞云：

別有傷心處。盡消磨、劫灰金粉，大江東去。樓閣斜

〔註12〕姚正鏞：《吾意盦長短句自識》，《吾意盦長短句》，光緒刻本。

陽秋易晚，嗚明青溪如訴。只衰柳、殘鴻無數。龍虎雄圖悲豎子，剩遺編、細載閒歌舞。亡國恨，咬難語。年來鋒火臺城路。念無端、家山唱破，淒涼誰主？似有簫聲聞鬼哭，忍憶板橋風雨？漫招張、美人黃土。繞郭族旗霜影重，恐將軍、愁擊軍中鼓。早衰絕，子山賦。〔註13〕

這首詞十分受謝章鋌推重。謝氏云：「《玉井山館詩餘》中，有二闋最足感人。嗟乎！酒場歌板，舉目滄桑，氛塵額洞，此眞迴腸盪氣也。」〔註14〕龍榆生也將此詞作爲「可以見其身世及詞格之一斑」的佳作。詞中所凸顯的恰如謝氏所言，多「眞迴腸盪氣」之感。詞人在小序中云「侯景誰迎，袁粲徒死，日爲改歲，未復嚴疆」，將故園蒙難與「侯景之亂」作比，甚至作「亡國」之傷歎。詞境宏大，兼及今夕，因而能盪氣迴腸。然而詞人畢竟身居京師，目之所及並無慘絕之景象，僅憑消息慨歎死別生離、去鄉亡國。詞中悲痛多因事而起，而不是因景生情，多言事傷懷，以前朝事比，而對戰亂之描述也多遙想。因而雖然詞人茫茫然問到「家山唱破，淒涼誰主」，但卻無法眞正在詞中構造出淒涼的氛圍。詞人能在宏大的敘述中給人以盪氣迴腸的滄桑感受，卻無法在細處給人以悲痛的共鳴。

與許宗衡詞相較，淮海詞人觸景傷情，在悲痛的傳遞上著實略勝一籌。同爲《金縷曲》，也同樣作戰時悲歌，淮海詞人的詞要比許氏淒惻得多，下錄兩則：

雪淨梅根土。被瓊簫、暗將殘寒，一絲吹去。碎剪東風爲花瓣，分散春心幾許。料從此、紅酣翠嫵。驀地思量虹橋月，是年時、刻意傷春處。還夢到，竹西路。　扁舟待趁寒潮渡。繞空江、鷓鴣聲聲，亂煙無數。歌管樓臺斜陽冷，換了城西戍鼓。更不見、垂楊一樹。十里深蕪陰磷碧，哭青山、誰喚春魂語。雲影暗，自延佇。（蔣春霖

〔註13〕嚴迪昌：《近代詞紀事會評》，合肥·黃山書社，1995年版，第119頁。

〔註14〕謝章鋌：《賭棋山莊詞話續編》，《詞話叢編》，北京·中華書局，1986年版，第3565頁。

《金縷曲》）〔註15〕

是處涼蟬咽，僅銷魂，一行斜照，做成淒切，露厭煙啼千萬縷。往日青青堪折，都付與，隨風一葉。塵冷梁空飛燕去，待何時，重倚朱欄説，夜起來，又殘月。將軍營外寒煙結，想當時亞夫壁壘。一旗春色，使節皇華歸騎遠。苦畏征途雨雪，正滿目傷心時節，莫問靈和春殿事，更何堪，還向江潭別，空悵惘，倍騷屑。（吳熙載《金縷曲・癸丑九月詠柳》）〔註16〕

蔣鹿潭不言許詞中的「龍虎雄圖」，也不論「亡國之恨」，僅是驀地想起了舊時虹橋的月、竹西的路。下闋急轉，空江、亂煙、暗雲、城西戍鼓，詞人眼中如今的虹橋、竹西，直呈筆端。全詞不歎「淒涼誰主」，卻比興精妙，寄託遙深，字字淒涼。與蔣氏相較，吳氏先繪秋景，再歎傷情，同樣不做宏大敘述，不直言淒涼，近乎不動聲色地將滿懷悲慟傳遞出來。寒蟬淒切、塵冷梁空，詞人一點點地將落寞空寂的景構畫出來，「營外寒煙」、「征途雨雪」點出戰事。然而才兩句，詞人便用「滿目傷心時節」將詞轉回其悽愴空景中，「空悵惘、倍騷屑」，最後再歎點愁苦出來。全詞一派冷冷清清的意味，直叫人心生淒涼。通過比較，其上兩則，可以讓我們一窺淮海詞人詞作淒怨之特別。由此，淮海詞人將眼前的景和心中的苦痛直呈紙間，用眞實的人生經歷寫成的詞，用切身之痛催生了其詞作的哀痛之美。這也是這一群體所獨有的詞作風格。

二、詞筆清婉，意內言外

淮海詞人群體所呈現的詞風總體上以「詞筆清婉」為主，在創作中往往比興寄託，呈現意內言外的風貌。就創作主張而論，杜文瀾所

〔註15〕馮其庸：《〈水雲樓詩詞〉輯校》，《蔣鹿潭年譜考略〈水雲樓詩詞〉輯校、重校〈十三樓吹笛譜〉》，青島・青島出版社，2014年版，第35頁。

〔註16〕吳熙載：《匏瓜室詞》，《淮海秋笳集》，《揚州文庫》，揚州・廣陵書社，2015年版，第606頁。

著最富。其在《憩園詞話》中不僅對聲律作了嚴苛的要求和校正，還提出了詞要注重「騷人之志」的表達，就創作風格來說，以「纖秀爲佳」，且必須「宛轉綿麗」。淮海詞人創作在聲律創作之外，實則其二所求便是表「情」。對詞之情韻而言，其必須以清婉纖秀之筆創造出清空、雅秀的詞境，繼而需要以「騷人之志」寄託其中，達到意內言外的效果。

對淮海群體中人來說，詞筆之清婉是表「情」的途徑。惟有以清空自然之筆，才能詠至深、至哀之情。詞人們對於蘇、辛的豪放之風並不推崇。杜文瀾云：「《藝苑卮言》附錄云：『詞者樂府之變也，須宛轉綿麗，淺至儇俏，挾春月煙花於閨內奏之。一語之豔，令人魂絕，一字之工，令人色飛，乃爲貴耳。』又云：『溫飛卿所作詞曰金荃集，唐人詞有集曰蘭畹，蓋皆取其香而弱也。然則雄壯者固次之矣。』餘論詞不敢主蘇、辛之豪渾，此二說實獲吾心。」〔註17〕杜氏對王氏所云「溫飛卿」二說十分欣賞，也由此見得其對蘇、辛之豪放渾厚的詞風不太欣賞。其所強調的是情的作用，所要達到的是「一語之豔、令人魂絕」的效果。在杜氏看來，香而弱是詞之本，宛轉綿麗是詞境所必須實現的，於此，蘇、辛二人的豪放則必須次之。郭晉超在《受辛詞敘》中也說到：「世之作者，非高張蘇、辛、秦、柳，即掃扯周、王、姜、張。不知南北宋之大分徑庭，名大家各具香火，正未淺窺疎測也。」〔註18〕由此，郭氏並不認同世人所高張的「蘇辛秦柳」，反以周王姜張爲宗。

在詞筆宛轉的詞風中，淮海詞人所要完成的實則是意內言外的詞的寄託。丁至和云：「意內言外謂之詞，大率鬱結難伸之隱，託爲詠歌，非僅刻翠裁紅，作兒女喁喁私語也。又須情景交煉，出以自然，

〔註17〕杜文瀾：《憩園詞話》，《詞話叢編》，北京・中華書局，1986年版，第2861頁。

〔註18〕馮乾編校：《清詞序跋彙編》，南京・鳳凰出版社，2013年版，第1244頁。

如憑虛御風，絕無跡相。此中三昧，於詩有別。」〔註 19〕丁至和此言，可謂是淮海詞人群體中最爲明確的風格標誌了。丁氏針對「意內言外」，以「大率鬱結難伸之隱」所託，指出詞在創作上的獨特內涵特質，對於如何呈現「意內言外」，丁氏繼而又提出了情景交煉、出以自然的理論。最後，亦由此創作特色將其區別於詩。汪鋆在《梅邊吹笛詞稿》序中也講到：「爰就其課錄者姑存之，署曰《梅邊吹笛詞》，明乎所以隨諸君之意也。若夫效啼血於春鵑，矜寒吟於秋蟀，抑乎自然，以期訴其哀怨而已。至於意內言外，應弦遺聲，固古作者之事也，而余敢望哉？」〔註 20〕汪氏雖道意內言外其不敢望哉，但反來觀之，在他看來，詞在「抑乎自然」、「訴其哀怨」之上，所需要達到的則是「意內言外」這個標準。此外，杜文瀾其雖未明確標舉「意內言外」，但對周濟所論「寄託」較爲贊同，周氏云：「初學詞求空，空則靈氣往來。既成格調求實，實則精力彌滿。初學詞求有寄託，有寄託則表裏相宜，斐然成章。既成格調，求無寄託，無寄託，則指事類情，仁者見仁，知者見知。」〔註 21〕杜氏以「持論極高」評其語，可見杜氏是贊同周濟所言的。其次，杜文瀾在詞話中多次以「自然」、「耐人尋味」作評語，如評周稚圭「眞意獨存，耐人尋味」〔註 22〕、評張熙「一意清空，自有眞意」〔註 23〕、評張泰初「空靈婉約，一往情深」〔註 24〕等語，皆表明其對「意內言外」之標舉。

〔註 19〕丁至和：《萍綠詞續編》，同治七年（1868）刻本。

〔註 20〕馮乾編校：《清詞序跋彙編》，南京・鳳凰出版社，2013 年版，第 1286 頁。

〔註 21〕周濟：《介存齋論詞雜著》，《詞話叢編》，北京・中華書局，1986 年版，第 1630 頁。

〔註 22〕杜文瀾：《周稚圭中丞詞》，《憩園詞話》，《詞話叢編》，北京・中華書局，1986 年版，第 2867 頁。

〔註 23〕杜文瀾：《張子和大令詞》，《憩園詞話》，《詞話叢編》，北京・中華書局，1986 年版，第 2930 頁。

〔註 24〕杜文瀾：《張松溪茂才詞》，《憩園詞話》，《詞話叢編》，北京・中華書局，1986 年版，第 2909 頁。

淮海詞人群體的創作既有南宋清空之音，又能在比興寄託之間，寄騷人之志。如黃錫禧詞有「鄰於南宋，慢詞雖嫌清淺，而圓融溜亮，自足掩其失也；令曲追蹤《花》、《尊》，所作雖少，往往有深意」之感。其《相見歡》（風絲搖漾簾鉤）「記得夕陽人影、共登樓。春夢斷，更幾轉，好揚州。可恨落花偏逐、水東流」〔註25〕情感流露其中，宛轉自然，自成一氣。宗源瀚《水雲樓詞續序》謂鹿潭「慨然自謂，欲以騷經爲骨，類情指事，意內言外，造詞人之極致。譬以南唐兩宋，意弗滿也」，〔註26〕又謝鼎熔謂鹿潭「俾讀先生之詞者，得以知人論世，庶於詞中意內言外之旨，較易領會」，〔註27〕均歎其詞中有意內言外之旨意。

第二節　淮海詞人群體詞論的聲律要求

淮海詞人群體填詞的另一特徵是注重聲律。在創作上，詞人講求特定詞體，每拈一調，在聲律上則必求盡善，以求無一「曼聲懈字」。在詞論的研討上，詞人注重聲律研究，並對聲律著作進行校勘和訂正。

一、嚴守協律，別具工倕

丁至和在其《萍綠詞》重刊跋中言：「丁巳冬刊詞二卷於袁浦，越三年庚申，毀於兵燹。同人深爲惜，余則謂頻年迫饑驅，疏考證，尚多未協處，不足惜也。」〔註28〕由此可以看出，丁至和對於詞的刪改十分看重，「未協」之作，棄之亦不足惜。並於其後又言：「杜小舫觀察爲余刪訂原稿，循聲按拍幾一載，存十之七。益以近作，重付手民，凡三卷，綜八十二首，庶幾於律無舛。草窗謂詞不難作，而難於

〔註25〕孫克強、楊傳慶、裴喆編：《清人詞話》，天津．南開大學出版社，2012年版，第1609頁。

〔註26〕宗源瀚：《水雲樓詞續序》，《水雲樓詞》，《江陰先哲遺書》本。

〔註27〕謝鼎熔：《水雲樓詞跋》，《水雲樓詞》，《江陰先哲遺書》本。

〔註28〕丁至和：《萍綠詞重刊跋》，馮乾編校：《清詞序跋彙編》，南京．鳳凰出版社，2013年版，第1333頁。

於改，語不難工，而難於協。余深有味乎斯言。」由此我們可以看到，丁氏的詞曾交予杜文瀾刪改，而杜氏刪改即是「循聲按拍」的，其刪改的標準即是符合聲律與否。在丁氏看來，詞「工」不難，而「協」難，並對自己的詞也以聲律爲要求作了「庶幾於律無舛」的評價。可見聲律要求對其創作之重要。

姚正鏞在《吾意庵長短句自識》中嘗言：「苦巾篋之蠧殘，悵縑墨之狼藉。唯此長短句二卷，尚易料理。恐復零遺，掇拾付之梓匠剞劂，用代抄胥。若夫調宮協微，素昧律度之微，陳章摛辭，悉法古人之什。」〔註29〕姚氏雖未明言，但「若夫調宮協微」四字也大體說明了其對於聲律上的要求。在對自己的詞進行評價的時候，姚氏並未談及內容或是藝術表現，而是從「調宮」和「律度」的角度進行評價。同樣的內容，也見於趙彥俞的《瘦鶴軒詞自序》：「是歲余年六十，昔玉田生學詞四十年，自以爲未見其進。金老矣，尚何能爲？然余因知己一言，每遇好詞，愛不忍釋。循聲按拍，十載於茲。計共得詞三百八十餘闋，屢經塗改，務求協律，僅刪存一百六首。」〔註30〕這其中，趙氏每遇好詞，均要「循聲按拍」，可見得趙氏對其所賞識詞作的要求。如其所說，則有符合音律、聲韻者，才能讓趙氏「愛不忍釋」。同樣他對於自己的詞也是「務求協律」。其對自己詞作的刪存標準也是聲律，依趙氏所言，其能嚴守聲律的106首被最終留存。在淮海詞人群體中，蔣鹿潭在詞律上的天賦異稟，也是其頗受淮海詞人擁戴的原因之一。何詠嘗言：「鹿潭所作，於九宮七始八十四凋，不差累黍。而能天機開合，六情諧暢，別具工倕，自成馨逸。視夫膠柱聆音，引繩約尺，目論一孔，技窮三變者，不啻水觀海而泥憶云矣！」〔註31〕在何詠看來，蔣春霖「於九宮七始八十四凋」之中「不差累黍」，是其詞所以「自成馨逸」的重要基礎。正是在對聲律的嚴格遵從之上，

〔註29〕姚正鏞：《吾意盦長短句自識》，《吾意盦長短句》，光緒刻本。
〔註30〕趙彥俞：《瘦鶴軒詞自序》，《瘦鶴軒詞》，同治刻本。
〔註31〕何詠：《水雲樓詞序》，《水雲樓詞》，曼陀羅華閣本。

「天機開合」、「六情諧暢」才有意義。從何詠的評價我們也可以一窺淮海詞人群體對於創作的聲律要求。

淮海詞人群體自己創作猶爲注重遵從詞體及音韻和諧。徐鼒稱鹿潭「擁鼻苦吟，吹唇審律。性有三好，技了十人」，〔註 32〕特別對蔣春霖在聲律上的運用自如表示讚譽。李肇增謂杜文瀾爲「風流豔發，抵病捶聲，運神鋒於筆端，析纖芒於荊棘，大不遺細，音不害情。」〔註 33〕此中二家所謂「吹唇審律」、「大不遺細，音不害情」均未調律諧和。朱庸齋曾謂：「鹿潭亦守聲」，「蓋其功力、才力俱到爐火純青之候，非聲字所能約束者」。〔註 34〕朱氏認爲蔣鹿潭詞「功力、才力」之強。讓諸家忽略了蔣氏對於聲律的嚴格要求，蔣氏是「看似毫不費力」地完成著其對音律地嚴守。淮海詞人對他人創作的評判中，也能見得他們對音律審度的要求，如金安清論張松溪詞云「松溪於學無所不窺，尤深於金石律呂。所著詩頗多，而不甚經意，獨於詞律極嚴，戈君順卿爲之推服」，〔註 35〕金氏特別標舉張松溪對於金石律呂的研究，並以「詞律極嚴」褒揚其詞；杜文瀾謂周稚圭詞「獨中丞細意探討，按節諧聲，不失半黍。海內知音者悉宗之」，〔註 36〕杜文瀾對於音律的要求是極爲嚴格的，其研詞必論宮律，然其對周氏之評價可謂極高，以「不失半黍」評價其詞；王葵評張丙炎詞云：「冰甌館主人少工倚聲，已而棄去，解組後，復稍稍爲之。刻羽引商，聲情窈眇，少陵所謂『老去漸於詩律細』也」〔註 37〕。在王葵看來，張丙炎詞在「聲情窈眇」之外，更能得杜甫所謂「老去漸於詩律細」之精髓。

〔註 32〕徐鼒：《水雲樓詞序》，《水雲樓詞》，曼陀羅華閣本。

〔註 33〕李肇增：《采香詞序》，《采香詞》，咸豐曼陀羅華閣刻本。

〔註 34〕朱庸齋：《分春館詞話》，廣州・廣東人民出版社，1989 年版，第 66 頁。

〔註 35〕金安清：《橫經堂詩餘序》，《清詞序跋彙編》，南京・鳳凰出版社，2013 年版，第 980 頁。

〔註 36〕杜文瀾：《周稚圭中丞詞》，《憩園詞話》，《詞話叢編》，北京・中華書局，1986 年版，第 2867 頁。

〔註 37〕王葵：《冰甌館詞鈔》，《冰甌館詞鈔》，光緒十一年（1885）刻本。

淮海詞人在創作中極其注重詞體。其以南宋諸家之體爲正宗。由《淮海秋笳集》中可見，在一百二十六首詞中，有二十九首詞依「白石韻」，數量已達近四分之一，可謂之眾。詞人蔣春霖在「四聲之法」上也有先導之勢。吳梅曾在《詞學通論》中有「定四聲之法，實始於鹿潭」的論斷。吳氏指出蔣春霖「《霓裳中序第一》、《壽樓春》等，皆謹守白石、梅溪定格，已開朱、況之先路矣」。〔註 38〕其外，在丁至和、杜文瀾等人的創作中，無不依體而作。丁至和十分喜歡在詞前小序中指明詞體：如其《惜紅衣》（水蜕銀蟾），詞序云「玉田有《憶柳曲》，因仿其意，爲《憶梅曲》」；又《齊天樂》（睡眉忽被鶯呼醒），詞序云「好春易去，舊雨不來，偶過崇慶寺，望雲臺諸峰，螺髻煙鬟，風景韶秀，正是去年與瀟碧生訪篆香樓玉蘭時節也。落花如夢，芳草多愁，未喚詞魂，先縈離抱，仍拈碧山韻寄懷」；《一枝春》（潑水庭陰）「有懷西園，次草窗酒邊聞歌韻」，《露華》（楚皋乍遇）「憶蘭曲用碧山韻」；《桂枝香》（亭皋瀉綠）「雲山閣訪早桂，用草窗韻，寄趙漁亭」等。〔註 39〕縱覽其詞體所宗大體爲碧山、白石、玉田、草窗四家。由此我們不難看出，淮海詞人群體諸家對於聲律之執著。雖然他們常論意內言外，清婉空幽之道，並以哀慟之美爲基礎，但是其對於詞律的要求是首要的。他們嚴格遵循詞律，並在創作中不輟刪改，在哀慟清婉的基礎上力圖詞能「尊體」。

二、審音度拍，重譜聲律

淮海詞人群體對聲律的要求不僅表現在創作中，也可以從其詞論中窺得。淮海詞人群體講求聲律有其地域上的傳承緣由，最早可追溯到南宋姜夔。

姜夔曾遊歷揚州，並以聲律研討爲風尚。朱彝尊《群雅集序》中

〔註 38〕吳梅：《詞學通論》，北京・中華書局，2010 年版，第 6 頁。

〔註 39〕馮其庸：《重校〈十三樓吹笛譜〉》，《蔣鹿潭年譜考略〈水雲樓詩詞〉輯校、重校〈十三樓吹笛譜〉》，青島・青島出版社，2014 年版，第 29～35 頁。

論：「洎乎南渡，家各有詞，雖道學如朱仲晦、眞希元，亦能倚聲中律呂，而姜夔審音尤精。」〔註 40〕其在《詞綜・發凡》亦有「世人言詞，必稱北宋。然詞至南宋，始極其工，至宋季而始極其變，姜堯章最爲傑出」〔註 41〕之論。田同之云：「周、柳、万俟等之制腔造譜，皆按宮調，故協於歌喉，播諸絃管，以迄白石、夢窗輩各有所創，未有不悉音理而可造格律者。」〔註 42〕入清以後，淮海地區先後湧現出厲鶚、凌廷堪、焦循、秦敦夫等人。其後，高郵王敬之編校《詞律》，並嘗擬與戈載擬作《詞律訂》；江都秦巘編《詞系》二十卷，以「追蹤於作者」，尋求詞之正體爲目標，以「時代爲序，首列宮調，次考調名，次敘本事，次辨體裁，末附鄙見」，是編收錄規模超越了《詞律》和《欽定詞譜》。

逮至咸同年間，淮海詞人群體中，有杜文瀾於咸豐十一年編成《詞律校勘記》。杜文瀾云：「昔吳縣戈君順卿（載）擬輯增訂詞律，又與高郵王君寬甫（敬之）議作《詞律訂》、《詞律補》，均未克成。余獲見王君《詞律》校本，亟加採錄；又得戈君校刻《七家詞選》，及江都秦君玉生所輯《詞系》，其中可以校正《詞律》者，亦附載焉。」〔註 43〕其中可見杜文瀾在作《詞律校勘記》時，兼採眾家，於秦巘《詞系》、王敬之《詞律》等都有考訂，並以其爲校勘之基礎。

在《詞律校勘記》序文中，杜文瀾對詞律的淵源及其所標舉的意義一併道來：「詞學始於唐，盛於宋，更唱迭和，有一定不移之律，亦有通行共習之書。南宋時，修內司所刊《樂府混成集》，巨帙百餘；周草窗《齊東野語》稱其『古今歌詞之譜，靡不備具』；而有譜無詞

〔註 40〕朱彝尊：《群雅集序》，《曝書亭集》卷四十，上海・國學整理社，1938 年版，第 491 頁。

〔註 41〕朱彝尊：《詞綜・發凡》，《詞綜》，上海・上海古籍出版社，1978 年版，第 10 頁。

〔註 42〕田同之：《西圃詞說》，《詞話叢編》，北京・中華書局，1986 年版，第 1471 頁。

〔註 43〕杜文瀾：《萬紅友詞律校勘記序》，《詞話叢編》，北京・中華書局，1986 年版，第 3237 頁。

者，實居其半。故當日塡詞家，雖自製之腔，亦能協律，由於宮譜之備也。元明以來，宮譜失傳，作者腔每自度，音不求借，於是詞之體漸卑，詞之學漸廢，而詞之律則更鮮有言之者；黃鍾毀棄，瓦缶雷鳴，七百年古調母音，直欲與高築嵇琴，同成絕響。使非萬氏紅友以《詞律》一書起而振之，則後之人群奉《嘯餘》、《圖譜》爲準繩，日趨於錯矩偭規，而不能自覺；又焉知詞之有定律，律之必宜遵哉？其書爲卷二十，爲調六百六十，爲體一千一百八十有奇。凡格調之分合、句逗之短長、四聲之參差、一字之同異，莫不援名家之傳作，據以論定是非，俾學者按律諧聲，不背古人之成法，其有功於詞學也大矣！惟其幕遊橐筆，載籍無多，考訂偶疏，誠所不免。就中所載之詞，有明知其闕誤，而行篋中無善本印證，遂有訛敓至數十字者，非其識之未明，實由力之未逮。故自敘云『興既敗於饑驅，力復孱於孤立』，才人遭際，慨乎其言之矣。更觀其《凡例》云：『限於見聞，未能廣考；惟冀高雅，惠教德音。』吳夢窗《無悶》詞後注云：『復慮譜中尚有類此者，不及檢點，未免貽譏；惟望閱者摘出而駁正之。』趙介庵《五彩結同心》詞後云：『統祈高明，糾其訛謬，示所遺亾，共成全璧，以便學者。』是萬氏之心，固深望閱者之補闕拾遺，初未嘗矜己護前，不欲後人之匡正也。然其振興詞學，不啻新闢康莊；繼起者守轍循途，始免趨於歧路，斷不可矜踐跡擴充之力，而忘開山導引之勤。豈得因萬氏攻擊《嘯餘》、《圖譜》諸書，語多深刻，遂從而效其尤哉？余少好爲詞，服膺此帙，研究之際，旁及佗書，偶有發明，筆之簡首。歲月既久，所記遂多，編次上下二冊，名曰《詞律校勘記》。」〔註 44〕杜文瀾在序中一再強調了聲律的作用，並以詞律之證，爲「振興詞學」、新闢康莊的取法。在杜文瀾看來，其對詞律的遵守可以讓後輩著詞者，免除歧途的干擾，值得「開山」之引導。由此可見，杜氏著實將詞律放到一個極其重要的位置，並將聲律視爲詞之基礎。

〔註 44〕杜文瀾：《萬紅友詞律校勘記序》，《詞話叢編》，北京・中華書局，1986 年版，第 3237 頁。

雖然王、秦二人所輯是杜氏校勘的基礎，但在詞律上，杜文瀾不拘於一家，博採眾長。在眾多以詞律見長的前輩中，杜氏最推崇的是萬樹，他認爲「萬紅友作詞律，不收明人自度腔，極爲卓識」，以其《詞律》能在荊棘之中，力闢康莊，而稱之爲「詞家正軌」。在他看來，在萬樹《詞律》後，清代詞家才開始有了聲律正體的自覺。就他自己來看，杜氏「少好爲詞，服膺此帙，研究之際，旁及佗書，偶有發明，筆之簡首」。在《詞律校勘記》之後，杜文瀾又在其《憩園詞話》中進一步探索了聲律的淵源和要求。他指出：「宋張玉田撰詞源，審音釋律，深抉本原。所惜言之未詳，宮調未能顯播。今爲江都秦敦甫太史刊入詞學叢書矣。」〔註 45〕繼而他認爲，宮調盡失、舊譜零落與元、明兩朝的詞學氛圍有關：「至元季盛行南北曲，競趨製曲之易，益憚塡詞之艱，宮調遂從此失傳矣。有明一代，未尋廢墜，絕少專門名家。間或爲詞，輒率意自度曲，音律因之益棼。」〔註 46〕此論之餘，杜文瀾對元、明詞人的「誤聲誤韻」作了極爲嚴苛的批評，認爲其詞作「以自文其失律失諧」，乃至貽誤後人，還不如不作。杜氏錄友人詞，亦作如此嚴苛的聲律要求，其「專以協律爲主，稍一背馳，雖有佳詞，亦從割愛」。這一點也可以從其刪減丁至和詞中得以證明。

綜上，無論是杜氏編著《詞律校勘記》還是淮海詞人群體對於聲律、詞體的堅守，都是淮海詞人群體在這一方面對詞的探索和鑽研。這種創作特色也深刻地反映在其創作之中，成爲淮海詞人群體的又一特色。

〔註 45〕杜文瀾：《憩園詞話》，《詞話叢編》，北京・中華書局，1986 年版，第 2851 頁。

〔註 46〕杜文瀾：《憩園詞話》，《詞話叢編》，北京・中華書局，1986 年版，第 2851 頁。

第六章　淮海詞人群體的「詞史」創作及其意義

就淮海詞人群體來看，無論是其「哀音苦調」的表現方法還是循聲按拍的師法取向，都是這一群體咸同時代對於詞發展的一種探索。陳寅恪在探討歷史和學術問題時嘗言：「一時之學術，必有其新材料與新問題。取用此材料，以研求問題，則為此時代學術之新潮流。」〔註 1〕對於詞的研究來說，此理亦然。詞的發展與時代、一時社會之風貌緊密關聯。隨後其又談到：「今並觀同時諸文人具有互相關係之作品，知其中於措辭（即文體）則非徒仿傚，亦加改進。於立意（即意旨）則非徒沿襲，亦有增創。蓋仿傚沿襲即所謂同，改進增創即所謂異。苟今世之編著文學史者，能盡取當時諸文人之作品，考訂時間先後，空間離合，而總匯於一書，如史家長編之所為，則其間必有啓發，而得以知當時諸文士之各竭其才智，竟造勝境，為不可及也。」〔註 2〕陳寅恪所談雖為史家著史之要，但其言也給我們的研究以啓發。淮海詞人「各竭其才智」以期「竟造勝境」，縱使在顛沛流離、居所無定的情形下，亦不輟書寫，並兼具「仿傚沿襲」和「改進增創」。

〔註 1〕陳寅恪：《金明館叢稿二編》，北京・生活・讀書・新知三聯書店，2009 年版，第 266 頁。

〔註 2〕陳寅恪：《元白詩箋證稿》，北京・生活・讀書・新知三聯書店，2009 年版，第 9 頁。

我們對於淮海詞人交遊互動、創作題材、表現手法和師法取向的討論即是一種對其「時間先後、空間離合」的探索。但就陳先生看來，這只是一種探索的方法和意義，但就所論而言，其意義並不能從中得以完整體現。一個時代之作者，必有其之於一個時代的意義。因此，在完成對淮海詞人群體的整體考訂之後，我們得以在此基礎之上，對其群體存在的意義及其對咸同詞壇的影響做一探索。淮海詞人群體創作與「詞史」密不可分。他們不僅在創作中表現出極強的「詞史」精神，維繫了「詞史」之發展，也自覺地探索著「詞史」之於詞、甚或於時代的意義。下文將從「詞史」的角度對淮海詞人群體在詞的發展中的作用進行分析，從群體與時代的關係切入，探索其「詞史」書寫在時代中的意義。

第一節　「詞史」概念的確立和發展

「詞史」是宋代「尊體運動」的一個發展，是「從詩學裏去尋找資源」、與「詩史」表現範疇相同的一個概念。〔註 3〕

一、由「尊體」到「詞史」

較之「詞史」，「詩史」雖然是詩歌敘事傳統和抒情傳統相互交匯的重要命題，一直以來頗有爭論，但「詩史」的概念卻早已在唐代就完成了範疇界定。

唐人孟棨在《本事詩・高逸第三》中提到：「杜（甫）逢祿山之難，流離隴蜀，畢陳於詩，推見至隱，殆無遺事，故當時號爲『詩史』。」〔註 4〕此「詩史」之名所出。其後諸家以「詩史」之名，對其進行闡釋，也在這個過程中不斷擴大著「詩史」的含義。宋人蔡居厚《蔡寬夫詩話》云：「子美詩善敘事，故號詩史。其律詩多至百韻，本末貫

〔註 3〕張宏生：《清初「詞史」觀念的確立與建構》，清詞研究，2008 年第 1 期。

〔註 4〕丁福保輯：《歷代詩話續編》，北京・中華書局，1983 年版，第 15 頁。

穿如一辭，前此蓋未有。」〔註5〕又宋人黃徹云：「子美世號『詩史』。觀《北征》詩云：『皇帝二載秋，閏八月初吉。』《送李校書》云：『乾元元年春，萬姓始安宅。』又《戲友》二詩：『元年建巳月，郎有焦校書。』史筆森嚴，未易及也。」〔註6〕文天祥在《集杜詩自序》中言：「凡吾意所欲言者，子美先爲代言之，日玩之不置；但覺爲吾詩，忘其爲子美詩也。乃知子美非能自爲詩，詩句自是人情性中語，煩子美道耳。子美於吾隔數百年，而其言語爲吾用，非情性同哉？昔人評杜詩爲詩史，蓋其以詠歌之辭，寓紀載之實；而抑揚褒貶之意，燦然於其中，雖謂之史可也。」〔註7〕諸家之語如「善敘事」、「史筆森嚴」及「寓紀載之實，而抑揚褒貶之意」，對於「詩史」所言之事、及所用之春秋筆法都作了定義。唐宋之後，明清諸家對「詩史」旨意之辯繁多，贊同者如王文祿「蓋杜遭亂，以詩遣興，不專在詩，所以敘事、點景、論心，各各皆眞，誦之如見當時氣象，故稱詩史。今人專意作詩，則惟求工於言，非眞詩也」〔註8〕、施閏章「風騷而降，流爲淫麗，詩教漸衰。杜子美轉徙亂離之間，凡天下人物事變，無一不見於詩，故宋人目以『詩史』，雖有譏其學究者，要未可概非也」。〔註9〕

在眾多贊成的聲音中也不乏堅決反對者。明人楊愼即言：「宋人以杜子美能以韻語紀時事，謂之『詩史』。鄙哉宋人之見，不足以論詩也。夫六經各有體，《易》以道陰陽，《書》以道政事，《詩》以道性情，《春秋》以道名分。後世之所謂史者，左記言，右記事，古之

〔註5〕胡仔：《苕溪漁隱叢話 前集》卷十八，上海・上海古籍出版社，1987年版，第143頁。

〔註6〕黃徹：《䂬溪詩話》卷十八，北京・人民文學出版社，1986年版，第10頁。

〔註7〕文天祥：《集杜詩自序》，《全宋文》第359冊，上海・上海辭書出版社，2006年版，第100頁。

〔註8〕王文祿：《詩的》，《明詩話全編》第九冊，南京・江蘇古籍出版社，1997年版，第8972頁。

〔註9〕施閏章：《江雁草序》，《施愚山集》，合肥・黃山書社，1992年版，第68頁。

《尚書》、《春秋》也。若詩者，其體其旨，與《易》、《書》、《春秋》判然矣。《三百篇》皆約情合性而歸之道德也，然未嘗有道德字也，未嘗有道德性情句也。」〔註 10〕又王夫之有云：「詠古詩下語善秀，乃可歌可弦，而不犯史壘。足知以『詩史』稱杜陵，定罰而非賞。」此外，並不貶斥，而就「詩史」概念論者，如錢謙益：「三代以降，史自史，詩自詩，而詩之義不能不本於史。曹之《贈白馬》，阮之《詠懷》，劉之《扶風》，張之《七哀》，千古之興亡升降，感歎悲憤，皆於詩發之。馴至於少陵，而詩中之史大備，天下稱之曰『詩史』。」〔註 11〕雖然，「詩史」的概念在歷代的辯駁評說中，並未有個公認的、確定的概念，但是自孟棨言出，「詩史」的概念便得以確立。「詩史」之辯，在於杜甫與「詩史」之關聯。而對於「詩史」概念，諸家所論大體是相同的，所謂詩史，即是在詩與史中做一關聯，或以詩紀史，爲當世之鑒；或以詩論史，借古諷今；或以詩歎史，感懷傷今。

當「詩史」在歷代辯駁中漸進發展之時，詞壇也正在經歷由俗鄙到雅正、由「小道末技」到與詩文並立的漸進發展歷程。「詞史」概念在「尊體」的範疇之中，在宋元明間暫時不顯。自曲子詞始，詞就已經頗具豔麗的氣息了。經唐、北宋，這一嫵媚豔麗的體裁越來越多地成爲文人抒發豔情、閒情的主要文體。這一詞壇環境直至南宋，發生了改變。當詞人開始自覺，並希望詞能走進「文統」當中，詞便開始脫胎換骨，褪去「俗」、「淫」和戲謔之語，與「政教」發生關聯，開始以一種嚴肅、高雅的姿態出現。有人指出，尊體運動實則由南宋就已經開始。大致分爲詞的詩化、詞的雅化和詞的詩教化三種範式。〔註 12〕詞的詩化範式是以蘇軾開拓詩化詞風始的。「詩化」強調詞的

〔註 10〕楊慎：《升菴詩話箋證》，上海·上海古籍出版社，1987 年版，第 125 頁。

〔註 11〕錢謙益：《牧齋有學集》，上海·上海古籍出版社，2009 年版，第 800 頁。

〔註 12〕蘇利海：《晚清詞壇「尊體運動」研究》，北京·中國社會科學出版社，2013 年版，第 26 頁。

言志功能，並在詞的溫婉柔媚之外開拓了豪放的詞風和題材。在這一範式的影響下，詞所表達的內容得以擴大，題材也相對多元，表現的情感也豐富許多。詞的雅化範式主要是以張炎所倡「雅正」爲主要線索。張炎在《詞源序》中言：「古之樂章、樂府、樂歌、樂曲，皆出於雅正。粵自隋、唐以來，聲詩間爲長短句。至唐人則有尊前、花間集。迄於崇寧，立大晟府，命周美成諸人討論古音，審定古調，淪落後，少得存者。由此八十四調之聲稍傳。而美成諸人又復增演慢曲、引、近，或移宮換羽，爲三犯、四犯之曲，按月律爲之，其曲遂繁：美成負一代詞名，所作之詞，渾厚和雅，善於融化詞句，而於音譜，且間有未諧，可見其難矣。作詞者多效其體制，失之軟媚，而無所取。此惟美成爲然，不能學也。」〔註13〕張炎所論以「雅」爲核心，要求在音律上「守音合譜」，在詞章上結構勻稱，意境清空。總體呈現「渾厚和雅」之貌。詞的詩教化範式在一定時期內一直依附雅化、詩化兩種範式，以「比興寄託」、「忠君之感」爲主要標舉內容。總的來看，歷代「尊體」立場的出發點，「原就是在強調文學本質的博通性」，讓詞不僅囿於小道豔科的範疇內，擴大詞所表現的內容題材，將更廣闊的社會生活和情感和詞做一連接。然而詞在長期發展的過程中，歷代詞人和論者都不懈努力，意圖進一步提升詞的地位，但是就詞本身而言，其一直沒能眞正擺脫「小道末技」的頭銜。及至明末清初，又一種在「尊體」中的嘗試「詞史」之論應運而生。

二、「詞史」概念的構建

明確提出「詞史」概念的是清初陳維崧。陳氏有言：「蓋天之生才不盡，文章之體格亦不盡。上下古今，如劉勰、阮孝緒，以暨馬貴與、鄭夾漈諸家所臚載文體，釐部族其大略耳，至所以爲文，不在此間。鴻文巨軸，固與造化相關；下而讕語卮言，亦以精深自命。要之，穴幽出險，以厲其思；海涵地負，以博其氣；窮神知化，以觀其變；

〔註13〕張炎：《詞源注》，北京・人民文學出版社，1998年版，第9頁。

竭才渺慮，以會其通。爲經爲史，曰詩曰詞，閉門造車，諒無異轍也。」〔註 14〕陳氏此論，未就詞談詞，而是跳出詞的研究範圍，以社會、時代、文學爲價值判斷來對詞、詩、文等文體展開共同的討論。由社會時代往文學中看，各個文體都隨著時代的發展發生著變化。而此種變化並不因諸家之論而產生，也並非有著非常規律的盛衰的標誌和變化取向。文體自身的價值、文學創作本身的優劣也與盛衰無關，盛、衰之間，都有其特定的之於歷史時代的價值所在。

陳氏的創見在於其改變了由詞論詞的視角，將文學、特別是詞放到歷史和更廣闊的社會生活當中。詞和詩一樣，都能表現社會生活中的各個方面，也能有其獨特的意義價值所在。從這個角度出發，陳氏一併對文體間的優劣判斷問題作了辯駁：「客或見今才士所作文，間類徐、庾儷體，輒曰：『此齊梁小兒語耳。』擲不視。是說也，予大怪之。又見世之作詩者，輒薄詞不爲，曰：『爲輒致損詩格。』或強之，頭目盡赤。是說也，則又大怪。夫客又何知？客亦未知開府《哀江南》賦，僕射在河北諸書，奴僕《莊》、《騷》，出入《左》、《國》，即前此史遷、班掾諸史書，未見禮先一飯，而東坡、稼軒諸長調，又駸駸乎如杜甫之歌行與西京之樂府也」。〔註 15〕他明確指出文體間無優劣之分的道理。在他看來《哀江南賦》和《離騷》各有其長處，也各有獨特的價值。文學創作的價值不能因文體的優劣而發生「貶值」的情況。

在此基礎之上，陳氏標明了其爲詞正聲的目的，就詞之尊體必要進行了討論。「今之不屑爲詞者，固無論。其學爲詞者，又復極意《花間》，學步《蘭畹》，矜香弱爲當家，以清眞爲本色；神瞽審聲，斥爲鄭衛，甚或爨弄俚詞，閨襜冶習，音如濕鼓，色若死灰。此則嘲詼隱瘦，恐爲詞曲之濫觴所慮，杜夔、左驔，將爲師涓所不道，輾轉流失，長此安窮？勝國詞流，即伯溫、用修、元美、徵仲諸家，未離斯弊，

〔註 14〕陳維崧：《詞選序》，《陳維崧集》，上海・上海古籍出版社，2010 年版，第 54 頁。

〔註 15〕陳維崧：《詞選序》，《陳維崧集》，上海・上海古籍出版社，2010 年版，第 54 頁。

餘可識矣。」〔註 16〕此前的優劣之論，都爲此論作了鋪敘。文體之優劣不存，因而談詩的同時也當論詞。各個文體創作與其自身發展相關，也與時代互有關聯，因而每個文體都需要有一個具體的導向和判斷。總的來說，一代有一代之文學，即文學表達要與時代相互契合。契合的即爲優者。最末他講「選詞所以存詞，其即所以存經存史也夫」，標明「詞史」之概念內核。陳維崧在其時代當中，濡染其時代的風貌，發其所想，成一家之言。其「詞史」概念的提出不僅讓詞從詩文等文體中徹底跳脫出來，還眞正意義上將詞與時代聯繫起來，完成了「詞史」概念在清初的建構。

就詞史的概念建構來說，接續陳氏的是周濟。周氏有言：「感慨所寄，不過盛衰；或綢繆未雨，或太息厝薪，或己溺己饑，或獨清獨醒——隨其人之性情、學問、境地，莫不有由衷之言。見事多，識理透，可爲後人論世之資。詩有史，詞亦有史，庶乎自樹一幟矣。若乃離別懷思，感士不遇，陳陳相因，唾瀋互拾，便思高揖溫、韋，不亦恥乎。」〔註 17〕在周濟的言論中，清代「詞史」概念的構建便完成了。周濟所論述的角度與陳維崧完全不同，陳氏從大時代裏論道「小詞」的重要，標舉「小詞」的歷史意義。而周濟則從著詞之人來說詞和詞史的關係。在周氏看來，詞人所言不過「盛衰」二字，或言一己之盛衰、或言一家、一國之盛衰。而所論盛衰的範疇大小，全看其人胸懷、視野之大小。也就是葉嘉瑩所講：「詩詞的作用，就是引起你對於人世，對於萬物關懷的一種感情，而關懷愈大，作品的品格和詩詞的境界也就愈高愈廣。」〔註 18〕詞人之所以能以詞論世，全看詞人是否具有關懷天下、萬物之情懷。更爲特別地是，周氏意識到了詞所特有的

〔註 16〕陳維崧：《詞選序》，《陳維崧集》，上海・上海古籍出版社，2010 年版，第 54 頁。

〔註 17〕周濟：《介存齋論詞雜著》，《詞話叢編》，北京・中華書局，1986 年版，第 1630 頁。

〔註 18〕葉嘉瑩：《論清代詞史觀念的形成》，河北學刊，2003 年 7 月第 23 卷第 4 期。

感懷性質，這也是詞作爲獨立的文體、區別於詩的一種獨特氣質。這種氣質也讓詞在敘述上很多時候是由微小之處著筆的。詞之所論往往由微小的事件和微妙的感情相互摻合而成，論其事、感其懷，所論可由小論小，亦可由小及大。至此，陳、周二人所論已經基本完成了清代對於「詞史」的構建。

除陳、周二人外，丁紹儀在評陶樑詞時即以詞史意識論，其言：「長洲陶鳧薌宗伯（樑）則舉平生境遇，自係以詞。寓編年紀事於協律中，實爲詞家創格……昔人稱少陵韻語爲詩史，此詞正可作詞史讀也。」〔註19〕丁紹儀將陶樑以時事入詞的作品與杜甫詩史相媲美，並在評詞時，明確以「詞史」概念作討論。與此同時，謝章鋌也在評《約園詞》時，明確標舉詞史概念：「予嘗謂詞與詩同體，粵亂以來，作詩者多，而詞頗少見。是當以杜之北征諸將陳陶斜，白之秦中吟之法運入減偷，則詩史之外，蔚爲詞史，不亦詞場之大觀與。惜填詞家只知流速景光，剖析宮調，鴻題巨製，不敢措手。一若詞之量止宜於靡靡者，是不獨自誣自隘，而於派別亦未深講矣。夫詞之源爲樂府，樂府正多紀事之篇。詞之流爲曲子，曲子亦有傳奇之作。誰謂長短句之中，不足以抑揚時局哉。」〔註20〕謝氏以「抑揚時局」對「詞史」概念的範疇作了定義，並從詩詞同體的角度，對兩種文體、尤其是詞在表現社會歷史風貌或事件上的重要作用予以明確。謝氏以「樂府」和「曲子詞」這兩個概念的內涵爲出發點，從詞的源頭來看「詞史」意識及其功能，指出詞已經由自誣自隘的靡靡之音，發展成爲能論「鴻題巨製」的文體。

「詞史」這一詞學觀，由「詩史」出發，歷經陳維崧、周濟、謝章鋌諸家，最終在清代完成了建構。這一概念之所以能夠在這段時期

〔註19〕丁紹儀：《聽秋聲館詞話》，《詞話叢編》，北京．中華書局，1986年版，第2722頁。

〔註20〕謝章鋌：《賭棋山莊詞話》，《詞話叢編》，北京．中華書局，1986年版，第3423頁。

內形成，並能迅速地發展、延續，其形成因素主要有如下四點：其一，詞本身的美感特質因素，是「詞史」觀形成的基本因素。「要眇幽微、低回婉轉」是詞特有的美感特質。這一特質讓詞較之詩，更易「表現一種言外深隱的意味」。〔註 21〕這一特質不僅讓詞這一文體獨立出來，也是「詞史」能從「詩史」中獨立出來的基礎。其二，「詞史」概念的確立，深受詞自身歷史演進因素的影響。就詞的發展來看，及至清代，詞的範式演進有了擴展，主題內容逐漸豐富。從「尊體」要求出發，「詞史」概念在詞的自身演進中應運而生。其三，「詞史」概念能在清代確立，與其所處的歷史時代息息相關。歷史時代的因素直接催生了「詞史」觀。陳維崧處在明清易代之際。詞人不僅要承受戰亂的苦痛還要直面易代的世事；周濟所處的嘉道時期，社會動盪，亦有外敵入侵，社會情狀混亂；謝章鋌所處咸同年間，內憂外患並存，社會風貌也在洪楊之亂中呈現慘澹。三人所處的歷史時代直接而明確地影響了他們對於詞的思考。其四，詞人、詞論者自身的研究背景也決定了「詞史」概念的形成。一部分的清代論詞者，不僅能詞，還有著較為深厚的經史研究背景。周濟「借史事自抒猷畫，非徒考據而已」。謝章鋌於漢學考據、經世之學中均有建樹。論詞者的學術背景，特別是史學研究背景成為「詞史」觀構建和承襲的又一重要因素。

第二節　淮海詞人群體的「詞史」書寫

在「詞史」概念架構的同時，「詞史」的創作實踐也在同時進行著。清代「詞史」寫作自明清之際始，並且每一段「詞史」創作高潮都與時代中的巨大變遷緊密相連。明末清初，巨大的社會變動讓詞人們以詞筆記錄社會變局和歷史。在雍、乾兩朝相對平靜的社會狀態下，「詞史」創作經歷了一段時期的沈寂。自道光年間鴉片戰爭開始，「詞史」書寫又漸漸出現。

〔註 21〕葉嘉瑩：《論清代詞史觀念的形成》，河北學刊，2003 年 7 月第 23 卷第 4 期。

及至咸同時期，太平天國戰爭和第二次鴉片戰爭成爲激發「詞史」創作的兩大歷史事件。在社會時代因素的刺激下，詞人們直面社會現實，以「詞史」書寫展現出不遜於詩體的「群」、「怨」功能。〔註22〕在這段時期內，以謝章鋌爲核心的聚紅榭詞社詞人群體，以同題「詞史」寫作等創作方式，用詞來表現時代的慷慨悲歌。與其同時，在太平天國戰爭漩渦核心的江淮地區，淮海詞人群體也以「詞史」書寫，反映時事變遷，傳達亂世之中「歌哭無端的複雜情感」。〔註23〕

淮海詞人群體中，常爲世人以「詞史」論者當爲蔣春霖。但縱觀整個淮海詞人群體的創作，無一不體現著極強的「詞史」書寫意識。面對屢遭兵鋒的生活，淮海詞人對社會情狀形成了一種特有的、共同的條件反射，即「詞史」書寫。這種創作方式，是淮海詞人在共同的歷史條件背景下，達成的創作「默契」。他們呈現了咸同社會最無端的情狀，也抒寫了士子最無緒的心靈苦痛。其筆下不僅有直觀的「社會生活史」，也有潛藏於社會生活中的「心靈史」。

淮海詞人群體的「詞史」書寫首先表現在其對社會生活、社會情狀的描摹上。在「詞史」這一詞學觀的影響下，詞人聚焦於重大社會歷史事件上，並對在其影響下的社會作面面觀，構築歷史事件影響下的「社會生活史」。淮海詞人用「詞史」書寫，將詞這一文體與太平天國戰爭作了深度地聯結，把筆觸深入到戰爭及其相關的方方面面。他們描寫戰時的軍營戰鼓、笳聲烽煙；劫後的故園荒城、枯樹空山；鄰家舊識的散失，妻兒父兄的流散；日漸頽廢的國事和支離破碎的家事。淮海詞人群體對太平天國戰爭的描摹，上文「戰爭之什」中已有展開，在此不做贅語。較之對戰爭廣泛地書寫，淮海詞人在特定歷史時間點，針對特定事件的創作，更能突顯其「詞史」書寫，下文即以淮海詞人對咸豐癸丑年揚州城陷的反映爲例，做一說明。

〔註22〕莫崇毅：《劫後花開寂寞紅——論道咸時期的「詞史」寫作》，江蘇師範大學學報（哲學社會科學版）·2015年5月第41卷第3期。

〔註23〕蘇利海：《晚清詞壇「尊體運動」研究》，北京·中國社會科學出版社，2013年版，第9頁。

洪楊亂起事於道咸年間。這場禍亂在偶然和必然、天助與人助的共同作用下，一直從西南的金田村蔓延到了長江中下游的南京。在咸豐癸丑年（1853）前，對於江南、淮海地區的人來說，他們並未見過這群「身著狐腿馬褂，灰鼠披風，紅綠五彩」的人，也無法預知生活在這群人影響下的巨大改變。癸丑年，太平軍一路北上，攻佔南京，並定都於此。是年二月，太平軍已經進入揚州城中。「癸丑二月，盜入省城。廣陵兵不滿千，四面受敵。」〔註 24〕在二月後，清軍和太平軍在揚州城中展開拉鋸式的戰役。揚州城在兩方力量的不斷撕扯下，變得荒蕪而破碎。城中百姓、戰士死傷無數。據載：「琦侯諭府縣雇役夫，將城內難民抬至北郊，俾人識認午後，淮泗橋鐵佛寺一帶無非焦頭爛額踖腿折足之人，慘極矣。」〔註 25〕又，「城門外無弔橋，僅以二尺寬之跳板渡人。人爭往來，擁擠填塞，間不容髮，進而復退者眾矣。萬一入城尋覓親丁死屍，屍之哉故宅者猶可雇役抬埋，屍之哉寺觀市廛等處本有錦繡衣衾裹束，奈被大兵剝去，以致斷頭折足，不可識認。」〔註 26〕此種慘狀，不一而足。戰爭的爆發、推進，是可預見的、必然的。但是百姓安穩生活發生的截斷，卻是驟然的；親友的離散或是死亡，也是驟然的。現世情狀的驟然發生，成爲詞人「詞史」創作的激發點。詞人在此事件的刺激下，由戰中百況，紀揚州城陷事，感慨寄託間，呈一番尤爲慘痛的「詞史」書寫。

淮海詞人在癸丑城陷時各有行跡。如范凌雙、吳熙載、郭夔等原本世居城內，城陷時，逃出蕪城。城陷後數月，同人在七夕避難他地

〔註 24〕姚憲之：《粵匪南北滋擾紀略》，羅爾綱、王慶成主編：《近代史資料叢刊續編：太平天國 4》，桂林・廣西師範大學出版社，2004 年版，第 86 頁。

〔註 25〕姚憲之：《粵匪南北滋擾紀略》，羅爾綱、王慶成主編：《近代史資料叢刊續編：太平天國 4》，桂林・廣西師範大學出版社，2004 年版，第 101 頁。

〔註 26〕姚憲之：《粵匪南北滋擾紀略》，羅爾綱、王慶成主編：《近代史資料叢刊續編：太平天國 4》，桂林・廣西師範大學出版社，2004 年版，第 86 頁。

時，作同題唱和。范凌雙有《邁陂塘·癸丑七夕和吳讓之》詞云：「怕蟲鳴，草間私語，淒涼秋到平楚。銀河自昔傷離甚，豈獨近年牛女。何太苦，悵十里揚州，無復陳瓜處。鵲橋一度，願與爾南飛，女牆依約，風月未孤負。　　隋堤路，鬼唱秋墳黃土，當時枉自歌舞。生離死別須臾耳。寂寞恒河沙數，愁萬縷，欲問遍青天，閶闔重重阻。桑榆已暮，但得見君平，支機辨石，蕭瑟任終古。」〔註27〕譚獻有「詞史」二字評注此闋。范氏以七夕典故入詞，點名時地人事。「隋堤」上，萬條垂楊間歌舞不再，替以「鬼唱」、「秋墳」、「黃土」。歌吹漫天的揚州城，此時景象卻是如此蕭瑟恐怖。詞人所歎的分離，何止是牛郎織女的分別，更是蕪城間芸芸眾生的生離死別。「支機辨石」，詞人在末尾重回七夕事，卻「桑榆已暮」、「蕭瑟終古」，再歎人間這一遭有如易世一般的劫難。同日，吳熙載也有同題之作《陂塘灤·癸丑七月寓邵伯埭同人有七夕詞屬和焉》，詞云：「問天河，可能回挽，洗將離恨都去。雙星未識人間世，今夕那同前度。空自語，料不是銀沙，怎斷來時路。心傷莫訴，勝鵲噪荒城，畢逋予尾，瑟縮甚情緒。　　盈盈步，尚憶當筵兒女。鍼樓依約如故。空階指著同生死，要與證盟休負。愁萬縷，縱卜了他生，先把今生誤。匏瓜獨處，任海水枯時，昆池劫盡，難謝此心苦。」〔註28〕吳氏通篇以七夕爲題，無一字烽煙禍亂，卻道盡揚州城陷的淒涼悲慘。「雙星未識」的「人間世」便是詞人最不忍見得、想得的慘事。「勝鵲噪荒城」，所論爲城內易主之事。下闋講了生死，卻以「證盟」所託。末句昆池劫盡，終道出眞的辛苦來。昆池是漢武帝於長安近郊開鑿而成的，宋代堙沒，徐渭有「銅柱華封盡，昆池漢鑿空」語。詞人以昆池劫比揚州城陷，將最後難以藏匿的悲痛全盤托出。七夕後一日，同人又聚。范氏作《水調歌頭·癸丑七夕後二日，九松道院同讓之芮宜庵郭堯卿》，詞云：「今夕是何夕，

〔註27〕范凌雙：《冷灰詞》，《淮海秋笳集》，《揚州文庫》，揚州·廣陵書社，2015年版，第606頁。

〔註28〕吳熙載：《匏瓜室詞》，《淮海秋笳集》，《揚州文庫》，揚州·廣陵書社，2015年版，第606頁。

與子結綢繆。銀河繞灑淚雨，隨意便成秋。天客自由東歸，後儂自湖復出，一別幾年頭。（宜庵歸自濟南）惟有對九老，把殘夜如流。　疏蟬唱、孤鶴警，傍高樓，蒼天何事，沉醉不死欲何求。那有謫仙遊戲，縱使金丹服食，無地可忘憂。回首眺城郭，兵氣作雲浮。」〔註29〕再聚，范凌雙仍以七夕爲題，將所言之事，所託之情藏在牛女之是事中。詞人繼續用小序標舉時間。才隔日，悲愁哪能消去。「銀河繞灑淚雨」，傷心事，再託言淚雨中。「沉醉不死欲何求」，震慟之外，恐懼、無奈的情緒交雜著。詞人目之所及皆爲傷心地，全然無法解憂。全闋都論傷心，念悲情。詞末十字，赫然在目，點醒悲痛主題。詞人往昔集聚，當爲雅集，多有唱酬。而此時，縱是七夕佳日，所作都呈現萬點淒涼，不見人事，只聞鬼談，何其淒涼。

除了從蕪城逃出的詞人外，還有一大批詞人並未親歷城陷之劫，卻在揚州周邊泰州、東臺等地，聽聞了此間慘狀。其時避地泰州的蔣春霖便是其中一位。蔣氏《踏莎行・癸丑三月賦》作於此時：「疊砌苔深，遮窗松密。無人小院纖塵隔。斜陽雙燕欲歸來，捲簾錯放楊花入。　蝶怨香遲，鶯嫌語澀。老紅吹盡春無力。東風一夜轉平蕪，可憐愁滿江南北。」〔註30〕詞人所歎當爲南京、揚州城陷之事。欲歸來的「雙燕」卻未歸，倒有「楊花」入，講城之易主。轉眼間，江南江北愁容滿是，一片平蕪，既道盡了戰中的景，也說穿了戰中的事。同記癸丑事的還有，鹿潭《臺城路》記敘南京城陷事；杜文瀾《月下笛・舟泊茱萸灣》記邗江軍中事；馬汝楫《高陽臺・癸丑七夕後二日，赴國博試病臥棘□淒然有作》記途中即景等等。詞人不談揚州城、不談陷落事，不論今古之過錯，就歎其哀情，以典寄託，既寫出了詞特有的哀情，也以詞紀史，以史存詞。

〔註29〕范凌雙：《冷灰詞》，《淮海秋笳集》，《揚州文庫》，揚州・廣陵書社，2015年版，第606頁。

〔註30〕馮其庸：《〈水雲樓詩詞〉輯校》，《蔣鹿潭年譜考略〈水雲樓詩詞〉輯校、重校〈十三樓吹笛譜〉》，青島・青島出版社，2014年版，第24頁。

淮海詞人除了以史入詞之外，詞人通過書寫也體現出了士子在時代中的內心情感，對時代中的士子心緒和矛盾心態進行描繪，對一代士人的精神處境和精神生存狀態予以還原。世變日亟之時，詞作爲一種以抒情遣懷爲主的文學形式，有著錯落的韻律和形態，在寄託文人感觸、反射心靈面貌中別有優勢。文人也在詞的創作中將多緒的心境和不得志之抱負存放在詞的字裏行間。

在葉嘉瑩看來，當詞人處在一個弱勢的地位，因之這種弱勢的美感就使得詞更形微妙。當詞要寫一種弱勢的、被損害的、被侮辱的感情時，詞體是更容易、更適合寫這種感情的。〔註31〕因由淮海詞人在特殊時代的特殊生活狀態，也根據其所處的被動的社會地位，他們才得以能夠以「詞史」書寫他人無法寫之情，歎他人無法歎之感。對淮海詞人群體中人來說，詞人是被迫扯離安穩的生活軌跡的，他們大多只能四處漂泊。原本生活並不如意或富足的他們，還要被時代的災難牽扯，處境實在困厄，心境也著實複雜。淮海詞人群體所共有的一種情感狀態正是葉嘉瑩所論的「弱勢的、被損害的、被侮辱的」感情。總的來看，淮海詞人群體詞人不倦書寫的是以下三種感受：一，漂泊者的孤苦心境；二，士子抱負無處施展的無奈心境；三，「國將不國」的恐懼幽憤心境。

淮海詞人不常用深奧奇崛之語，往往以幾個平凡簡單的意象，便能拼一種別樣的惆悵出來，書寫漂泊中的孤苦心境。如汪鋆《高陽臺》（碧玉煙凝）「當筵不少琵琶問，琵琶語爲誰温，莫逡巡，人去花陰，幽緒難論」〔註32〕、《掃花遊・秋陰》（晚煙漾碧）「雲意和酲住。鎮閣夢籠愁，暗催詩句。故人在否。又黃昏過了，綠窗無語，團扇徘徊，更少寒鴉影妒」〔註33〕等，詞人在行旅間形單影隻，因而時常念及舊

〔註31〕葉嘉瑩：《論清代詞史觀念的形成》，河北學刊，2003年7月第23卷第4期。

〔註32〕汪鋆：《梅邊吹笛詞》，《淮海秋笳集》，《揚州文庫》，揚州・廣陵書社，2015年版，第607頁。

〔註33〕汪鋆：《梅邊吹笛詞》，《淮海秋笳集》，《揚州文庫》，揚州・廣陵書社，2015年版，第608頁。

友，但往往在戰亂流離間，故友也流落不再。問愁，卻無處擱置這般愁苦，雖問「故人在否」，卻也尋不到故人。此種無依無靠不僅是生存上的無依無靠，更是精神上的無依無靠。詞人幾經周轉的漂泊宿命也讓他們在精神上多了漂泊之感，孤苦之心境不言而喻。寫漂泊零落之感的還有張丙炎《海棠春・本意》（香霏閣外東風軟）「夜瘦西湖，繡幕羅襦。悵悵銀漢滾弦珠。獨客孤舟清夢杳。猶聽吳歈」〔註 34〕、郭夔《玲瓏四犯・書友人越中歸棹詞後》（入剡興闌）「天涯曠，懷孤寄。想君應笑我，空自凝睇。杭州君說與，約略新聲裏」〔註 35〕等。詞人頻繁空「懷」，常道「孤」感，以「孤舟清夢」、「懷孤寄」等寄託漂泊之情，筆下所見，皆是無依的「空」和愁緒。漂泊之時的孤苦感受，一覽無餘。除了此種感受，淮海詞人對士子抱負無處施展的無奈心境，也多有書寫。如姚正鏞《鶯啼序》「而今心跡笛裏」、張安保《念奴嬌》「獨立蒼茫，空浩歎，誰掃鯨鯢巢穴。直抵黃龍，迎歸車駕，痛飲心猶熱」〔註 36〕等。兩闋都抒發了豪情滿懷卻無處得志之感。其時士子的悲慟、無奈，大抵都在淮海詞人的書寫中可以得見。較之對抱負施展的書寫，詞人對「國將不國」的幽憤心情處理顯得十分隱晦。比如蔣春霖《木蘭花慢・江行晚過北固山》（泊秦淮雨寄）：「嬋娟。不語對愁眠。往事恨難捐。看莽莽南徐，蒼蒼北固，如此山川。鉤連。更無鐵鎖。任排空、檣櫓自迴旋。寂寞魚龍睡穩，傷心付與愁煙。」〔註 37〕詞人在京口北固山上，遙望莽莽南徐山脈，作「往事恨難捐」語，歎故國新霜之變。勾連鐵索、檣櫓迴旋，北固山下多少興

〔註 34〕張丙炎：《冰甌館詞》，《淮海秋笳集》，《揚州文庫》，揚州・廣陵書社，2015 年版，第 614 頁。

〔註 35〕郭夔：《印山堂詞》，《淮海秋笳集》，《揚州文庫》，揚州・廣陵書社，2015 年版，第 616 頁。

〔註 36〕張安保：《晚翠軒詞》，《淮海秋笳集》，《揚州文庫》，揚州・廣陵書社，2015 年版，第 605 頁。

〔註 37〕馮其庸：《〈水雲樓詩詞〉輯校》，《蔣鹿潭年譜考略〈水雲樓詩詞〉輯校、重校〈十三樓吹笛譜〉》，青島・青島出版社，2014 年版，第 16 頁。

亡天下事在詞人眼裏，最終都「付與愁煙」。此闋所歎，是北固山上之事，亦是國事。而此間詞人的幽憤心境盡顯。

由上文可見，淮海詞人群體以其詞筆，對咸同時代進行了書寫。詞人們不僅聚焦在時代的「社會生活史」中，對亂象和慘痛的社會經歷展開書寫，還表現了士人的「心態史」，以詞之宛轉哀綿，表達其時士子的多重心態。也因由他們在行旅間的不輟書寫，讓其產生了之於詞、之於時代的深刻意義。

第三節　淮海詞人群體的「詞史」意義

淮海詞人群體中人在太平天國戰爭的時代背景下，以「詞史」觀爲重要創作理念，對太平天國戰爭下淮海地區的風貌進行描摹，在展現抑揚時局的同時，以哀情訴說其時士子的多重心緒。因由特定的歷史背景和創作觀念，詞人的群體書寫也有著特別的意義。其意義主要體現在兩個方面：其一，淮海詞人群體的集體書寫對「詞史」觀在清代的發展有特別的意義。其二，詞人群體的集體創作對咸同時期的社會歷史本身亦有意義。下文將從這兩個方面展開析論。

一、淮海詞人群體「詞史」書寫對於「詞史」觀發展的意義

淮海詞人群體在「詞史」發展中的意義具體體現爲：一，詞人群體以其「詞史」書寫實現了「詞史」理論的又一次實踐，將概念由理論向實踐又推進了一層；二，淮海詞人的創作增強了「詞史」的藝術表現力，群體中人多以哀音苦調爲創作基調，不僅增強了創作的抒情性，也將詞獨特的美感特質融合在「詞史」概念中；三，淮海詞人群體豐富了「詞史」的創作手法，在其筆下不僅有賦筆直書、更多見比興寄託，在感慨寄託之中更凸顯「詞史」概念。

淮海詞人群體的「詞史」書寫是繼第一次鴉片戰爭間，林則徐、鄧廷楨等人的「詞史」唱酬之後，又一次群體創作實踐。淮海詞人群

體與謝章鋌等人的聚紅榭詞社等共同構築了咸同詞壇的「詞史」創作風貌，爲清末王鵬運、文廷式等詞人的創作打下了基礎。淮海詞人的「詞史」書寫，是「詞史」觀發展中一個不可缺少的重要環節。在上文中曾提到，「詞史」往往是伴隨著社會動盪發展的，淮海詞人群體的創作亦與太平天國戰爭有著密切關聯。以中下層士人爲主要組成的淮海詞人群體，在咸同年間被動地捲入太平天國戰爭，他們不似道光間林、鄧等人能直入沙場，揮斥方遒，而僅能不斷地因戰爭輾轉、逃散。戰爭對他們的影響是驟然的、被動的。在突變的世事間，在強大的外部條件的變化刺激下，詞人的所感、所想亦發生了驟然的、巨大的變化，這一變化也反映在詞人的創作內容和表現手法中。因而較之其他詞人或詞人群體的「詞史」創作，淮海詞人群體的書寫實踐具有很大的被動性，這是其特點之一。在大環境影響下，詞人以其敏感的感情，聯繫實際生活，以「詞史」鑄詞，自覺地完成了「詞史」的創作實踐。淮海詞人群體以自覺方式展開「詞史」書寫，是其特點之二。

其自覺性不僅體現在群體的創作中，在其詞論闡發中也有線索。群體中人很多並未接觸過「詞史」的概念，詞人群體中也未有人明確標舉「詞史」這一詞學觀。縱觀淮海詞人群體的理論探索，其中雖然沒有明言「詞史」，但在論述中，群體中人不乏一些自覺的「詞史」意識。杜文瀾《憩園詞話》中對周濟「感慨所寄，不過盛衰」、「詩有史，詞亦有史，庶乎自樹一幟矣」、「學詞先以用心爲主，遇一事，見一物，即能沉思獨往，冥然終日，出手自然不平」等語，作了「切脈近理、深造有得之語」的評價，稱其「持論極高，閱之自增見地。初，戈順卿論詞吳中，眾皆翕服」。他將國初諸老輩，如朱竹垞、陳迦陵、厲樊榭諸先生等同論，以其「能矯明詞委靡之失，鑄爲偉詞」爲「卓然大雅，自成一家」。李肇增亦嘗言：「白石抽妍於淮左，方回寫恨於江南。東野巴人，亦參帷席。此則連情散藻，山豔水波，溯寫流風，誠不減漳川之舊賞也。然而秦川公子，茹歌流離；杜陵野翁，含傷羈泊。撝黃金而已盡，紛赤樟兮橫來。」〔註 38〕李氏在《淮海秋笳集》序中以此論來標明輯錄主旨。在上文中也提到，是集的編選準則並未有明確的詞派取向或詞論取向，而是以在太平天國戰爭影響下的黍離悲歌爲準則。李肇增雖不明確以「詞史」論，但由其編選準則也可略見「詞史」意識。淮海詞人吳熙載嘗言：「余近年六十有九，文業久廢，回憶少時，奉教常州周保緒、李申耆、董晉卿、張翰風諸先生，揚州之汪冬巢、王西御諸公論議，幾同隔世。人琴之感，不能自已。篇什之佳，其能捨諸？」〔註 39〕吳氏此論便是對周、李諸家主張予以肯定的表現。吳氏少從周濟遊，其中「人琴之感」可見其在詞上的交往與研習之深。因而，周、李等人的詞論主張亦對吳熙載有所影響。綜上，雖然淮海詞人群體未有形成在陳、周之後，具體的、明確的「詞史」主張，詞人群體亦是受極大的被動驅使展開創作，但是淮海詞人還是以詞人之敏感，自覺地書寫了「詞史」，推動了「詞史」理論的實踐，成爲「詞史」發展道路上極爲重要的一處「中間環節」。

淮海詞人創作最爲突出的特點即是其創作多爲「哀音苦調」。作爲群體最爲明確的創作特徵，群體對「哀音苦調」的不斷書寫和強調也增強了其「詞史」書寫的藝術感染力，讓「詞史」創作在精練敘事之外，抒情成分亦有所提升。淮海詞人之所以能獨吟哀苦之音，一方面是詞人所受之苦讓其感發此感，另一方面淮海詞人多尊崇南宋遺風，以白石、玉田爲宗，力求雅正、清空和聲律上的圓滿。此論體現在創作上，便是較爲崇尚哀婉綿麗的詞風，排斥豪放疏宕的創作風格。在此兩者的疊加之下，淮海詞人群體對於詞美感特質的表達和抒情性的要求就尤爲突出了。因而，詞人以筆下的玉箋珠字，道盡故國新霜之淒涼；以多重影響疊加下產生的巨大「哀情」，增加了詞在敘事之餘的藝術感染力，凸顯了詞本身要眇宛轉的美感特質。

〔註 38〕李肇增：《淮海秋笳集序》，《淮海秋笳集》，咸豐十年遲雲山館刻本。

〔註 39〕黃錫禧：《棲雲山館詞存序》，《棲雲山館詞存》，同治六年（1867）刻本。

淮海詞人群體在「詞史」創作中，多見比興寄託。其「詞史」意義也體現在其俯仰之間的縱筆寄託中。相較於前代林則徐「最堪憐，是一丸泥，損萬緡錢」、「問煙樓、撞破何時，怪燈影、照他無睡」的直筆書寫，蔣春霖「雁程緊，試悄向故園，先探芳訊」、「回首竹西路。剩鴉宿孤村，雁驚遙戍」〔註 40〕等寄託之語，層次更深，更令人有一唱三歎的感受。淮海詞人群體的寄託之法上文已作論述。究其比興寄託之原因大概有二，其一，淮海詞人的社會地位不高，在時局動盪中，詞人不會選擇「直言賈禍」、再蒙禍難，而是選擇以安全的「美人香草」比興，寄託言外之意。其二，淮海詞人群體創作以南宋爲傳統，頗有古風，追求蘊藉含蓄、「有餘部盡之意爲佳」。群體中，受教於周濟、或贊同周氏比興寄託者也不在少數。因而淮海詞人，將比興寄託之法融入「詞史」中，讓「史詞」更別具深意。

綜上，淮海詞人群體以其「詞史」書寫，推動了「詞史」觀的構建和發展，集群體之力完成了這一理論在咸同年間的實踐。群體詞人在擁鼻苦吟中，以苦調哀音爲創作特色，增添了「詞史」的抒情性，並提升了這一理論的藝術感染力。此外，淮海詞人以比興寄託之法，言無法言說之情、道「余不盡之意」。以上三點是爲淮海詞人群體之於「詞史」發展的意義。

二、被啓動的「歷史記憶」——淮海詞人群體「詞史」書寫對於社會歷史的意義

淮海詞人群體的「詞史」書寫除了對詞的演進、「詞史」概念的發展有著重要意義之外，還有其之於咸豐、同治兩朝歷史社會的意義。上文「詞史」書寫節中，論文從淮海詞人對「社會生活史」和「社會心態史」的書寫論述詞人創作，其意義亦體現在這兩個方面。

〔註 40〕馮其庸：《〈水雲樓詩詞〉輯校》，《蔣鹿潭年譜考略〈水雲樓詩詞〉輯校、重校〈十三樓吹笛譜〉》，青島·青島出版社，2014 年版，第 34 頁。

其一，詞人群體以其「審外」的寫作，對大時代生活情狀進行描摹，集群體之力，構畫了一幅咸同時期社會風貌的圖景。一般來說，把記憶寫成文字，留存於後世，是史家的使命，淮海詞人群體中人以我筆寫時代，亦完成了這一使命。其二，淮海詞人以「審內」的寫作，對士人特殊而矛盾心態的進行描摹，在「審內」時，挖掘出隱藏的社會線索，由士人心態出發，對社會歷史的另一個層面進行詮釋。在這兩個意義的基礎上，詞人群體最終以「詞史」書寫，啓動了咸同時期完整的「歷史記憶」。

淮海詞人群體能保有社會歷史意義的關鍵在「群體」中。林立在研究清遺民詞史曾言：「隨著晚清社會結構的進一步變化，傳統文人群體日漸邊緣化，組成文人集團以進行共同創作就成了其相互認同與爭取話語權的重要形式。」〔註 41〕由此可見，隨著時代的不斷推移，及至晚近，傳統文人的「邊緣化」趨勢已經不可避免。隨著歷史的發展，士子的個體意識已經覺醒，追求個性和自我的要求已經出現在他們身上。在此刻選擇「群體」，選擇「聚合」看似毫無可能。因爲向來在一個前途未卜的時代，「群體」都意味著「個性的喪失」，「意味著在迅速變動的歷史關頭放棄責任，隨波逐流。」〔註 42〕但實則，士子在此刻的「聚合」，並不意味著他們要拋棄自我之個性風格，他們以這種方式獲得相互間的認同，並借由這種認同，獲得屬於群體的「集體話語權」。除了「集體話語權」，群體的「集體記憶」也是「聚合」得以完成的重要基礎。張隆溪指出：「一個有悠久歷史的民族必然是重視記憶的民族，無論是個人還是集體的記憶，無論是愉快或者痛苦的記憶，也無論是積極開放的或受到壓抑而隱秘的記憶，都是記憶鏈條的環節，而歷史就有賴於這記憶的鏈條。」〔註 43〕不論愉快還是痛苦、積極明確

〔註 41〕林立：《滄海遺音：民國時期清遺民詞研究》，香港・香港中文大學出版社，2012 年版，第 233 頁。

〔註 42〕劉昶：《人心中的歷史》，成都・四川人民出版社，1987 年版，第 378 頁。

〔註 43〕張隆溪：《記憶、歷史、文學》，《外國文學》，2008 年第 1 月，第 1 期。

或是壓抑隱秘，在「個體記憶」鏈條的不斷匯聚之下，「集體記憶」由此產生。對個體來說，當其在「集體」中找到了相同的「集體記憶」，能認同其觀點、替其發聲的「集體話語權」，其對「群體」的歸屬即由此產生，群體的聚合也漸次得以完成。繼而，對一個群體來說，從集體記憶、到集體創作，再由集體創做到爭取集體話語權，最終由話語權中落定「集體記憶」，即是文人群體聚合的動態過程。

淮海詞人的「集體記憶」，讓他們對於特定歷史事件，尤其是太平天國戰爭產生了共同的心理狀態和情感。他們集中而厚重的表達，對其時風貌的描述，從一個別樣的角度詮釋了戰爭，豐富了咸同年間的「社會生活史」。由個體來看，其對於歷史時代和事件的表現是單調的、單薄的，但當他們以群體聚合，和群體書寫的方式出現時，群體所帶來的感受是厚重的、沉痛的。其意義也尤能凸顯出來。王兆鵬曾指出，詞強烈的抒情特性，讓詞人往往只能抓住瞬間性的情緒和感受，「從一個特殊的角度、特定的向量去感受生活、體驗人生，因而一首詞只能表現現實人生、社會生活的一個側面、一個層次」。〔註44〕這是詞人、個體表現的特點所在，但也恰是個體表現的侷限所在。時人論及咸同詞壇多以蔣春霖論，以鹿潭詞謂「倚聲之杜老」。雖然蔣氏在詞的表現上足可認爲是咸同詞壇的佼佼者，但僅以一人，論一個時代中一種文體的創作，一個概念的發展，實在有些片面。於是，當我們沿著淮海詞人群體的線索爬梳整理，我們發現了在鹿潭之外，與其同時期的、相同際遇的其他詞人的生活軌跡，和他們在「詞史」上的書寫。淮海詞人群體的聚合不僅賴因時代，也因由詞這一「倚聲之道」。兩者缺其一均無法實現詞人群體的聚合。他們共處的時代給他們實踐的可能。而淮海眾詞人也在時代中，不負眾望，共同實現了書寫時代的願景。

詞人群體的「集體記憶」還有一個重要組成部分，即是集體的

〔註44〕王兆鵬：《宋南渡詞人群體研究》，南京·鳳凰出版社，2009年版，第169頁。

「心緒記憶」。淮海詞人群體的「詞史」書寫中對此類內容的描繪可謂之眾。這是因為其一，詞人確實親歷苦痛，其苦痛感受的描摹代表了廣大中下層士子的心態情狀。其二，他們雖借「群體話語」表現心緒，但實則是詞人自己主體意識的強化，雖然他們以群體為依賴、以群體的聚合尋求心靈上的棲息，但是這與他們追求個體的自主和獨特不矛盾，這是他們又一次「個性」的表達。其三，詞獨有的美感特質和抒情屬性，以及詞人對感情的敏感體會，讓詞人能更加細膩地展開對心態的描摹。

淮海詞人群體的書寫彌補了史料僅集中於上層階級的缺失，以對中下層士人、百姓的心緒書寫豐富了咸同年間的「社會心態史」。在詞人群體中，仕宦者雖眾，但大多均為中下層的士人。在創作中他們所表現的是中下層士人眼中的世間百態和時人心態。縱觀人類社會漫長而宏偉的歷史生活，其中，激動人心的事變和人物只占極小的一部分，歷史中最大量存在的是普通人日常的生存活動。〔註45〕要對歷史進行把握，不僅要對巨大的事變進行探究，亦要對歷史中人的生存活動進行考察。茅海建在研究鴉片戰爭史時曾經指出，最讓其感到困難的部分是清方史料，「這不是因為清方史料不夠充分（現在史料已經汗牛充棟，且又有大量檔案），也不是清方史料中充滿不實之處（可用各種史料互相參核，更可用英方資料驗證），而是幾乎所有的史料都將注意力集中於上層活動（儘管許多史料作者並不知情），而對他們身邊發生的下層活動記述過略過簡」。〔註46〕就社會現實來看，其不僅包括具象的社會存在，也涵蓋抽象的社會意識。詞人群體創作中所描繪的形象是社會具象存在的反映，而其中所流露的情感、思想觀念則是社會抽象存在的反映。就淮海詞人來看，他們的心態和情感大部分是矛盾、糾結的。詞人面對的混戰，並非外敵之入侵，實則是同

〔註45〕劉昶：《人心中的歷史》，成都·四川人民出版社，1987年版，第372頁。

〔註46〕茅海建：《天朝的崩潰：鴉片戰爭再研究》，北京·生活·讀書·新知三聯書店，2005年版，第388頁。

族之間的互相殘殺和鬥爭。在太平天國定都南京後，隔江而守的詞人們在生死離別之痛、戰爭流離之苦之外，又多了一層國將不國之感。此時他們的感受並不僅來自戰爭所帶來的傷害，還有情感上的無靠，當與南渡時期諸詞人同。詞人們面對的是慘烈的戰爭，他們的個人進退、榮辱，和這個時代的進退交織在一起。在生與死、仕宦或隱退、尋歡或是孤守等命題上，詞人的想法和心態是異常矛盾的。更何況，在此其中，他們其實並沒有多少選擇，甚或有時候無路可走。由上可以看出，雖然淮海詞人群體的詞境呈現出的是哀苦之境，所道皆是心中的憤懣和苦痛感受，但是他們創作中所反映出來的士子的心靈世界是多樣的。詞人以多元的苦痛來源，來詮釋咸同年間士子在各個方面的矛盾心態。

綜上，淮海詞人群體借「詞史」書寫描摹、還原，最終保存了一代之社會。淮海詞人群體不僅在以我筆寫社會之實，也實則在寫社會之「虛」，在道他地詞人無法道之苦，言常人無法言之痛。詞人雖道「認歸舟、離思難寫」，但卻道遍其時苦情。無論是蔣鹿潭「長懷感，有相思血，都化啼鵑」，〔註 47〕還是丁至和「恐搖落、都成怨句。聽千山，綠樹鵑啼正苦」，〔註 48〕是汪鋆「莫望天涯，幾枝疎柳，做成依黯」，〔註 49〕還是姚正鏞「問別怨，何人識得。應憐我，搴來木末，冷露淚同濕」，〔註 50〕當淮海詞人將社會最現實的痛苦和最矛盾的情態吟唱出來的時候，他們也實現了其之於詞史的另一層意義。

〔註 47〕馮其庸：《〈水雲樓詩詞〉輯校》，《蔣鹿潭年譜考略〈水雲樓詩詞〉輯校、重校〈十三樓吹笛譜〉》，青島·青島出版社，2014 年版，第 42 頁。

〔註 48〕馮其庸：《重校〈十三樓吹笛譜〉》，《蔣鹿潭年譜考略〈水雲樓詩詞〉輯校、重校〈十三樓吹笛譜〉》，青島·青島出版社，2014 年版，第 10 頁。

〔註 49〕汪鋆：《梅邊吹笛詞》，《淮海秋笳集》，《揚州文庫》，揚州·廣陵書社，2015 年版，第 609 頁。

〔註 50〕姚正鏞：《江上維舟詞》，《淮海秋笳集》，《揚州文庫》，揚州·廣陵書社，2015 年版，第 621 頁。

結　語

就有清一代而論，咸同二朝所遭遇的迭次兵燹並不特殊。在咸同前有清初的騷亂、道光年間第一次鴉片戰爭，其後又歷次有中法戰爭、甲午戰爭、八國聯軍侵華戰爭。對於中國社會歷史進程來說，前後歷次的戰爭都是重要的轉捩點。伴隨著戰爭的歷程，中國的社會、經濟、甚至思想面貌都發生了很大改變。單就太平天國戰爭來看，這次逆匪禍亂被平息了，清政府最終贏得了這場戰爭的勝利。但是如若我們從人的角度來看，我們並看不出「勝利」來。反而，我們看到的是時人生活的生死牽動和世變下的炎涼離亂，是數以千萬計的百姓蒼生在此間的輾轉流離。而此間的世間百態，比其他任何一次侵略戰爭都要來的慘亂。這次戰爭未改變「國」，卻最終改變了無數個「家」，也改變了天下一代士人。

本文所討論的淮海詞人便處於這種改變當中。他們被動地被時代捲入其中，爲一些人不計後果地追尋著，被迫付出時間、抱負甚或是生命。史景遷曾經談到：「有些人相信自己身負使命，要讓一切『乃有奇美新造，天民爲之讚歎』，而洪秀全就是其中之一。那些從事這等使命的人極少算計後果，而這就是歷史的一大苦痛。」〔註 1〕在少

〔註 1〕史景遷著，朱慶葆譯：《太平天國》，桂林．廣西師範大學出版社，2011 年版，第 8 頁。

數人不計後果、追求奇美時，歷史的苦痛即由此發生。在歷史的苦痛裏，敏感脆弱的詞人承受著痛苦和壓力，直面世亂、生死和其自身命運的飄零。時人曾以「天挺此才」論蔣鹿潭，並將這種苦痛，也視爲一種特別，實在讓人唏噓。淮海詞人群體因由這時代之「特別」，也成爲清代詞壇中的奇葩。

淮海詞人群體中人，以「生平意塞激宕之意，一託於詞」，飽蘸血淚書，寫危苦。縱覽淮海詞人的全貌，他們以「哀音苦調」爲主，感歎亂世、感歎自身飄零之變，亦感歎其所直面的生死存亡；在幽怨淒涼的詞境中，吟詠悲慟之美，以中下層士子的悲鳴，爲世事而歎、爲時人而歎。詞人們在奔走間，因「倚聲之道」聚合，以冰冷的哀歎，在流離的過程中於群體中尋求精神上的溫暖。世事糾葛中，詞人們面對著生存與死亡的矛盾，滿懷豪情與無處施展抱負的矛盾，精神上追尋歡愉卻必須直面社會苦痛的矛盾。面對這些無法解決的矛盾，詞人將無奈、苦痛肆意地鋪灑在詞句之間，在道盡淒涼和慘痛的同時，也道盡了咸同間具象的社會生活面貌和隱性的社會情態面貌。

在大時代下，詞人們雖各具個性，卻也因由群體形成了其特有的群性。淮海詞人們在時代中形成了其「詞清筆婉」的創作特色，善用比興寄託，呈現意內言外的創作風格。在共同風格的引導下，詞人雖然四下流散，時而聚集，但是他們在「集體記憶」的基礎上，借「集體話語權」，在共同的時代背景中吟唱其特有的時代意義。他們自覺地從尊體意識出發，以時代寫詞，並成一代「詞史」之意義。

本文考察了咸豐、同治時期，在太平天國戰爭影響下的淮海詞人群體，並對其在創作和詞論上的探索進行探究。在晚近社會的風雲激蕩中，詞人、群體、文學事件或是創作風貌，與社會、戰爭、政治等密切相關。當清詞與歷史情境、社會風貌融合、交錯的時候，其之於這個時代的獨特也由此顯現。因此，本文努力對歷史中屬於詞人及群體的「細節」進行探索，對一處處「文學現場」進行還原，對淮海詞人群體在歷史洪流中的各方面表現進行全面的探索，以期能從實證、史證的角度追尋文學活動的蹤跡，繼而由此探明其特點和意義：首先我們通過對詞人群體活動時限、活動範圍、群體構成考訂、群體特點等考察，將淮海詞人群體的概念確定下來；其後，通過對淮海詞人的交遊考證，清晰呈現群體的發展細節，完成對詞人群體在歷史中的行跡空間構建，將孤立的文學現象與複雜的社會情狀聯繫起來；繼而，我們將處在歷史空間中的淮海詞人群體，還原到詞的發展軌跡和傳統理論體系中，對創作主題、藝術風格等作深入的研究；最後，本文以淮海詞人群體爲例，對「詞史」這一詞學觀進行考察，對詞人群體在清詞發展中的意義和在社會歷程中的價值進行探索，由詞出發，以「詞史」意義始，再次將詞人群體還原到時代當中，在凸顯他們作爲詞人的意義之外，將他們作爲咸同時期士人的意義凸顯出來。

參考文獻

一、著作：

A

1. 〔澳〕安東籬著，李霞譯，說揚州：1550～1850年的一座中國城市，北京：中華書局，2007。

C

1. 陳昌，霆軍紀略，上海：上海申報館，1882。
2. 陳乃乾輯，清名家詞，上海：上海書店，1982。
3. 陳大康整理，張文虎日記，上海：上海書店出版社，2009。
4. 陳維崧，陳迦陵文集，四部叢刊本。
5. 陳旭麓主編，近代中國八十年，上海：上海人民出版社，1983。
6. 崔之清、胡臣友，洪秀全評傳，南京：南京大學出版社，1994。
7. 遲寶東，常州詞派與晚清詞風，天津：南開大學出版社，2008。
8. 《詞學》編輯委員會編輯，詞學第一輯，上海：華東師範大學出版社，1981。
9. 褚榮槐，田硯齋文集，光緒七年褚氏家刻本。

D

1. 董恂，還讀我書室老人手訂年譜，臺北：文海出版社，1968。
2. 丁紹儀輯，清詞綜補，北京：中華書局，1986。
3. 杜文瀾，采香詞，清咸豐辛酉曼陀羅華閣刻本。

4. 丁至和，萍綠詞，清咸豐辛酉曼陀羅華閣刻本。

E

1. 額爾金、沃爾龍德著，汪洪章、陳以侃譯，額爾金書信和日記選，上海：中西書局，2011。

F

1. 馮乾編校，清詞序跋彙編，南京：鳳凰出版社，2013。
2. 費正清等編，中國社會科學院歷史研究所編譯室譯，劍橋中國晚清史，北京：中國社會科學出版社，2007。
3. 馮其庸，蔣鹿潭年譜考略、《水雲樓詩詞》輯校、重校《十三樓吹笛譜》，青島：青島出版社，2014。
4. 符南樵，咸豐三年避寇日記，咸豐三年稿本。

G

1. 郭廷以，太平天國史事誌，臺北：臺灣商務印書館，1976。
2. 郭毅生主編，太平天國歷史地圖集，北京：中國地圖出版社，1989。
3. 葛兆光，宅茲中國——重建有關「中國」的歷史論述，北京：中華書局，2011。
4. 高峰，江蘇詞文化史論，南京：鳳凰出版社，2011。

H

1. 洪仁玕，洪仁玕選集，北京：中華書局，1978。
2. 黃嫣梨，蔣春霖評傳，南京：南京大學出版社，1997。

J

1. 巨傳友，清代臨桂詞派研究，上海：上海古籍出版社，2008。
2. 〔法〕加勒利、伊凡原著，徐健竹譯，太平天國初期紀事，上海：上海古籍出版社，1982。
3. 蔣寅，清代文學論稿，南京：鳳凰出版社，2009。
4. 蔣春霖，水雲樓詞，清咸豐辛酉曼陀羅華閣刻本。
5. 蔣春霖，水雲樓詩詞稿合本，有正書局鉛印本。
6. 蔣春霖著，周夢莊疏證，水雲樓詞疏證，臺北：臺灣黎明文化事業股份有限公司，1989。

K

1. 柯愈春，清人詩文集總目提要，北京：北京古籍出版社，2001。

L

1. 李肇增，淮海秋笳集，遲雲山館咸豐十年刻本。
2. 劉鐵銘，湘軍與湘鄉，長沙：嶽麓書社，2006。
3. 龍盛運，湘軍史稿，成都：四川人民出版社，1990。
4. 龍榆生，龍榆生詞學論文集，上海：上海古籍出版社，2009。
5. 龍榆生編選，唐宋名家詞選，上海：上海古籍出版社，1980。
6. 龍榆生，中國韻文史，上海：上海古籍出版社，2002。
7. 理雅各著、馬清河譯，漢學家理雅各傳，北京：學苑出版社，2011。
8. 酈純，洪仁玕，上海：上海人民出版社，1957。
9. 勞柏林整理，三河之役——致李續賓兄弟函札，長沙：嶽麓書社，1988。
10. 羅爾綱、王慶成主編，中國近代史資料叢刊續編·太平天國，桂林：廣西師範大學出版社，2004。
11. 羅爾綱，綠營兵志，北京：商務印書館，1945。
12. 羅爾綱，湘軍兵志，北京：中華書局，1984。
13. 羅爾綱，湘軍新志，臺北：黎明文化事業公司，1988。
14. 羅爾綱，太平太平天國史，北京：中華書局，1991。
15. 劉勇剛，水雲樓詞研究，大連：遼寧師範大學出版社，2008。
16. 李丹，順康之際廣陵詞壇研究，上海：上海古籍出版社，2009。
17. 李康化，明清之際江南詞學思想研究，成都：巴蜀書社，2001。
18. 林葆恒輯，張璋整理，詞綜補遺，上海：上海古籍出版社，2005。
19. 李靈年，楊忠主編，清人別集總目，合肥：安徽教育出版社，2008。
20. 〔美〕列文森著，鄭大華譯，儒教中國及其現代命運，北京：中國社會科學出版社，2000。

M

1. 茅海建，苦命天子：咸豐皇帝奕詝，臺北：聯經出版社，2008。
2. 茅海建，天朝的崩潰：鴉片戰爭再研究，北京：生活·讀書·新知三聯書店，2005。
3. 茅家琦，郭著《太平天國史事日記》校補，臺北：臺灣商務印書館，2001。
4. 茅家琦，太平天國與列強，南寧：廣西人民出版社，1992。
5. 茅家琦主編，太平天國通史，南京：南京大學出版社，1991。

6. 梅英傑等撰，湘軍史料叢刊：湘軍人物年譜，長沙：嶽麓書社，1987。
7. 〔美〕梅爾清著，朱修春譯，清初揚州文化，上海：復旦大學出版社，2004。
8. 繆荃孫輯，國朝常州詞錄，清光緒 22 年（1896）雲自在龕刊本。
9. 馬興榮等編，中國詞學大辭典，杭州：浙江教育出版社，1996。
10. 馬亞中，暮鼓城鍾，北京：中華書局，1997。
11. 馬亞中，中國近代詩歌史，上海：復旦大學出版社，2011。
12. 莫立民，近代詞史，北京：人民文學出版社，2010。

P

1. 裴士鋒著，黃中憲譯，天國之秋，北京：社會科學文獻出版社，2014。
2. 皮埃爾·馬蒂埃著，陳麗娟、陳沁譯，從巴黎到八里橋，上海：中西書局，2013。

Q

1. 錢仲聯主編，清詩紀事，南京：鳳凰出版社，2004。
2. 錢仲聯主編，清八大名家詞集，長沙：嶽麓書社，1992。
3. 錢儀吉等編，清代碑傳全集，上海：上海古籍出版社，1987。
4. 錢穆，國史大綱，北京：商務印書館，1996。
5. 秦恩復輯，詞學叢書，清嘉慶道光間江都秦氏享帚精舍刻本。
6. 《清代詩文集彙編》編纂委員會，清代詩文集彙編，上海：上海古籍出版社，2010。

R

1. 〔美〕芮瑪麗著，房德鄰等譯，同治中興：中國保守主義的最後抵抗（1862～1874），北京：中國社會科學出版社，2002。
2. 施蟄存，詞籍序跋萃編，北京：中國社會科學出版社，1994。
3. 沈渭濱，洪仁玕，上海：上海人民出版社，1982。
4. 史景遷著，朱慶葆，計秋楓等譯，「天國之子」和他的世俗王朝：洪秀全與太平天國，上海：上海遠東出版社，2001。
5. 蘇利海，晚清詞壇「尊體運動」研究，北京：中國社會科學出版社，2013。
6. 沙先一，張暉，清詞的傳承與開拓，上海：上海古籍出版社，2008。
7. 沙先一，清代吳中詞派研究，北京：人民文學出版社，2004。
8. 孫克強，楊傳慶，裴喆編著，清人詞話，天津：南開大學出版社，2012。

9. 孫克強，清代詞學，北京：中國社會科學出版社，2004。
10. 孫克強，清代詞學批評史論，上海：上海古籍出版社，2008。
11. 史念海，譚其驤等編，中國地方志集成，鄉鎮志輯，北京：中國書店，1992。
12. 中國地方志集成 江蘇省府縣志輯，南京：江蘇古籍出版社，1998。
13. 上海人民出版社編，清代日記匯抄，上海：上海人民出版社，1982。
14. 上海人民出版社編，中國近代史資料叢刊 太平天國，上海：上海人民出版社，2000。
15. 沈軼劉，富壽蓀編注，清詞菁華，合肥：安徽文藝出版社，1986。

T

1. 唐圭璋，詞話叢編，北京：中華書局，1986。
2. 唐圭璋，詞學論叢，上海：上海古籍出版社，1986。
3. 湯瑪斯.H.賴利、李勇、蕭軍霞、田芳譯，謝文郁校，上帝與皇帝之爭——太平天國的宗教與政治，上海：上海人民出版社，2011。
4. 譚獻輯，羅仲鼎校，清詞一千首，杭州：西泠印社出版社，2007。
5. 太平天國歷史博物館編，太平天國資料彙編第 1 冊，北京：中華書局，1979。
6. 太平天國歷史博物館編，太平天國資料彙編第 2 冊，北京：中華書局，1980。

W

1. 王水照，保莉佳昭，日本學者中國詞學論文集，上海：上海古籍出版社，1991。
2. 王兆鵬，詞學史料學，北京：中華書局，2004。
3. 王兆鵬，宋南渡詞人群體研究，南京：鳳凰出版社，2009。
4. 王定安，湘軍記，長沙：嶽麓書社，1983。
5. 王盾，湘軍史，長沙：湖南大學出版社，2007。
6. 王爾敏，淮軍志，北京：中華書局，1987。
7. 王闓運，湘軍志，長沙：嶽麓書社，1983。
8. 王振忠，明清徽商與淮揚社會變遷，北京：三聯書店，1996。
9. 王汎森，中國近代思想與學術的系譜，長春：吉林出版集團有限責任公司，2010。
10. 王慶成，太平天國的歷史和思想，北京：中華書局，1985。

11. 萬柳，清代詞社研究，鄭州：中州古籍出版社，2011。
12. 吳梅，詞學通論，北京：中華書局，2010。
13. 汪榮祖著，鍾志恒譯，追尋失落的圓明園，北京：外語教學與研究出版社，2012。
14. 汪鋆，北湖避寇草，清代稿本。
15. 汪鋆，十二硯齋詩錄、十二硯齋文錄，清光緒刻本。
16. 汪鋆，揚州畫苑錄，清光緒十一年刻本。

X

1. 夏春濤，從塾師、基督徒到王爺：洪仁玕，武漢：湖北教育出版社，1999。
2. 夏承燾、吳熊和，讀詞常識，北京：中華書局，2001。
3. 夏承燾箋校，姜白石詞編年箋校，上海：上海古籍出版社，2001。
4. 徐川一，安徽歷史系列專著：太平天國安徽省史稿，合肥：安徽人民出版社，1991。
5. 徐世昌，晚晴簃詩匯，北京：中華書局，1990。
6. 謝永芳，廣東近世詞壇研究，上海：上海古籍出版社，2008。
7. 許倬雲，說中國，桂林：廣西師範大學出版社，2015。
8. 宣哲輯，王寅撰，高郵耆舊詩餘、附北海漁唱、凌宴池跋，清光緒間抄本。

Y

1. 楊奕青、唐增烈等編，湖南地方志中的太平天國史料，長沙：嶽麓書社，1983。
2. 俞炳坤等主編、中國第一歷史檔案館編，清政府鎮壓太平天國檔案史料，北京：光明日報出版社，1990。
3. 于醒民，上海，1962年，北京：人民出版社，1991。
4. 余英時，現代危機與思想人物，北京：生活·讀書·新知三聯書店，2012。
5. 尤振中、尤以丁編著，清詞紀事會評，合肥：黃山書社，1995。
6. 嚴迪昌編著，近現代詞紀事會評，合肥：黃山書社，1995。
7. 嚴迪昌編著，近代詞鈔，南京：江蘇古籍出版社，1996。
8. 嚴迪昌，清詞史，南京：江蘇古籍出版社，1999。
9. 楊海明，楊海明詞學文集第一冊，鎮江：江蘇大學出版社，2010。

10. 葉嘉瑩，清詞論叢，北京：北京大學出版社，2008。
11. 葉嘉瑩，迦陵說詞講稿，北京：北京大學出版社，2007。
12. 葉恭綽，全清詞鈔，北京：中華書局，1982。
13. 姚蓉，明清詞派史論，桂林：廣西師範大學出版社，2007。
14. 〔美〕伊羅生著，鄧伯宸譯，群氓之族：群體認同與政治變遷，桂林：廣西師範大學出版社，2008。

Z

1. 張功臣，僧格林沁傳奇，北京：中國人民大學出版社，2003。
2. 張舜徽，清人文集別錄，北京：中華書局，1963。
3. 朱東安，曾國藩傳，天津：百花文藝出版社，2001。
4. 朱保炯，謝沛霖編，明清進士題名碑傳錄索引，上海：上海古籍出版社，1980。
5. 朱惠國，中國近世詞學思想研究，上海：上海古籍出版社，2005。
6. 朱德慈，常州詞派通論，北京：中華書局，2006。
7. 中國史學會主編、齊思和等及故宮博物院明清檔案部編，中國近代史資料叢刊·第二次鴉片戰爭，上海：上海人民出版社，1978～1979。
8. 朱崇才，詞話叢編續編，北京：人民文學出版社，2010。
9. 趙烈文，能靜居日記，長沙：嶽麓書社，2013。
10. 趙爾巽等撰，清史稿，北京：中華書局，1998。
11. 周煥卿，清初遺民詞人群體研究，上海：上海古籍出版社，2008。
12. 周濟，介存齋論詞雜著，北京：人民文學出版社，1959。
13. 周劍青，揚州府宦浙同官錄，清同治十三年刻本。
14. 張宏生，清詞探微，上海：上海古籍出版社，2008。
15. 張丙炎，冰甌館詞鈔，光緒十一年（1885）刻本。
16. 中國地方志集成 江蘇省府縣志輯，南京：江蘇古籍出版社，1998。
17. 中國社會科學院近代史研究所近代史資料編輯室編，太平天國文獻史料集，北京：中國社會科學出版社，1982。
18. 曾國藩，曾國藩全集，長沙：嶽麓書社，1987。

二、論文：

1. 陳水雲，杜甫與「詞中少陵」，杜甫研究學刊 2003 年第 3 期。
2. 巨傳友，論臨桂詞派的「詞史」精神，學術論壇 2007 年第 1 期。

3. 劉少坤，清代詞律批評理論研究，南開大學 2012 年博士論文。
4. 劉勇剛，《水雲樓詞》的意象經營，南京師大學報（社會科學版）2001 年第 3 期。
5. 劉勇剛，《水雲樓詞》藝術三題，陝西廣播電視大學學報 2000 年第 2 期。
6. 劉夢芙，蔣鹿潭詞論衡，詞學 2006 年。
7. 孟彭興，江陰人文風貌的歷史考察，史林 2000 年第 1 期。
8. 歐明俊，「詞中杜甫」說總檢討，中國韻文學刊 2007 年第 2 期。
9. 沙先一，論杜文瀾的詞學主張與創作，蘇州大學學 2003 年第 4 期。
10. 袁美麗，清代金陵詞壇研究，南京師範大學 2012 年博士論文。
11. 葉嘉瑩，論清代詞史觀念的形成，河北學刊，2003 年第 4 期。
12. 張宏生，清初「詞史」觀念的確立與建構，南京大學學報（哲學人文科學社會科學版）2008 年第 1 期。
13. 張宏生，王士禎揚州詞事與清初詞壇峰會，文學遺產 2005 年第 5 期。

附錄一：淮海詞人群體序跋彙編

扁舟載酒詞跋　張丙炎

《扁舟載酒詞》一卷，江藩撰，江氏叢書本

《扁舟載酒詞》一卷，甘泉江子屛先生所著也。先牛少居吳門，師事吳縣余古農、江艮庭兩先生，得師傳於紅豆惠氏。博聞宏覽，心貫群經，精研鄭君之學，故又號鄭堂焉。與阮文達公同學交善，入郡主韓城王文端公家，丈端雅重之。又嘗從王蘭泉先生、朱笥河先生遊。阮文達督漕，駐山陽，聘主麗正書院講席。以布衣爲諸生之師。迨開府兩粤，延先生纂輯《皇清經解》、《廣東通志》、《肇慶府志》。留幕府最久，所得館金盡易端溪石硯以歸，歸裝厭擔。暴客疑其挾巨金，尾之兼旬。易舟發篋，乃唾而去。性恬退，所交盡當世達人名彥，而以布衣終老。其《過畢弇山尚書墓道》詩有云：「公本愛才勤說項，我因自好未依劉」即平生風節可略見矣。先生爲人倜儻權奇，襟懷磊落，走馬奪槊，有逾健兒。遍遊齊、魯、燕、趙、江、浙、閩、粤諸勝，其豪邁雄俊之氣，一發之於詩詞。及其窮老倦遊。閉門著述，蕭然一室，泊如也。雲間汪墨莊工詩，少共唱酬。已而落魄江淮，乃館之於家。時人謂先生好客忘貧，今之顧俠君也，其標格如此。先生經術湛深，尤熟於史事。至如詞章、金石、考證之學，旁及九流二氏之書。兼綜條貫，靡不通擅。嘗作《河賦》，沉博絕麗，論者謂可與木玄虛《海賦》、郭景純《江賦》並傳。少時恭纂純廟詩集注，王文端爲之進呈，聖情欣賞，賜御製詩五集。復論召對圓明園，會林爽文陷臺灣報至，遂輟，人惜其數奇。幼蓄書萬餘卷，歲饑，盡以易米。作書窩圖以寓感，一時耆宿題詠殆遍。歸，自云十口之家，無一金之產。跡類浮屠，缽盂求食，睥睨紈絝，儒冠誤身。耳熱酒酣，長歌當哭，亦可悲矣。卒年七十一，生時議以兄子爲後，卒不果。所著《周易述補》、《國朝漢學師承記》、《國朝經師經義》、《國朝宋學淵源記》、《隸經史》、〈樂縣考》諸書，皆在粵刊板。餘如《經傳地理通釋》、《儀禮補釋》、《考工戴氏車製圖翼》、《爾雅小箋》、《石經源流考》、《禮堂通義》、《乙丙集》、《炳燭室雜文》、《伴月樓詩鈔》、《蠅鬚館雜記》，稿皆藏於家。先生研究音律，窮極杳渺，寄之倚聲，是集當與《夢窗甲乙稿》、《白石道人歌曲》相頡頏。不僅知名流美已也。丙炎外舅式新先生，先生之從孫也。道光間，外舅曾刊補其遺集，兵燹轉徙，板復殘闕。近問泉內弟檢點遺編，丙炎謂詞集篇葉無多，盡先印行，問泉乃補其闕佚，印以傳世，因述崖略。以告世之讀先生詞者。光緒丙戌秋七月，儀徵張丙炎。

詠花詞題詞　李肇增

《詠花詞》一卷，潘曾瑋撰，光緒十三年（1887）刻本

大著奄有眾長，境乃屢變。爲五陵遊俠，壯氣雲湧；或洛陽璧人，柔情婉孌。爲水波山豔，捶琴獨歌；或關塞蕭條，馬上續夢。神襟遠暢，豪膩斯融。即日製鐃吹鏗訇，載揚休烈，登諸愷樂，播於太常，又知白石道人不得專美於前夜也，欽佩無量，甘泉李肇增復讀謹識。

詠花詞題詞　杜文瀾

《詠花詞》一卷，潘曾瑋撰，光緒十三年（1887）刻本

拜讀大著，得北宋之清空，兼南宋之幽秀。時而張、姜，時而蘇、辛，不拘一格，妙在擬雄渾則絕不叫囂，仿幽瘦則屏去晦澀，眞天分絕頂之筆也。更妙者，敘悲辛無衰颯氣，憤時事無牢騷語。用韻無不

鐵鑄，落筆必如話而出，尤足覘福澤之厚矣。甲戌六月上浣，筱舫弟杜文瀾妄識。

二波軒詞選序　張安保

《二波軒詞選》四卷，王嘉福撰，道光十四年（1834）刻本

二波騎尉，吾師鐵甫先生中子，出後聽夫先生。聽夫先生殉節呂堰，二波以門蔭授今職。君少負絕人之資，讀書十行並下。與伯兄又樗、季弟井叔有三鳳之目。君詩古文詞尤英領袖，能世其家。驚其老輩，文名噪甚。道光丁亥，君移守眞州，革弊釐奸，百廢具舉，政勤民樂，頌聲四起。戎政餘暇，不廢吟弄，以攄寫其壯心。君結交半東南之彥，眞州又吾師主講之地，學道德而能文章者皆君舊交。當時之門，賓客常滿；北海之座，酒杯不空。其豪宕可及，其風雅不可及也。余以文字之交，申以婚姻之好，每風雨過從，各出所示，互相誇示。爬搜剔抉，切劘不休。君古近體詩近三千首，所爲《二波軒詞》亦不下千首，皆隨手散棄，不自收拾。今年春夏之交，余爲釐訂，抄寫成帙。復與蔣淡懷、王西御、家訊槎、白華諸君擇其尤者，分爲二卷，先付諸梓，不足盡其全也。君詞哀感頑豔，悅魄蕩心，淡懷言之詳矣。校勘既竟，爲述其緣起如此。道光甲午仲冬，石樵張安保序。

水雲樓詞序　徐鼒

《水雲樓詞》三卷，蔣春霖撰，《江陰先哲遺書》本

原夫是詩餘之作，蓋亦樂府之遺。孤臣孽子，勞人思婦。籲閶闔而不聰，繼以歌哭；懼正容之莫悟，矢以曼音。其體卑，其思苦，其寄託幽隱，其節奏嘽緩。故爲之者，必中句中矩，端如貫珠；宜宮宜商，較之累黍。太白、飛卿實導先路，南唐、兩宋蔚成巨觀。玉宇高寒，子瞻將其忠愛；斜陽煙柳，壽皇識爲怨誹。當日朝野，不少賞音。元之雜以俳優，明人決裂阡陌。淫哇日起，正始胥亡，高論鄙之。弁髦小儒，鼓其瓦缶，臣質之死，匠石傷焉。蔣生鹿潭，承明不遇，作吏淮東，駔儈與居，踞觚灶北。芰衣荷裳，羌修能之

自絜；霓旌玉塊，指潛淵以爲期。一夕相思，八公招隱。孰海唱之孤憤，答鬼語之幽修。有河上之同歌，吹參差兮自訴。又況簾雨闌珊，念家山於破後；衍波迢遞，悵環佩之來遲。鴆媒嬰詈，傷如之何！徒觀其擁鼻苦吟，吹唇審律。性有三好，技了十人。謂爲倚聲人，淺之論作者矣。僕強舌難調，知心幸託。不辭喤引，聊代舷歌。駒谷人來，問花外羊求之徑；虎溪送罷，聽嶺間鸞嘯之音。歲在丁巳冬杪，六合彝舟甫徐燕敘於東臺舟次。

水雲樓詞序　何詠

《水雲樓詞》三卷，蔣春霖撰，《江陰先哲遺書》本

暝色沉花，晴颸扇竹。海月將吐，溪雲亂飛。惟時薄遊東亭，一燈僧榻。乃興索居之歎，載詠伐木之什。夜漏二下，見有排闥入者，蔣君鹿潭也。匪子猷雪夜之船，來因乘興；異張敏夢中之路，歡若平生。相與俯仰古今，斟酌損益。繹阮瞻之三語，研沈約之四聲。於是得讀所著《水雲樓詞》焉。夫倚聲一道，厥工南渡，後有作者，等諸自鄶。清詞麗句，或嗤以聲律無準；引商刻羽，則失之葩採不流。學者病焉，蒙有述矣。善乎休文之答韓卿：「天機啓則律呂自調，六情滯則音韻頓舛。」誠祛惑之丹沙、摛詞之藻鏡也。以今證古，如鑒取影。詞爲詩餘，不易此論。鹿潭所作，於九宮七始八十四調，不差累黍，而能天機開合，云情諧暢，別具工倕，自成謦逸。視夫膠柱聆音，引繩約尺，目論一孔，技窮三變者，不啻水觀海而泥憶云矣。況復資性過人，幼辨燈盞。默識在己，長知爨材。元亮讀書，義無求於甚解。伯休賣藥，名獨畏夫人知。構思既深，每蹋壁而臥。造語有得，則閉門以吟。洎夫漢上題襟，揚州聽鼓。十年短夢，付紅橋水上之簫。五月思家，譜黃鶴樓中之笛。而鹽鐵之論。未申於文學。衙門之寄，尚屈於幕僚。幾呼賀鑄爲老兵，笑左思爲傖父矣。宜其長卿善病，平子工愁，四時得秋氣爲多，八音惟金聲最響。人來冀野，馬價難高。客上樊樓，酒悲不少。旗亭驛壁，寫行旅之蕭騷；趙北燕南，極風懷之

跌宕。讀者徒知其詞之豐，不知其遇之蹇也。咸豐八年歲在戊午三月既望。江寧何詠撰於東亭慈雲禪社之散花室。

水雲樓詞序 李肇增

《水雲樓詞》三卷，蔣春霖撰，《江陰先哲遺書》本

蔣君鹿潭，負文學氣義，與世牴捂。官鹽曹十年，不合，以事去，流浪海濱，歌樓飲肆中，常浮湛跌宕以自適。與人輕直無曲貸，見者或憚之。然成知其佯狂，不甚以爲駭也。吾獨異夫君爲詩，恢雄骯髒，若《東淘雜詩》二十首，不減少陵秦州之作。乃易其功力爲長短句，鏤情劌恨，轉毫於銖黍之間。直而致，沉而姚，曼而不靡。嗚呼！君之詞，亦工矣。君嘗謂詞祖樂府，與詩同源，俍薄破瑣，失風雅之旨。情至韻會，溯寫風流，極溫深怨慕之意，亦未知其同與異否也。故以此悉力於詞。登山臨川，傷離悼亂，每有感慨，於是乎寄。夫以君之才思，排金門，歷元闕，任承明著作無愧。即出肩民社之責，理棼千劇，有餘裕也。顧名不通版，浮沉掾曹，又爲世擯棄，將以詞人終，遇亦窮矣。時有晏大夫其人者，慰恤孤窮，分粟以哺之，得免槁餓，可以閉門嘯歌。則君之窮，又未至留落不耦如余者也。因感而敘焉。咸豐辛酉年午月上旬，甘泉李肇增撰。

水雲樓詞續跋 周念永

《水雲樓詞》三卷，蔣春霖撰，《江陰先哲遺書》本

右《水雲樓詞》二卷，《續集》一卷，遜清咸同間江陰蔣鹿潭所著也。翁以沉博絕麗之才，爲悱惻纏綿之體。燕釵蟬鬢，傳恨空中；錦瑟瑤琴，知音弦外。綜其一生，憂時念亂之懷，牢落坎凜之遇，而一以倚聲出之。故語該正變，體兼風諭。於引商刻羽之中，寓沉鬱蒼涼之概，卓然爲一代之大家。仁和譚仲修謂咸豐兵事，天挺此才，爲倚聲家老杜，洵知言也。《水雲樓詞》二卷，爲翁自定之本。秀水杜文瀾刻之於《曼陀羅華閣叢書》中，而歸其版於蔣氏。民國紀元之歲，蔣氏盡室北遷，貯版於余處，檢視則朽蠹者十之八矣。嘗思搜剔補綴，

重爲印行，而人事擾累，因循未果。今歲之春，偶語其事於丁君志偉，丁君欣然以修録爲己任，余遂畀板予之。丁君乃鳩工剞劂，彌其殘缺，易其漫漶，裦然復成完帙。又求上元宗源瀚續刊之詞四十九首，重雕以續其後。復由黃君頌堯，斠辨同異戡定魯魚，凡五閱月而竣其事。從此鹿潭翁一生心力，不致日就湮沒，而丁君流傳之功，亦可與之並垂不朽矣。丙寅十月望，平陵周念永跋。

水雲樓詞續序　宗源瀚

《水雲樓詞》三卷，蔣春霖撰，《江陰先哲遺書》本

同治壬戌以後，予居泰州數年。兵戈方盛，人士流離，渡江而來，率多才傑。一時往還，如王雨嵐、楊柳門、姚西農、黃琴川、錢揆初、黃子湘，皆以詩名，而蔣鹿潭之詞尤著。鹿潭名春霖，江陰人。少負雋才，不拘繩尺。屢不得志於有司，乃俯就鹽官。嘗權東臺場，恤灶利，課團丁禦侮，人咸德之。罷官後，猶供養數年。生平抑塞激宕之意，一託之於詞。運以深沉之思，清折之語，先刻《水雲樓詞》於東臺，同時作者，莫不斂手。而鹿潭慨然自謂，欲以騷經爲骨，類情指事，意內言外，造詞人之極致。譽以南唐兩宋，意弗滿也。鹿潭既死，於漢卿裒其未刻之詞畀予，予弟載之，復於篋中得鄉所箚致者。都爲四十九首，並以付梓。鹿潭晚歲困甚，益復無聊，倒心迴腸，博青眸之一顧。詞中所謂黃婉君者，聚散乖合，恩極怨生，鹿潭卒爲婉君而死，婉君亦以死殉鹿潭。瀕死，向陳百生再拜乞佳傳，從容就絕。論者謂此可以慰鹿潭，而鹿潭愈足傷矣。鹿潭復能詩。予弟亦嘗錄其可傳者數十篇。安得與雨嵐、柳門、西農、琴川、揆初、子湘諸故友之作，搜輯而並刊之，一慰幽沉於地下乎！歲在癸酉冬十一月，上元宗源瀚。

水雲樓詞序　褚榮槐

《水雲樓詞》三卷，蔣春霖撰，《江陰先哲遺書》本

嗚呼！噫嘻！楚客幽憤，呵壁問天，王郎抑塞，拔劍斫地。盛孝章之身世，憂能傷人；陶靖節之生平，饑來驅我。素不習搔頭弄姿，

委遺踽旅，以取一時之妍；復不敢明目張膽，跳蕩昳肸，致觸並世之忌。出室一步，舉扇障元規之塵；讀書三年，鋤金割管寧之席。不得以而集成乾饌，名啖畫餅。麼弦響振，則峽猿啼血；單詞吟妥，則窗雞破夢。天雖高，倚杵及之；海雖深，銜石平之。崔君苗焚棄筆硯，李長吉嘔出心肝。我讀蔣子《水雲樓詞》，而悄然以悲，廢然以歎也。夫其乘彌戾之車，抱蕭邱之性。方寸映日，都現文章。清談干雲，不模珠玉。羅含之夢鳥五色，汗漫之屠龍千金。謂宜一上強臺，三奪坐席。彯然而魚龍跨，鏘爾而鸞皇鳴。而乃司馬家貧，安仁宦拙；神劍繞指，明璚表心。世方以達樂享魯爰居，我且視諸石如海鷗鳥。洗耳行潔，或誣以盜冠；倚杜聲悲，頗疑爲求牡。伯龍牟利，鬼笑梁間；子昂賣文，琴碎市上。徒墜鼇以何裨，究連犿而無傷。猶復絲竹寓感，煙雲鬱懷。皛飯留賓，榼書付子。南面北面，何曾夫婦之儀；東頭西頭，陸機弟兄之屋。時或蕪城作賦，山陽聞笛；吟杜陵出塞之章，灑新亭高會之涕。目倦修途，心傷逝湍。弔精靈於夜壑，惜日月於扁舟。逮至秋鬢凋殘，春人委化，淚浮盈寸，目鰥徹旦。百歲栩栩，蒙楚但思歸之居；四海浩浩，浮萍不能予之蔕。於是天錫小名，自稱獨活；玉溪短詠，半託無題。故其爲詞也，秀奪山骨，豔息花胎。鶯簧百囀，蟻珠九曲。繭肖愁狀，果回甘味。合仙梵以同音，起古人而對面。始信崔浩思苦，至與魅爭；道衡功專，惡聞人語。宜其神解獨超，而孤芳自賞者焉。榮槐以丁、戊之歲，客遊淮海間。秦人視越，肥瘠何關。罔兩問景，蹤跡適合。雲喬晏起，終朝而伴休文；范縝寡交，舉足輒尋王亮。每當抽毫髮詠，託旨騁妍。賞王筠之一篇，定虞松之五字。未嘗不抉剔瘢垢，灑滌性靈。相視而笑，莫逆於心。落落焉渺千古爲一眴，羅萬象於寸紙。槐雖舌強腕棘，而於蔣子所作，無間然矣。烏呼！絃歌應節，流水可以移情。河梁小別，停雲因而增慨。君如效塞主吟，何減黃葉碧雲之句。我知有井水處，能唱曉風殘月之詞。辛酉八月，秀水二梅褚榮槐敘。

水雲樓詞跋　謝鼎熔

《水雲樓詞》三卷，蔣春霖撰，《江陰先哲遺書》本

吾鄉詞人，首推蔣鹿潭先生，一時海內翕然，有詞中杜工部之稱。其所著《水雲樓詞》一刊之於《曼陀羅花閣叢書》中，再刊之於《雲自在庵叢書》中。滬上坊肆間牟利，亦有刊本，顧僞俗字不一而足。余刊先生是編，以坊本爲底本，而校之以曼陀羅華閣本，糾正訛俗字頗不少。至兩本互有不同而皆可從者，則注「一作某某」於其下，復以金粟香先生所爲傳及邑志文苑本傳列爲卷首，俾讀先生之詞者，得以知人論世，庶於詞中意內言外之旨，較易領會。惜一時手頭未能得雲自在庵本，更加訂正，故書中尚不無可疑之處。此則遺憾所在而未容曲爲自恕者也。癸酉夏日，冶庵謝鼎熔識。

橫經堂詩餘序　金安清

《橫經堂詩餘》二卷，張泰初撰，光緒二年（1876）刻本

道光辛卯，余從錢唐趙先生白亭遊。先生爲吾浙耆宿，以詩古文詞名，尤精八法。其時袁江壇坫猶盛，朝夕過從，皆方聞綴學之士，張子松溪年最少。迨甲午客高埶署，同硯爲秦郵丁拓園，與松溪交最摯，因是得訂苔岑之契，譚藝尤數。戊戌贅姻太原師氏，乃昔年松溪所主也。時松溪就沈蓮叔都轉之招，袁又村、陳新甫諸子皆僑寓邗上，又有金雪舫、石芸士、師伯海掎裳連袂，徜徉於平山虹橋之間。春秋佳日，買舟載酒，挾二三雛伶，歌自度曲。吟燕一開，月斜不去。比壬寅島夷之警，松溪倉皇來袁江，余適從事軍府。文檄旁午，不獲相見。而松溪已病瘵，不數月遽致不起。聞信後，爲位而哭，旋爲之營葬事，其遺孤孀妾貧無所歸，同人醵錢，月給薪水，迄今將十年矣。松溪於學無所不窺，尤深於金石律呂。所著詩頗多，而不甚經意，獨於詞律極嚴，戈君順卿爲之推服，同時江浙倚聲家亦無出其右者。曾刊詞集於杭，以兵燹失去，僅有副本存王君薌谷處。今年共謀付梓，余既爲籌剞劂費，薌谷屬爲弁言，因

述交誼顛末如此。至其詞品，各家評之綦詳，無待贅言。惟有念平生文字交有三張焉，松溪才最富，遇最嗇，年復不永。海門兄弟同入詞館，意蘭司馬官河上，回憶跌宕文酒時，不勝聚散存歿之感。而趙先生及邗上諸舊遊亦大半凋逝。二十年來，如電如影，惟此一卷墨痕，可以傳諸不朽。又深願松溪子能讀父書，有以繼其未竟之緒，此則余與薌谷所惓惓者。春晝雨昏，撫今追昔，又不禁淚涔涔念我故人矣。咸豐元年二月二十日，鴛湖眉生金安清書於聞喜齋。

橫經堂詩餘跋　金安清

《橫經堂詩餘》二卷，張泰初撰，光緒二年（1876）刻本

此余亡友張松溪之詞也。松溪歿已及四十年，咸豐初，曾爲鏤板於袁江，今亦二十六年矣。兵燹後，梨棗無存，惟石甥似梅有一舊本。似梅研精詞律，嗜之甚深。前年以海運隕於黑水洋，搜檢遺篋得此，重爲付梓，以廣其傳。嗟乎！少年裙屐之會，如在目前。電光石火，曾幾何時，而余已皤然一叟矣。既悲舊雨，復念亡甥。人世事何堪把玩耶？再爲後跋，以誌重刊歲月。時在光緒丙子孟秋，六幸翁金安清。

金梁夢月詞跋　杜文瀾

《金梁夢月詞》二卷，周之琦撰，光緒六年（1880）抄本

祥符周稚圭中丞爲詞壇名手，納蘭侍衛成容若之後，推爲第一任。蓋吾朝詞學盛行，人才輩出，往往摹仿兩宋，而此中格律音韻，不免參差，以講求未能精覈也。獨中丞細意探討，按節諧聲，不失半黍。海內知音者悉宗之。所著《金梁夢月詞》刊於中州，余屢求未得。前年，於友人處見抄稿二十餘闋，摘錄入近人詞話中，猶以未窺全豹爲憾，今從金銷英廉訪長君借觀遺書，忽睹原刻，爲之喜甚。因託朱茂才代鈔之，書此以紀。光緒庚辰十一月，杜文瀾。

金梁夢月詞跋　杜文瀾

《金梁夢月詞》二卷，周之琦撰，光緒六年（1880）抄本

丙子秋，在吳門，陳仲泉觀察言及《心日齋詞選》二卷，爲稚

圭中丞爲刊。比從假讀，抉擇至精，附有手批，籍知功力深厚。因託皖友鈔存。今復得此，當檢尋並作一函，以便展讀而資揣摩。筱舫又記。時月當頭夕，適逢薄蝕，書此之際，鄰署及報忠禪寺救護正殷，鍾徵刮耳也。

評花仙館詞題詞　高望曾

《評花仙館合詞》二卷，金繩武、汪椒娟撰，積學齋抄本

涙痕滿紙，是傷心人語。瘦墨書成恨如許。算情天小劫，悟徹蘭因，只一霎、飛散行云何處。　　彩鸞仙去後，閨寂房櫳，粉蠹香銷黯愁緒。湘篋檢瑤箋，密字雙聲，記同譜、斷腸詞句。奈回首、妝臺暗塵封，問誰伴孤吟，一燈風雨。

寒松閣詞跋　杜文瀾

《寒松閣詞》二卷，張鳴珂撰，寒松閣抄本

大著格律精微，深得南宋宗旨。而用筆清瘦，尤足爲曝書亭替人。捧讀之餘，愛不釋手，簿書鞅掌，不及作東家施。爰弁數言，以志欽佩。己巳孟夏，同里弟杜文瀾讀於滬上。

江南好詞序　袁祖志

《江南好詞》一卷，張汝南撰，宣統元年（1909）上海著易堂書局印本

金陵爲古帝王都，王氣所鍾，龍蟠虎踞；遺跡所在，棋布星耀。自六代以逮國朝，夫固歷歷可指，而罔弗動人慨慕者也。真構赭氛，遂成焦土。雖舊有《板橋雜記》、《秦淮畫舫錄》等書所載，而終嫌未能美備。洎讀上元張子和先生所作《江南好詞》，哀感頑豔。得所未曾有。且多至百詠，亦可謂搜括靡遺矣。先生爲吾魯琴山師之摯友，屢以訪師來塾，竊聞其議論風生，猶是晉人清談之概。厥後避地申江，又復相逢逆旅，清言玉屑，仍如故也。今先生往矣，其哲嗣季直取是詞付剞劂。而屬序於余。余念先生一生著作宏富，此詠特豹之一斑耳。然從亂離之後，追溯釣遊，形諸歌詠，俾當年勝

境之慘罹刼火者，藉以流傳於紙上，而不至終歸泯滅。其筆墨之功良非淺鮮，則取而刊布，以餉後人之尋幽訪勝者，亦固其宜。抑余意更有進者。滬上建有江寧公所一區，規模廓如也。假令書而泐諸石嵌於壁間，俾羈旅諸人時時諷讀，以動其秋風鱸膾之思，而免夫衣錦夜行之誚。則厥功尤偉，詎可例諸尋常懷古之什、感舊之詩也哉？是爲序。光緒二十三年嘉平月醉司命日。倉山舊主袁祖志拜撰於春申浦上。

江南好詞跋　張元方

《江南好詞》一卷，張汝南撰，宣統元年（1909）上海著易堂書局印本

憶咸豐癸丑年，金陵城陷。先君子率全家赴水不死，死者僅二人，繼先君子又自覓死不得。越明年秋，遂挈眷屬出重圍，自是避地轉徙於江南北及蘇杭城鄉者，何止數十處。異地流離，風景山河。先君子觸目增感，爰成《憶江南》詞百闋。屢思付刻，皆不果，而先君子於同治癸亥年，遽捐館於滬上。棟折榱崩，烽炯猶熾，未遑謀及茲事。久之，弟兄輩聚議，擬以此卷附先君子所著《肊說》、《燹餘賦草》、《夜江集詩鈔》、《金陵省難記略》、《鄉音正訛》、《浙遊日記》、《滬遊日記》、《遇難記略》各種，合先大父所遺《惜剩文稿》，都爲一集，梓而行之，以成先志。會以乏剞劂之貲而止，輾轉三十餘年，所刻者僅《鄉音正訛》、《金陵省難記略》兩種而已。大兄、三兄則已於前數年中，先後逝世。今存者惟不肖與二兄兩人耳。今年秋冬之季，二侄僧麒、大兒僧福義相繼亡故，門祚恨微，齒髮已老，日以湮沒先人之著作爲懼。十一月間，竭蹶來滬，檢點行笥中。獲晰此卷，遂屬世好紫巢塗君，亟印行之。此外各種，當謀續刻，庶幾勉承先志。嗟呼！感身世之遭逢，傷手澤之零落。展讀是卷，殊不覺涕泗之横流也。光緒二十三年十二月，不肖男元方謹誌於滬濱旅館。

藤香館詞序　李肇增

《藤香館詞》一卷，薛時雨撰，同治五年（1866）刻本

夫涸影朝市，一視蘿袞。鑒彼勞生，達視齊物。非不可擺脫宵機，作弘農之坐嘯；陶詠溪谷，追客兒之遊娛。然而珪組牽絡，襟靈弗暢。政繁東閣，或阻興於命篇；氣爽西山，徒勞形於執板。一行作吏，九能轉局。俙然感矣。是故藻瑩幽素，發皇文翰；希風竹溪之侶，乃足弦觴；歸隱鑒湖之濱，方滋山水。魚鳥樂志，曦月送懷。其內史誓墓之年，與公遂初之候乎？椒陵薛慰農觀察，鸞鶴標誌，谷玉兼才。三筆之俊，挺秀家街；二始之美，騰聲郡秩。方開明聖之利，惠溢葑田；遽卻翠黛之留，情殷香社。河內莫借，東峰頓歸。論者析惜焉。然而水波不競，湛此寒泉；崇蘭信芳，眷於空谷。冥通遐寄。有性存焉，亦微尙之不可及也。於是抽簪自喜，命棹灑然。賦三閭之《涉江》，應八公之《招隱》。紱冕既謝，笠屐相尋。聽水茭蔗之庵，狎月桃花之塢。斜陽煙柳，孤懷獨感；濁酒殘燈，墜歡若接。併入妍唱，發爲清聲。若夫江噴隻雁，招魂不歸；天末哀蟬。懷香無夢。舟陳大被，覆夜雪而逾寒；山對小姑，憶朝雲而彌楚。鵠孤寫哀，鳳靡鳴恨。叩靈均之些，極竹屋之癡。言愁欲愁，籲可戚矣。乃若柴桑歸去，松菊並荒；輞川故居，溪山異色。鄰曲則流人雪散，耆舊則故鬼煙啼。遂乃董逃續歌，亂傷白馬；阮哭抒痛，聲激黃獐。綜此鬱伊，具歸促拍。夫公謹黃洲之譜，君衡漁唱之詞，類皆曳響蘆碕，結念葭水。此則江湖遺跡，動若虛舟；山川拓懷，從其弭楫。聲答鳴雁，興逸垂虹。圭塘之後，欸乃名集，信無愧古人矣。在昔始興罷守。貧乏裙衫；東萊還家，儲無甕缶。維村歸狀，清素似之。吾知晉平守約，未足山資；陝州才良，終爲國寶。北山之阿，暫棲一鶴；西湖之曲，還遲罩船。民望方殷，斯人即出。是又琴酒輔趣，難淹池上之吟；鼓節宣風，更奏襄陽之樂。以彼治譜，暢厥雅音。小山非工，大晟且作。乘風便去，君更陟夫瓊樓；飲水能歌，余竊尋犬金井。甘泉李肇增。

新竹廬詞稿題詞　丁至和

《新竹廬詞稿》一卷，夏淦撰，稿本

探春慢《題奉竹甫大詞宗大人〈伴梅庵詞集〉，即希拍正》

茸帽看雲，烏篷聽雨，天涯無限楊柳。藤老疏籬，苔荒文石，慢卷一枝紅逗。休說春來晚，笑詞筆、春風吹瘦。夜深不怕寒欺，冷香飛墮吟袖。　明月瓊簫記否。算唯剩大堤，流水依舊。螢火飄殘，鴉聲啼盡，往事不堪回首。且自尋芳去，畫簾外、翠禽猶有。長嘯湖山，莫教孤負杯酒。　保莽弟丁至和倚聲。

平陵主客詞序　張熙

《平陵主客詞》二卷，張熙、儲淳士撰，咸豐六年（1856）刻本

余昔僑寓將那，聞近之工詞者有荊溪儲麗江茂才，蹤跡屢左，未之識也。甲寅秋仲，孫月坡偕麗江訪余於吳下，始與定交。是年冬，權篆平陵，遂延往焉。然雖晨夕晤言，而公事鞅掌，未暇訂文字歡。蓋十閱月於此，唱和之音僅矣。乙卯九月，余卸篆返省，麗江亦歸里，未久來省，待聘留滯旅邸，往還始密。每寒燈話舊，各誦曩時得意之作，擊節交歡，不知其爲窮愁落寞中也。因謂余，良會不常，知音無幾。預期來日，彌眷昔遊。平陵之晨夕如昨，繼此又待何時？乃各出新舊長短調，刊爲《平陵主客詞》，非敢問世，聊誌吾兩人鴻跡云爾。丙辰三月，張熙識。

蓱綠詞自敘　丁至和

《蓱綠詞》三卷，丁至和撰，咸豐十一年（1861）曼陀羅華閣刻本

詞至南宋，歎觀止矣。余頗好爲長短句，每拍一解。或十數日而後定，或十數月而後定。斤斤然蘄輿古人相吻合，而猶未敢自信也。照舊月於梅邊，喚玉人於竹外。吾將招石帚老仙以問之。丁巳小雪後三日，蓱綠詞人書於漚夢館。

蓱綠詞題辭　杜文瀾

《蓱綠詞》三卷，丁至和撰，咸豐十一年（1861）曼陀羅華閣刻本

《瑤華・題〈十三樓吹笛圖〉，用集中自題韻》

花邊絮夢，柳外征愁，又飄零寒食。層樓在否，空記有、小燕飛來相識。舊時月冷，恐湘竹、都涵淒碧。自夜窗，開瘦梅枝，斷了玉人消息。　　孤雲閒寄天涯，問落拓征衫，歸計何日。煙蕪徑晚，算此恨、杜宇那曾知得。闌干重倚，忍回看，隔江山色。聽壁間、寶鋏宵鳴，付與醉歌狂擲。

蓱綠詞題辭 聲聲慢　周作鎔

《蓱綠詞》三卷，丁至和撰，咸豐十一年（1861）曼陀羅華閣刻本

嵐雲度翠，鏡沼吹漪，飄零詞客年年。酒醒闌宵，青衫有淚偷彈。梅邊似曾相識，認前身、白石飛仙。清霄迥，更數叢涼竹，搖起秋煙。二十四橋明月，蛩瓊簫淒斷，夢冷樊川。鬢已成絲，那堪聽到歌殘。寒鴉幾番啼盡，剩大堤、流水依然。蘋花晚，對西風、愁滿畫闌。

蓱綠詞題辭 揚州慢　郭夔

《蓱綠詞》三卷，丁至和撰，咸豐十一年（1861）曼陀羅華閣刻本

泥爪浮生，玉勾清怨，幾番按斷雙檀。悵天涯客旅，怎煮石空山。記閒把、芳心自寫，莫樓殘笛，橫向梅邊。鎖愁中，花月飄零，催老朱顏。　　斷蓮競轉。笑無端、同阻江干。聽雁去平沙，鶯來細雨。還又春闌。太息舊時遊冶。東風散、冷落嬋娟。問何因、移楫虹橋，波鏡重看。

蓱綠詞題辭 琵琶仙　李肇增

《蓱綠詞》三卷，丁至和撰，咸豐十一年（1861）曼陀羅華閣刻本

秋雨疏桐暗長，憶峻閣、芳尊傾碧。年少偏解工愁，憑花共吹笛。歡緒改、悲笳隱堞。頓幽阻、莫云消息。小海狂歌，鄱陽戲謔，都付陳跡。　　漫相見、蘿屋荒濱，認絲鬢、侵尋已垂白。唯有一枝筠管，寫江湖蕭瑟。吟夢遠、天涯興滅，愛小山、桂樹留客。爲問珠珠箔春風，甚時重覓。

蓱綠詞題辭　月下笛　宗源瀚

《蓱綠詞》三卷，丁至和撰，咸豐十一年（1861）曼陀羅華閣刻本

暝遠秋空，江荒夜回，倚樓人別。婆娑顧影，幾度狂歌唾壺缺。梅邊消息年年換，已賺得、頭顱似雪。怕風淒成片，雲頹欲墜。玉龍都裂。　愁切。揚州月。幻野哭夷歌，夜鵑啼血。霜高水咽，迸成幽怨千折。玉人簫管飄零盡，剩瘦竹、淒吟欲絕。試拍遍、舊闌干，飛絮春衫淚熱。

蓱綠詞題辭　石湖仙　胡爾坤

《蓱綠詞》三卷，丁至和撰，咸豐十一年（1861）曼陀羅華閣刻本

梅邊攜手。正霜滿危闌。明月依舊。　一笑碧雲空，怕吟扇、春寒聳瘦。珠簾何處，蚤綠暗、大堤煙柳？知否。但為君、夜雨聽久。西園那回妙舞，度新簧、輕羅幃褒。只恐離愁，負卻當時歌酒。畫舸紅橋，畫屏紅豆，雁箏誰奏。人去後，林花亂落千畝。

蓱綠詞題辭　解連環　張熙

《蓱綠詞》三卷，丁至和撰，咸豐十一年（1861）曼陀羅華閣刻本

斷雲天末。望亭皋甚處，暮愁空闊。正雁寧、清不勝寒，封喬木荒溝，舊時明月。漫賦離憂，蚤霜夜、玉龍吹徹。記燈窗酒醒，竹外一枝，翠袖曾折。　萸灣那回送別。歎華年似羽，輕付啼。任捲起、十里珠簾，剩涼碧搖煙。亂蟲幽咽。彩筆題香，鎮盼斷、冶春時節。待重來、杜郎漸老、暗添鬢雪。

蓱綠詞題辭　水調歌頭　黃涇祥

《蓱綠詞》三卷，丁至和撰，咸豐十一年（1861）曼陀羅華閣刻本

髡盡大堤柳，滿地集哀鴻。數聲湘竹吹動，著我亂愁中。為問舊時明月，可記狂吟醉態，夜夜倚闌同。長嘯拂衣起，燒短燭花紅。　十年事，磨練就，氣蟠胸。不知底事，江湖落拓等飄蓬。贏得多情破帽，襯了繁霜絲鬢，消瘦幾西風。擊碎鐵如意，休放酒杯空。

蓱綠詞重刊跋　丁至和

《蓱綠詞》三卷，丁至和撰，咸豐十一年（1861）曼陀羅華閣刻本

丁巳冬刊詞二卷於袁浦，越三年庚申，毀於兵燹。同人深爲惜，余則謂頻年迫饑驅，疏考證，尚多未協處，不足惜也。是年三月，遊東亭，杜小舫觀察爲余刪訂原稿，循聲按拍幾一載，存十之七。益以近作，重付手民，凡三卷，綜八十二首，庶幾於律無舛。草窗謂詞不難作，而難於改，語不難工，而難於協。余深有味乎斯言。辛酉四月蓱綠詞人又記。

蓱綠詞跋　黃炳華

《蓱綠詞》三卷，丁至和撰，咸豐十一年（1861）曼陀羅華閣刻本

作者與蔣鹿潭同時同遊，且互相唱和，然試取蔣之《水雲樓詞》與此參互觀之，奚啻有上下床之別。甚哉！才力之不可強求也。炳華又注。

蓱綠詞續編序　丁至和

《蓱綠詞續編》一卷，丁至和撰，同治七年（1868）刻本

意內言外謂之詞，大率鬱結難伸之隱，託爲詠歌，非僅刻翠裁紅，作兒女喁喁私語也。又須情景交煉，出以自然，如憑虛御風，絕無跡相。此中三昧，於詩有別。余詩稿久散佚，其所得祠一刻於袁浦，一刻於東亭，辛酉後復搜舊譜及新詠，續存若干首。余年將老，心血漸枯，偶一拈毫，猶必殫精竭慮，其亦性之所耽，不能自己者乎？時同治七年戊辰秋八月，蓱綠翁書於昭陽古翠堂。

淮海秋笳集序　李肇增

《淮海秋笳集》，李肇增輯，咸豐十年（1860）遲雲山館刻本

往從意園諸君爲文酒之會，少長列坐，前喁後於，命白騁辭，陵轢前哲。秦青絕煩手之響，韓娥詡繞樑之音。鏤燭騰箋，□然遐抱，北場綷泳，何其樂也。屬大風橫起，豺狼食人，故舊傖荒，半登鬼籙。風雨之夕，歌《大招》而魂遠；尺波既謝，覽遺文而神傷。

邈矣牙琴，心焉摧折。若乃靈響迸發，勝友飆興。《陽阿》、《激楚》，競揚乎希聲；吳歈越吟，送陳乎妙奏。小山大山之侶，斷竹續竹之謠。翰起雲飛，復捃墜緒。白石抽妍於淮左，方回寫恨於江南。東野巴人，亦參帷席。此則連情散藻，山豔水波，溯寫流風，誠不減漳川之舊賞也。然而秦川公子，茹歌流離；杜陵野翁，含傷羈泊。撝黃金而已盡，紛赤樟兮橫來。淪跡風煙，汰歡林澗，雖復陶弦觴於嘉月，流盼睞於蛾眉。而長笛短笛，盡河瀆同病之歌；傾國傾城，結漢女求思之詠。亦帷是情涯佇苦，憂緒增酸已也。遂乃研宮擿微，懷柳囊辛。東謳共西缶並哀，白雲與紅桑競戚。都爲一卷，繫以棄言。雍門之操，非媚賞於聾俗；車子之奏，期躐伎於溫胡。苦調義心，是所望於□俞之聽也。甘泉李肇增撰。

采香詞序　李肇增

《采香詞》四卷，杜文瀾撰，咸豐十一年（1861）曼陀羅華閣刻本

余自涉江還北，旅寄東亭，時聞鄉父老言，杜公愛民，埒古良吏。亭育海澤，守令兼權，惠和之風，遍於躍落，心竊韙焉。時公縣符受代，日月已逾，專理禺筴，上輸軍府，而甘棠謠誦，斐然勿替，征南流愛，其復見於今與，比以防寇，責在土團，大府檄公督厲其事。戈鍛是植，鹽田爲陆，邏夜警旦，舉州赴節。非公道感，莫可同聲。文化戎昭，端厓可睹矣。夫士大夫眾聲奮烈，將以功名傳之無窮，或往往秕視翰能，當賤煙墨，以爲文章之事，無當實用。然而登高賦詩，乃無慚大夫，彈琴詠歌，故有通元化。弘農坐嘯，隨郡清言，仕優則學，無妨並邁。公以簿領之暇，敦悅詩、書，天情流煥，時命豪牘。閎意目眇旨之論，見志觀變之言，野會川沖，紛其造述。而風流豔發，擿病捶聲，運神鋒於筆端，析纖芒於刺棘，大不遺細，音不害情。莊生言：鳴而當律。孟堅謂：有側隱古詩之意。其公之詞乎？夫掎抵句韻，刻鏤芳華，號彼壯夫，或詆小道；然堯章歌曲，隱《黍離》之感；同甫平生，抗中興之疏。詞工深約，義概存焉，騷雅以還，信未可以

靡靡呰矣。又況歐、范諸公，比物荃蓀、非無麗語，宅心鍾鼎，卓建大猷，往烈未瑁。公其接跡，海內作者，或以余爲知言否也。咸豐辛酉年夏五月中旬，甘泉李肇增拜撰。

蘊蘭吟館詩餘題詞　杜文瀾

《蘊蘭吟館詩餘》三卷，恩錫撰，光緒元年（1875）刻本

夢花燦吐珠璣，一枝彩筆由天授。評量錦字，霓裳細譜，鳳簫新奏。記得秋高，飛趨挽粟，勳銘淮右。更冰壺郎徹、來宣屛翰，重澤及、蘇臺柳。　　遙指星輝北斗。望京華、御香沾袖。旌皖水，看雲泰岳，總成懷舊。杖履追隨，芳琴雅管，絳帷依久。但心香一瓣，時時敬祝，似南山壽。

搓雲織句，研露濡毫，吟成字裏都香。一曲清歌，又早夢入瀟湘。空山自留正氣，撫朱絲、無限蒼涼。春最好，看金閶麗景，吳苑韶光。愧我時翻塵譜，也瓊簫學度，幾按宮商。刻翠裁紅，爭似九畹芬芳。扶輪信推大雅，炳勳華、不廢詞章。聊燕息，擘銀箋、憑遍綺窗。

重編吳夢窗詞敘　杜文瀾

《吳夢窗詞稿》，咸豐十一年（1861）曼陀羅華閣本

南宋端平、淳祐之間，工於倚聲者，以夢窗爲最著。夢窗名文英，字君特。據《蘋洲漁笛譜》末附錄，夢窗所題踏莎行自稱覺翁，蓋晚年之號。家於四明，高尚不仕，久客杭都及浙西、淮南諸郡，與吳履裔諸公遊。尹惟曉、沈義甫、張叔夏皆稱之。與周草窗爲忘年之交。《草窗詞》有玲瓏四犯一闋，題爲《戲調夢窗》。拜星月慢一闋，題爲《春暮寄夢窗》。朝中措一闋，題爲《擬夢窗》。而玉漏遲一闋，即《題夢窗〈霜花腴詞集〉》，傾倒尤至。夢窗詞以綿麗爲尙，筆意幽邃，與周美成、姜免章並爲詞學之正宗。顧《片玉詞》、《白石歌曲》均行於世。而夢窗手定《霜花映詞集》爲周草窗所題者，散佚不傳，後人補輯之甲、乙、丙、丁四稿，僅附刻於汲古閣《六十家詞集》中，無單印本，因摘出校勘付梓，以廣其傳焉。秀水杜文瀾敘。

重刊周草窗詞稿序　杜文瀾

《周草窗詞稿》，咸豐十一年（1861）曼陀羅華閣本

周草窗之詞，以姜白石爲模範，與吳夢窗同志友善，並驅爭先，自來選家採錄雖多，而專集流傳甚少。汲古閣毛氏舊藏《草窗詞》稿二卷，復就崑山葉氏借錄《蘋洲魚笛譜》二卷，毛斧季曾作兩跋，惜不曾刊入《六十家詞集》之中。故《四庫全書》詞曲類止收草窗所選《絕妙好詞》，而其自作之詞，未經著錄。阮文達公始從知不足齋鮑氏傳抄《蘋洲魚笛譜》，繕錄進呈內府。《揅經室外集》提要云：「《詞綜》以爲《草窗詞》一名《蘋洲魚笛譜》今考《草窗詞》比斯譜實增多數闋，則知《笛譜》是其當日原定，《草窗詞》或後人掇拾所成。」其說甚核。其後鮑氏刻《笛譜》於叢書第八集，又得《草窗詞》善本，刻入第二十三集。並以《笛譜》及《絕妙好詞》、《蓉塘詩話》之異同，注於《草窗詞》逐句之下，其《絕妙好詞》及《笛譜》所有，而《草窗詞》內逸去者，復補輯二卷，於是讀《草窗詞》者始獲見其全帙。然自叢書以外，未有單行之本，購求甚艱。余既重編《夢窗詞稿》付刊，因取鮑氏本《草窗詞》重爲校正。凡各家選本之異同，鮑本未經涉及者，分注各闋之末，亦授諸梓人，俾與《夢窗詞稿》同時流播焉。

萬紅友詞律校勘記序　杜文瀾

《詞律校勘記》兩卷，杜文瀾撰，咸豐十一年（1861）掃葉山房刻本

詞學始於唐，盛於宋，更唱迭和，有一定不移之律，亦有通行共習之書。南宋時，修內司所刊《樂府混成集》，巨帙百餘；周草窗《齊東野語》稱其「古今歌詞之譜，靡不備具」；而有譜無詞者，實居其半。故當日塡詞家，雖自製之腔，亦能協律，由於宮譜之備也。元明以來，宮譜失傳，作者腔每自度，音不求借，於是詞之體漸卑，詞之學漸廢，而詞之律則更鮮有言之者；黃鍾毀棄，瓦缶雷鳴，七百年古調母音，直欲與高築嵇琴，同成絕響。使非萬氏紅友以《詞

律》一書起而振之，則後之人群奉《嘯餘》、《圖譜》爲準繩，日趨於錯矩偭規，而不能自覺；又焉知詞之有定律，律之必宜遵哉？其書爲卷二十，爲調六百六十，爲體一千一百八十有奇。凡格調之分合、句逗之短長、四聲之參差、一字之同異，莫不援名家之傳作，據以論定是非，俾學者按律諧聲，不背古人之成法，其有功於詞學也大矣！惟其幕遊橐筆，載籍無多，考訂偶疏，誠所不免。就中所載之詞，有明知其闕誤，而行篋中無善本印證，遂有訛敓至數十字者，非其識之未明，實由力之未逮。故自敘云「興既敗於饑驅，力復孱於孤立」，才人遭際，慨乎其言之矣。更觀其《凡例》云：「限於見聞，未能廣考；惟冀高雅，惠教德音。」吳夢窗《無悶》詞後注云：「復慮譜中尚有類此者，不及檢點，未免貽譏；惟望閱者摘出而駁正之。」趙介庵《五彩結同心》詞後云：「統祈高明，糾其訛謬，示所遺亾，共成全璧，以便學者。」是萬氏之心，固深望閱者之補闕拾遺，初未嘗矜己護前，不欲後人之匡正也。然其振興詞學，不啻新闢康莊；繼起者守轍循途，始免趨於歧路，斷不可矜踐跡擴充之力，而忘開山導引之勤。豈得因萬氏攻擊《嘯餘》、《圖譜》諸書，語多深刻，遂從而效其尤哉？余少好爲詞，服膺此帙，研究之際，旁及佗書，偶有發明，筆之簡首。歲月既久，所記遂多，編次上下二冊，名曰《詞律校勘記》。昔吳縣戈君順卿擬輯增訂詞律，又與高郵王君寬甫議作《詞律訂》、《詞律補》，均未克成。余獲見王君《詞律》校本，亟加採錄；又得戈君校刻《七家詞選》，及江都秦君玉生所輯《詞系》，其中可以校正《詞律》者，亦附載焉。自愧管見未周，不足言補，亦不足言訂，謹就校勘所及，勉效一得之愚。自附於箋釋之例，藉以求唐宋詞人之律度云爾。秀水杜文瀾敘。

采香詞序　如山

《采香詞》四卷，杜文瀾撰，咸豐十一年（1861）曼陀羅華閣刻本

繫夫陽春白雪，律協於郢歌，北渚秋風，辭鳴於楚些。長言託風詩之始，哀豔本樂府之遺，洎乎近代，別曰倚聲。審體則雲璈善諧，類情則露蘭自馥，義出於幽沉，言歸於隱秀。蓋非導源夔石，末繇嗣響鳳詔已。小舫杜君，幼稟苕霅之秀，長攬吳越之勝，鴛湖花暖，青雀攜春，螢苑蘚荒，紫蕭怨暝，或長塗橐筆，靜夜囊琴，擊處仲之壺，咳唾並玉；節子登之磬，心骨皆仙。既而皖江命棹，漢皋嘯侶，船滑浪白，篷背山青，狎客則沙鳧一雙，美人則煙鬟十二。清抱所寄，遐唱方滋，重以汀若贈香，岸葭溯趣。小姑黛淡，彭郎月涼，危樓黃鶴，魂屢招而未歸；芳草青鶯，恨終古兮疇訴。戈鋋則同時洗雨，江山以無聊笑人。君握奇餘勇，持籌暇晷。青簡則班班就覈，紅鹽則昔昔工吟，諸葛綸巾，風雅自足；征南武庫，家聲斯在。於是倖色蘼蕪，希音靈瑣。綠水坐愁之弄，媲美西漢；前谿讀曲之奏，擅譽南朝。采香自怡，瞻前誰匹。僕本恨人間作廋語。池塘春黯，新夢胡溫；塵鞅困蘇，羈懷猶眷。飛來秘笈，如聆迦陵之和；憾後綺緣，尙託天花之燦。啖蜜而中邊皆澈，咀霞則齒頰亦芳。鴛鴦綵縷，思繡平原，翡翠筆床，請貽孝穆。謹序。冠九弟如山書於淄陽湖西寓館，時在乙丑上巳後三日。

洞仙詞鈔跋　宗源瀚

《洞仙詞鈔》四卷，陳星涵撰，稿本

佳處直欲與白石老仙爭勝。如此清才，加以精進，何可限量！庚午秋八月，白門宗源瀚讀識。

范湖草堂詞自記　周閑

《范湖草堂詞》三卷，周閑撰，光緒刻本

吳中庚申之變，孑身脫難。凡所撰著《兵原》十六卷、《日食表》二卷、《讀書雜識》八卷、詩六卷、詞八卷、古文駢體四卷皆陷於賊。生平窮思，畢慮一朝俱盡，良用浩歎。十月既望，寇烽復逼吾鄉，舉室東遷，於敗簏中得十年前舊詞三百首，蓋最初寫本，猶未刪定者也。

詞固不工，要於古今各家之別具一種面目，不忍棄捐，重寫一過，釐爲三卷，以待改削。范湖居士周閑寫畢自記。

范湖草堂詞志　蔣敦復

《范湖草堂詞》三卷，周閑撰，光緒刻本

咸豐十年冬十一月讀一過，至明年辛酉之春古花朝日，校讀凡三過矣。江左長民蔣敦復志時同客海上。

存伯詞前歲在吳門即已得讀，時吳中好事者聞余至，咸以詞相質，嘗語人曰：「閱他人詞，用目力十三四足矣。至范湖詞光透楮背，復往來墨面數過，才識廬山眞際，如費吾目力何？」雖一時戲言，要非於此道三折肱者不知。今將付梓，屬爲審定。追維疇昔不勝惘然。江東老劍敦復又志。

范湖草堂詞序　馬錫藩

《范湖草堂詞》三卷，周閑撰，光緒刻本

禾郡周君同倩，奇侅負氣，冥默控心。劌鉥蟫編，嘔心未已。繪寫情愫，叉手立成。余與定交，三載於茲矣。今出其先德存伯先生《范湖草堂遺稿》督序於余。余惟先生文綜百家，書破萬卷。勞商一奏，有俟鯱俞；良劍千金，罕覯函冶。蕤賓之鐵未躍，豐城之器甘薶。爰乃辯騷雅正聲，穹宣蓋的派。戴憑奪席，故訓冥搜；杜牧憂時，罪言有作。筆敝腕脫，心摹手追。凡所著述，奢然隆富。既而縛黃皮袴褶，慷慨從軍；翦青犢妖氛，從容草檄。磨墨盾鼻，淅米矛頭。履□槍以爲綦，葉繞鐲以唱凱。雲屯班弩，風掃藻辭。孫楚從戎，聿迻偉構；嘉州編集，最著邊聲。繼又任重雷封，播聲循吏。來暮之謠，畣彼田叟；停雲之作，懷我枌鄉。退食蝼蛇，旁及遊藝。花間寫影，燈下倚聲。往往碧語傳淒，紫雲按拍。及至官穀表聖，鏟跡空林；湘浦靈均，行吟雷慨。可煙花以名集，勝玉海之成文。蓋先生所著，有《兵原》十六卷、《日食表》二卷、《讀書雜識》八卷。其餘詩古文辭亦二十餘卷，部居編次，已井井矣。乃侍史所錄，布肘可量。蓉城之征，玉棺騶降。其時同倩齒裁八齡，累累楹書，放佚十九。迄今爬剔叢殘，裒集數載，僅得文一卷，詩一卷、詞三卷，題畫詩一卷而已。於戲！幸草猶碧，吉光可珍；金心在中，都梁仍鬱。先生有知，可無於邑。惟是同倩，閉帷自勵，焠掌習勤。方求六宏陰陽，《周髀》可證；三略中上，《陰符》旁參。經說參辰，選四通之驛；師承同異，撤難解之圍。而先生《兵原》諸書，全璧俱沉，碎金難拾。環器鼎鼎，墜緒茫茫。籲可惜矣。所幸琴徽孤弄，梁欐餘音；手澤僅存，焚桐未燼。梨棗之役，君其可以斯須緩乎哉？光緒十有九年夏四月，吳縣馬錫蕃拜序。

綰紅軒詞鈔題辭　蔣春霖

《綰紅軒詞鈔》二卷，邰長濬撰，同治刻本

乙丑九月朔，捧讀一過，如入波斯寶市，輒以眼福驕人。口占二絕，以志傾倒，時寓昭陽客舍志。

殘月曉風仙掌路，銅琶鐵板大江東。知君更有淩雲筆，譜出霓裳曲最工。

才調分明白石仙，一時黃絹有餘妍。樽前消得雙鬟拜，顧曲周郎正少年。

瘦鶴軒詞自序　趙彥俞

《瘦鶴軒詞》一卷，趙彥俞撰，同治十二年（1873）刻本

余生平不善塡詞，壬戌遊海陵，晤江陰蔣鹿潭於客舍。鹿潭以《水雲樓詞》著名者也。詩酒往來，相視莫逆。一夕酒閒謂余曰：「君素塡詞否？」予曰：「未也。」鹿潭曰：「片語樂府，與詩同源。君能詩，君何不爲詩之餘乎？」時海陵大興詞會，鹿潭方與同人作《軍中九秋詞》，強余拈題，得秋角。異日，予賦《徵招》一闋，以稿示之。鹿潭曰：「吾固知君之必能詞也。」是歲余年六十，昔玉田生學詞四十年，自以爲未見其進。今老矣，尚何能爲？然余因知己一言，每遇好詞，愛不忍釋。循聲按拍，十載於茲。計共得詞三百八十餘闋，屢經塗改，務求協律，僅刪存一百六首，舍弟季梅勸付諸梓。所惜鹿潭往

矣，今昔是非，未由訂正，是則余之遺憾也夫。癸酉秋九月，次翁自書於昭陽寓齋之瘦鶴軒，時年七十有一。

滄浪漁笛題詞 甘州 金樹本

《蘊蘭吟館詩餘》三卷，恩錫撰，光緒元年（1875）刻本

近滄浪萬綠嘯秋風，聞歌和清詞。喜承恩集外，金聲玉振，細譜瑤思。虎帳文鐃傳罷，華省賦紅薇。老豔生花筆，璧月瓊枝。　　白石風流誰繼，斂蘇辛才氣，妙剪冰飔。更閒吹龍竹，低唱付紅兒。自吳儂、歡聆雅奏，散明珠百斛賞花時。檀痕掐，醉揮毫處，蟬曳楊絲。

玉可詞題詞 平韻百字令 周作鎔

《玉可盦詞存》一卷，《玉可盦詞補》一卷，徐琪撰，光緒刻本

壬午春仲既望後四日，玉可庵主人訪余於胥南寓舍，出此以索新聲。時方禁煙，庭前海棠盛放，綠僝紅僽，與詞境雅宜。惟愧綺業未除，不免籠鸚笑人耳。

露桃香靚，認碧瀟斜卷，燕子簾鉤。細雨橫塘春似水，垂楊輕繫蘭舟。江上宮袍，日邊彩筆，仙路踏瀛洲。玉笙屏側，阿儂端爲詩愁。依約殘夢芳櫳，消磨不盡，雪印幾重留。密字珠函緘豆蔻，衍波翠墨雲浮。三月鶯花，五湖鰕菜，倚醉話前遊。野蕢開晚，汀回閒煞盟鷗。

古香凹詩餘題辭 湘春夜月 王炎

《古香凹詩餘》一卷，方濬頤撰，光緒十年（1884）刻本

古香凹，夢園老子逍遙。巫峽一片歸雲，長護鳳鸞巢。那管萋菲成錦，笑紛紛塵世，空沸螗蜩。羨江山文藻，風流儒雅，宋玉詞曹。紅橋舊月，金尊檀板，幾度相邀。打槳秦淮，曾換取、桃根桃葉，同載蘭橈。（君由白門來邗）新翻樂府，把豔遊、譜入瓊簫。煙水外，喜盟鷗仍在，慣識花底青袍。

古香凹詩餘題辭 石湖仙 黃錫禧

《古香凹詩餘》一卷，方濬頤撰，光緒十年（1884）刻本

新聲初譜。看蕭散襟期，神仙風度。白石是前身，寄餘情、移宮換羽。等身傳作，更領袖、幾家詞侶。吳楚。掛布帆、一任來去。　　韓江一門四代，羨孫曾、芝蘭秀吐。記取當年，灑遍江淮霖雨。玉壘浮雲，珠江蠻霧，倦遊心緒。吟好句，春風廿四橋路。（先生蒞任兩淮都轉使時，重修平山堂，樓臺花木，仍復舊觀。公餘出遊湖上，佳句極多。）

古香凹詩餘題辭　黃鍾喜遷鶯　汪鋆

《古香凹詩餘》一卷，方濬頤撰，光緒十年（1884）刻本

春風詞筆。是木天簪到，自殊凡格。唾落飄珠，裳成纖綿，滂沛寸心傾出。已驚才似海，還秀擷、六朝山色。最堪羨、這渾金璞玉，丰韻高逸。　　蹤跡。漫記憶。嶺表廣陵，兩地謳吟及。接襼分題，呼燈促飲，群雅盡歸遙席。墜歡追未了，猶彷彿、山堂吹笛。愛邇日，擘綵箋、爪泥痕密。

棲雲山館詞存自序　黃錫禧

《棲雲山館詞存》一卷，黃錫禧撰，同治六年（1867）刻本

錫禧幼嗜倚聲，苦無師授，每作輒棄，存者不過十之二三。癸丑兵燹後，轉徙流離，稿盡散失。嗣因感事觸情，復得近作若干首。今春，同人促付手民，爲鑒前失。於是以稿就吳讓之師刪削，猥蒙手錄數十闋，示爲可存。姑就已錄者刻之，留以驗異時進退，且益重先生之書雲。同治六年六月上浣。錫禧自識。

棲雲山館詞存自序　吳熙載

《棲雲山館詞存》一卷，黃錫禧撰，同治六年（1867）刻本

子鴻弱冠，於讀書寫字而外，即好塡詞，於諸家門戶無所不窺，短章雅近五代。余近年六十有九，文業久廢，回憶少時，奉教常州周保緒、李申耆、董晉卿、張翰風諸先生，揚州之汪冬巢、王西御諸公論議，幾同隔世。人琴之感，不能自已。篇什之佳，其能捨諸？同治六年六月，讓之寫畢附記。

寫麋樓遺詞識　高望曾

《寫麋樓遺詞》一卷，陳嘉撰，同治刻本

亡婦遺詞三十餘闋，由子欽內兄處寄，刪存十七，如詩品之數。附刊拙稿後，俾留姓名。中多粗淺語，未經酌改，蓋不欲沒廬山眞面目也。庚午夏至日，茶夢庵主人記於無諸城寓齋。

蕉窗詞存跋　周閑

《蕉窗詞》一卷，齊學裘撰，同治十年（1871）刻本

玉溪固以詩名，不常作詞，間出所著數篇，已足與國初西堂、鶴舫諸集相伯仲。可謂善以少少許勝人多多許者。彼畢生用力於此，乃不得加玉溪一等，抑又何耶？咸豐八年十二月二十一日，范湖居士周閑讀畢記此。

茂陵秋雨詞跋　周騰虎

《茂陵秋雨詞跋》四卷，王錫振撰，咸豐九年（1859）刻本

與少鶴別八年，庚戌歲莫，相遇邗江，各述蹤跡，遭遇憂危，同深浩歎。余將操楫江湖，少鶴亦匆匆北去，出示近作《瘦春詞》，纏綿清遠，沉著悲涼，以此置之迦陵、飲水之間，非但不愧之而已。少鶴臥病三年，所得如此。困厄獨非福耶？歎鄙人潦倒衣食，心銷形悴，文采阻落，以對知己，能無赧然？毗陵周騰虎識於邗江旅館。

抱山樓詞錄序　錢勖

《抱山樓詞》四卷，張炳堃撰，光緒十五年（1889）刻本

步武《花間》，去其纖靡。深情遠韻，不屑屑侈口南宋，正與姜張輩不觸不背，飲水而後，復見斯人。無錫錢勖識。

抱山樓詞題辭　金安清

《抱山樓詞》四卷，張炳堃撰，光緒十五年（1889）刻本

玉堂天上。笑十載、鴛湖清絕漁唱。聽雨臥逍遙，比蘇家、略增惆悵。烽煙雲詭，更忙煞、渡頭雙槳。流浪。剩吟朋、幾人來往。　雁

峰壯遊歸後，又輪邊、書生奇想。畫壁旗亭，歌遍蘇髯豪放。夢裏觚稜，愁邊亭榭，慢詞搜盡玉田賞。江天夜月空蕩。

三影樓劫餘草自序　張熙

《三影樓劫餘草》一卷，張熙撰，咸豐刻本

昔余讀書陶穀，水木清華，高下殊致。臨眺之美，心目爲朗。每春秋佳日，風月良宵，高朋兩三，觴詠並作。一時稱爲樂事焉。詩篇之外，遂及倚聲。嘗羨昔人融情景於一家，會句意於兩得，妙擅勝場，獨開生面，而高者如野雲孤飛，去留無跡，朗誦一過，神觀飛越。山水清音，若相贈答。自謂庾信當年，何必不相及。曾不知此景致今不再謁。辛亥出山後，一官從役，往事已非。衣是洛塵，焚爲車木。王粲增遠遊之思，張衡有四愁之作。然江上雲歸，故園鶴步，猶識所謂三影樓者，是某曩日塡詞處也。豈意癸丑之春，烽火西來，臺城瓦解。八公則草木皆兵，新亭則賓寮隕涕。少陵間道，幸保餘生；王謝故家，同歸浩劫。昔之一詠一吟，亦復灰飛煙滅矣。今者聽鼓吳門，趨官瀨水。舊雨或來，論文猶昔。公餘省憶，隨手抄錄，不獲因歲月編次矣。曹子建述丁敬禮云:「文之佳惡，吾自得之。後世誰相知定吾文者邪？」才士愛名，古今一轍。余錄是編，非此之謂，蓋以十數年來曾致心力於是，聽其堙沒，良用不忍。且兵燹之後，昔時觴詠之地，不可復問。存是編，存陶穀也。爰志其顛末，以爲知陶穀者告。張熙自序。

香禪精舍集詞跋　高望曾

《香禪精舍集詞》四卷，潘鍾瑞撰，光緒十年（1884）香禪精舍刻本

憶自壬子游吳，吳中諸詞老如戈丈順卿、吳丈清如，皆得識面。而同輩中如宋浣花、王愧庵、潘仲超，蹤跡爲尤密。是時已耳盛名。明年金陵失陷，予即返里。而郵筒往來，時有酬唱。己未秋，浣花來杭，因並識拙孫。每談及賢竹林詞學，恨未一晤。庚辛之劫，諸君先後歸道山，獨余幸存。數年來南轅北轍，此調久荒。頃來吳下卜居，

蒙與泖生過訪，始見叔度。執手傾談，頓慰饑渴。復承以大箸賜讀盥薇三復，思精律細，出入兩窗之間。近日吳下論詞，定當首屈一指矣。讀既竟，爲題《一萼紅》一解，用志傾慕。時丙寅上丁，杭州高望曾茶庵識。

甚匆匆。記十年前事，曾此駐吟蹤。虎阜眠雲，獅林醉月，多少花下歡悰。驀彈指、烽煙卷地，勝遊處，衰草夕陽紅。社燕巢荒，盟鷗夢冷，陳跡都空。　　休到風流頓盡，有悲秋賦客，尙感飄蓬。石火光陰，劫灰身世，纔得今日相逢。怕重檢，金荃剩稿，訴悲懷、一樣可憐蟲。欲起故人泉下，共話西風。

宋浣花詩詞合刻題詞　金樹本

《梅笛庵詞剩稿》一卷，宋志沂撰，同治六年（1867）刻本

紅杏清華奕代新，劫灰飛後跡都陳。但能抗節悲良士，特妙言情過美人。蟬蛻烽煙渺身世，鳳翔文採自精神。題詩不僅緣詞賦，毅魄全歸孰與倫。

受辛詞敘　郭晉超

《受辛詞》二卷，王荽撰，光緒刻本

詞之宗旨，始於唐，昌於宋，至元明則窔窚不闢，門戶遂迷。世之作者，非高張蘇、辛、秦、柳，即掃扯周、王、姜、張。不知南北宋之大分徑庭，名大家各具香火，正未容淺窺疎測也。吾友王君小汀爲鶴汀先生哲嗣，以名父之子，紹衣家學。倚聲一道，獨有千古。前人雖壁幟分樹，雲霞爛天，受辛則指僂眉分，匯爲一得，蓋寢饋於中者五十餘年。當其幼時，吾師汪冬巢先生及王西御丈皆江左詞宗，見其作，謂鶴汀先生云：「數十年後，詞壇飛將也，必以此道張吾軍矣。」前輩賞識，蚤歲已然。宜其才愈豐，而境愈嗇；名益著而數益奇。豈天與以壽世，即不能榮世與？僕爲總角交，知之深，故述之備。貢之大雅，亮不河漢鄙言。光緒癸未秋七月，同里世小弟郭晉超湘蘽拜志。

梅邊吹笛詞稿題跋　程宇光

《梅邊吹笛詞稿》一卷，汪鋆撰，稿本

己巳春間，與硯山訂交於攘之寓廬，拜讀一過。弟程宇光記。

梅邊吹笛詞稿題跋　汪鋆

《梅邊吹笛詞稿》一卷，汪鋆撰，稿本

憶幼從郭少卿孝廉學賦。孝廉善塡詞。曾隨作數首，不知所以爲詞也，即捨去。閱數年，與吳篆生友，知其詞。且知詞之難也，而更捨去。以後十年，此調不彈矣。癸丑後傭書棲雲山館，主人黃子鴻司馬工倚聲，昕夕與共，服習日深，遂亦效顰，有所作矣。又不佳，仍欲捨去。主人曰：「存而不論可也。」爰就其可錄者姑存之，署曰《梅邊吹笛詞》，明乎所以隨諸君之意也。若夫效啼血於春鵑，矜寒吟於秋蟀。抑乎自然，以期訴其哀怨而已。至於意內言外，應弦遺聲，固古作者之事也，而余敢望哉？鋆自記。

梅邊吹笛詞稿題跋　丁紹憲

《梅邊吹笛詞稿》一卷，汪鋆撰，稿本

硯山家揚州，與余衡宇相望，素念其工詞賦。己酉，陳雲乃太守試士，以《浴堂賦》命題，獲讀硯山賦，俗題能雅，戛然異人。嗣又讀其《鴉片煙賦》，遊戲神通，具絕大智慧，因大讋服。癸丑，同避亂於公道橋，硯山貧且病，境殆非人。病已，索觀余所爲《鍾公殺賊歌》。彼時，記研山狀，清臞僵立，猶復慷慨論事，立隴畔把握移時。自是與硯山別，忽忽三載，遇於海陵，出其癸丑後所爲《梅邊吹笛詞》見示。袖歸，剪燈細讀，覺嗚嗚咽咽，不減桓伊三弄時也。書數語歸之。兩人離合之感，一時傾倒之由，胥於是乎志焉。弟丁紹憲記。

梅邊吹笛詞稿題跋　張榑

《梅邊吹笛詞稿》一卷，汪鋆撰，稿本

丙辰陽月，自秦郵至棠埭，時將欲北遊，緣絀於資不果行，遂逆旅無憀，興頗不適。會硯山來寓，出《梅邊吹笛詞》見示。前十數闋皆曩曾經見之作。又增近作若干首。捧讀一過，穹愁頓忘，一快事也。濟川弟楫識於散花精舍。

是歲冬十一月之四日，寓齋獨飲，甚無聊賴。兼余素性饕餮，僧僚淡韭，酒不能下。爰取案頭《梅邊吹笛詞》，諷詠再三，引盞更酌，醁□四溢，堙及卷角，始知今宵之盡醉也。附記於此，使後之讀是詞者知酒痕爲余所污，則余得附硯山以不朽焉，幸甚！濟川又識。

梅邊吹笛詞稿題跋　姚正鏞

《梅邊吹笛詞稿》一卷，汪鋆撰，稿本

丙辰冬初，仲海弟姚正鏞讀於吳陵寓齋。

梅邊吹笛詞續存序　汪鋆

《梅邊吹笛詞稿》一卷，汪鋆撰，稿本

鋆素慕倚聲，自棲雲、遲雲別後，將廿餘年，此調絕未一彈。會□正獲購張皋文所輯《詞選》，復讀一過，如晤故人，未免怦然又有所作。索過風於前林，尋墜絮於已往，姑存之以驗老年之進退。光緒戊寅試燈，汪鋆自識。

梅邊吹笛詞稿題跋　吳熙載

《梅邊吹笛詞稿》一卷，汪鋆撰，稿本

丙辰春，熙載再讀一過於海陵旅次，因署檢。

梅邊吹笛詞稿題跋　郭夔

《梅邊吹笛詞稿》一卷，汪鋆撰，稿本

丙辰秋杪，與熙翁、硯山同集海陵，□城復□後始相見也。硯山出詞示余，並屬題數語，以志良晤，亦可慨矣。堯卿漫筆。

名句如林，使讀者應接不暇，佩服，佩服，夔又記。

梅邊吹笛詞稿題跋　黃錫禧

《梅邊吹笛詞稿》一卷，汪鋆撰，稿本

丙辰除夕，硯山大兄過訪樊川旅次，復出《梅邊吹笛詞》見示。

諷詠一過，憂從中來，不可卒讀。於詞中之妙境，諸君已詳言之，茲不復贅。爰書數語，以志歲月。子鴻弟黃錫禧記。

梅邊吹笛詞稿題跋　張安保

《梅邊吹笛詞稿》一卷，汪鋆撰，稿本

丙辰仲冬，往來棠湖。與硯山大兄同寓福壽禪庵，將及兩月。硯山出所製《梅邊吹笛詞》見示。每每就佛燈，靜夜讀之，哀感頑豔，如不勝情。余將歸石樵，戢影蓬戶，不知會和又在何時。爲題數語於卷端，以志傾倒。卷中完璧，以石翁小印誌之。弟張安保讀。

冰甌館詞鈔序　王茭

《冰甌館詞鈔》一卷，張丙炎撰，光緒十一年（1885）刻本

冰甌館主人少工倚聲，已而棄去，解組後，復稍稍爲之。刻羽引商，聲情窈眇，少陵所謂「老去漸於詩律細」也。每出一章，互相傳寫，主人顧故自愛惜，隨手散棄。朝溪子謂少游性不耐聚稿，間有淫章醉草，輒散落青簾紅袖間，主人殆有似焉。近多倡和之作，余輒爲庋藏。又征諸忍齋、約叟、硯山、勺園、仲海、次瀟諸君，寫而錄之。燈窗展讀，愛玩不忍釋受。同人索觀，各家評騭。乃擇其最愜鄙意者，得如干首。適刊拙稿既濬，並付手民。窺豹一斑，見驥一毛，用慰求讀者之願。他日全集梓成，此特筌蹄焉爾。光緒乙酉中秋前五日，井南小汀王茭書，時年六十又八。

雙橋小築詞題詞　張丙炎

《雙橋小築詞》六卷，《詞存集餘》一卷，江人鏡撰，光緒二十年（1894）兩淮運署刻本

瑤箏錦瑟付素弦，宛轉齊按新拍。嚼蕊吹香，揉雨蒸霞，生花一管詞筆。汾雲燕雪奔馳苦，算青鬢、星星將白，更幾年，旅館淒涼，又聽鶴樓長笛。　　聲價人才未減，悶來把綠醑，蓮漏潛滴。記得京華薇省，樞垣退直，鐙紅酒碧。天涯幾換王孫草，悵幻影、飛絮難覓。喚小紅、低唱梅邊，靜對二分明月。

附錄二：淮海詞人群體酬唱簡表

作者	唱酬對象	詞牌	詞題	首句
張安保	姚正鏞	長亭怨慢	舟夜聽雨寄懷仲海	久孤負
	姚正鏞	前調	秋風淒厲，湖波渺然，雨泊荒村百憂交集，爲譜此解：頓嘗盡，飄零情緒	篷背瀟瀟
	同人	念奴嬌	九日登岳阜，時兵氛孔亟，撫今弔古難已於言	菊花開了
范凌雙	吳熙載	邁陂塘	癸丑七夕和吳讓之	怕蟲鳴
	吳熙載 郭夔	水調歌頭	癸丑七夕後二日，九松道院同讓之芮宜庵郭堯卿	今夕是何夕
吳熙載	同人	陂塘邁	癸丑七月寓邵伯埭同人有七夕詞屬和焉	問天河
	姚正鏞 汪鋆	霓裳中序第一	用周草表單見芙蓉花作和姚仲海汪硯山	花光動木末
汪鋆	黃錫禧	疎簾淡月	題棲雲山館記曲園	紅紅曲記
	同人	瑤華	棲雲山館銷夏分賦得茉莉花	銀絲細結
	同人	玉漏遲	又分賦得夜來香	晚香延月午
	黃錫禧	淒涼犯	和黃子鴻秋夜雨窗書悶	冷雲夢續

作者	唱酬對象	詞牌	詞題	首句
汪鋆	黃涇祥	八歸	送黃琴川歸里	雲箋擘粉
	同人	龍山會	九日登岳阜同仲海作	暮色横吳楚
	同人	霓裳中序第一	詠木芙蓉	池塘淨唾碧
	同人	蘭陵王	落葉	歲華逼
	姚正鏞 王炎	一萼紅	隔牆有海棠一株，當春已花嬌紅欲滴，邸居對此殊難爲情賦此索仲海小汀和	甚春情
王炎	黃錫禧	淡黃柳	乙卯春行次西郊，鮑明遠賦雲孤蓬自振驚沙坐飛寓目殆遍感而有作用示黃子鴻	蕭條白日
	郭夔	暗香	西山且住廬看雪，堯卿譜《疏影》先成，余譜此調和之	甚春寂寂
	郭夔 汪鋆	驀山溪	雪珠同堯卿賦	雨絲風片
	郭夔 汪鋆	惜餘春慢	刀魚，同堯卿、硯山賦	玉尺跳波
	汪鋆	疏簾淡月	硯山繪《棲雲山館記曲圖》譜此索和	梁塵繞遍
	同人	露華	棲雲山館消夏分詠得珠蘭	墜樓恨絕
	同人	解語花	又分詠得梔子	蕉風送暖
	黃錫禧	雨霖鈴	初秋，和黃子鴻雨窗抒悶	愁心如葉
	同人	石湖仙	題白石道人小像	垂虹秋雨
	汪鋆 姚正鏞	一萼紅	戊午春，客吳陵轉蓬吟館。見鄰家海棠盛開，同硯山仲海賦	最難禁
	黃錫禧	陌上花	黃葉和黃子鴻	濃蔭頓減
	姚正鏞	霜葉飛	紅葉和姚仲海	斷霞林杪停車處

作者	唱酬對象	詞牌	詞題	首句
張丙炎	姚正鏞	長亭怨慢	將歸荻渚村居，留別姚仲海	最難得
郭夔	李肇增	琵琶仙	寄李冰署	何世人間
	李肇增	長亭怨慢	和李冰署橫塘春雨曲	正門閉
馬汝楫	黃錫禧	一枝春	雨阻邗上，同黃子鴻作	一水盈盈
	同人	高陽臺	癸丑七夕後二日，赴國博試病臥棘□淒然有作	矮屋昏燈
黃錫禧	李肇增	玲瓏四犯	和李冰署橫塘春雨曲	載酒畫橈
	黃錫禧	龍山會	九日登岳阜同仲海作	遺恨悲今古
姚正鏞	黃溼祥	淡黃柳	題黃琴川南灘春柳圖	去年柳色
	同人	石湖仙	題白石道人像(丙辰春作)	新詞誰譜
	汪鋆	滿江紅	從吳陵泛舟赴邵埭同硯山作	天末離愁
	同人	龍山會	吳陵城西高阜獨拔遠攬江瀨南徐諸山。遙遙如列屏。土人傳爲岳忠武王屯兵拒金人處也。立廟其上，風日清曠都人士多憑弔焉，丁巳九日與汪大硯山作高輝會於是江湖滿地景物愁人撫今思昔不獨以蕭條而悲乎秋氣矣譜以撥悶並索硯山和	海氣蒸如雨
	同人	一萼紅	吳陵鄰家有海棠一株當春著花密蕊高枝出牆若徐妃倚半面妝窺人予僑居於此已三度花時矣不禁黯然爲賦此解	露幽姿
	汪鋆	霓裳中序第一	同硯山吳陵城西看木芙蓉作	微飆蕩靜碧
	黃錫禧	眞珠簾	雪珠，己未二月同子鴻作	蕊宮珠闕輕寒脆

作者	唱酬對象	詞牌	詞題	首句
姚正鏞	同人	蘭陵王	落葉	霜華白
	同人	霜葉飛	黃葉	千林如繡
	同人	前調	紅葉	晚楓新染
杜文瀾	黃文涵	好事近	癸丑冬與黃子湘同從軍於邗上，重逢話別賦此贈之	帳拂曉星寒
	黃文涵	青玉案	題黃子湘直刺史蟹庵讀書圖	青鐙味是兒時好
	黃文涵	風入松	題黃子湘拜松圖	蒼髯鬱鬱動愁風
	李肇增 郭夔 周作鎔	萬年歡	即席示李冰署郭堯卿兼寄周瀟碧淮陰用史梅溪韻	海畔閒鷗
	褚榮槐	金縷曲	題褚二梅北征草和顧子山	帽影錙塵撲
	丁至和	瑤華	題丁保庵十三樓吹笛圖即次其自題韻	花邊絮夢
	丁至和	眉嫵	詠扁豆花次丁保庵韻	認參差茅屋
	丁至和	小重山令	與保庵話揚州湖上舊遊	十載虹橋買醉詩
	丁至和	思佳客	次丁萍綠見懷韻	梅雨纔晴悶抱開
	周閑	換巢鸞鳳	題周存伯橫河移居圖	同是浮家
	金安清	月下笛	金眉生廉訪自嘉善以詞見懷次韻卻寄	暗雨欺鐙
	金安清	木蘭花慢	金眉生以煙雨尋鷗圖屬題	十年鄉夢杳
	金安清	瀟瀟雨	重九前一日眉生客居吳門用玉田韻約作登高之會即次奉酬	瀟瀟篷背
	金安清	江南好	以淨相寺檇李寄吳退樓觀察報以洞庭枇杷次眉生韻爲謝	香厭土浮瓜

作者	唱酬對象	詞牌	詞題	首句
杜文瀾	金安清	解連環	眉生用夢窗贈石帚韻見懷次韻答之	痗懷愁積
	宗源瀚	如此江山	題宗湘文太守江天曉角圖次自題原韻	斷風嗚咽蘆花際
	張熙	長亭怨慢		竟偷被東風吹暮
	姚輝第	齊天樂	校姚子貞大令蘜壽庵詞集題後	洛陽詞客知名久
	蔣春霖	憶舊遊	與蔣鹿潭話黃鶴樓舊遊	記波涵紫堞
	蔣春霖	三姝媚	贈蔣鹿潭	空憐歸去好
	蔣春霖	無悶	鹿潭病痁譜此以代《七發》	長劍當年
	蔣春霖	長亭怨慢	悼顧鶯娘娘爲鹿潭作	最淒絕枇杷門戶
蔣春霖	劉梅史	甘州	余少識劉梅史於武昌，不見且二十年。辛亥余爲淮南鹽官，梅史自吳來訪，秋窗話舊，清淚盈睫，其漂泊更不余若也	怪西風偏聚斷腸人
	周學濂	一萼紅	清明前一日，偕周蓮伯散步城北，紅日已西，乃至虹橋，復買小舟過桃花庵、蓮性寺，煙水淒然，遊人絕少，共溯洄者漁船三兩而已	趁春晴
	周學濂	木蘭花慢	中秋日，周桐實自浙西歸，得周蓮伯字	亂霞晴隔浦
	周學濂	法曲獻仙音	天氣乍秋，微涼生夕，懷周蓮伯	雲薄鋪涼
	王蔭昌	渡江雲	燕臺遊跡，阻隔十年。感事懷人，書寄王午橋、李閏生諸友	春風燕市酒

作者	唱酬對象	詞牌	詞題	首句
蔣春霖	王蔭昌	甘州	王午橋常山人，詞筆清麗似吳夢窗，渡滹沱時相見。庚午復遇於南中，云自越絕返都門也。歌而送之	記疏林霜墮薊門秋
	陳寶	垂楊	送陳百生北遊	偷彈老淚
	王蔭昌	木蘭花慢	贈陳百生	碎堆門黃葉
	王蔭昌	甘州	題陳百生閬風絏馬圖	是何年吹墮謫仙人
	趙熙文	甘州	甲寅元日，趙敬甫見過	又東風喚醒一分春
	趙熙文 周騰虎	齊天樂	送周弢甫、趙敬甫之杭州	天涯只恨溪山少
	黃文涵	三姝媚	送別黃子湘	相思堤上柳
	郭夔	角招	壬子正月，遊慈慧寺，舟穿梅花林，曲折數里而至。石峰峭碧，沙水明潔，佛樓藏松影中，清涼悅人。十年後與郭堯卿復過其地，則夕烽不遠，寺門闃然閉，梅樹半摧爲薪，存者亦憔悴如不欲花。堯卿謂白石正角招譜後，罕有和者，曷倚新聲紀今日事？余既命筆硯，堯卿擊節而歌，蓋淒然不可卒聽也	對際
	洪承敏	甘州	洪彥先與秦淮女子有桃葉渡江之約，未果而金陵陷，不可尋問矣。彥先哀之，爲賦此解。	悔年時刻意學傷春
	但明倫	淡黃柳	揚州兵後，平山諸園皆成榛莽。爲賦數詞，以寄哀怨。詒園索稿，作此謝之，悲從中來，更不能已。	寒枝病葉

作者	唱酬對象	詞牌	詞題	首句
蔣春霖	褚榮槐	尉遲杯	春暮別褚又梅、金麗生，秋始相見。余又將出遊，用美成韻留別。	河堤路
	褚榮槐	八聲甘州	贈褚又梅	甚天涯芳草引遊韉
	金澍	臺城路	金麗生自金陵圍城出，爲述沙洲避雨光景，感成此解。時畫角咽秋，燈焰慘綠，如有鬼聲在紙上也。	驚飛燕子魂無定
	金澍	清平樂	金麗生工愁少寐，每以斜倚重籠自況。賦此調之。	枕鴛釵鳳
	馬壽齡	聲聲慢	春飲馬鶴船書舍	荒城補壁
	丁至和	一絡索	江村夜泊，懷丁保庵。	村外柳煙深鎖
	丁至和	踏莎行	贈丁保庵用王碧山韻	醉鶴幽懷
	周閑	換巢鸞鳳	嘉禾周存伯，工塡詞，移居杭州橫河橋，未幾避兵過江，爲述舊事，時復凄絕。	帆掛新蒲
	周閑	西溪子	壑軒爲周存伯賦	天外晴空孤臥
	杜文瀾	霜葉飛	庚申重九，杜小舫以西岐登高之作見寄。是日余遊虎墩大聖寺，亦用清眞韻和之。	岸雲湖草秋無際
	杜文瀾	憶舊遊	小舫太守命題從軍記舊圖	看胸羅寶宿
	金鷺卿	西子妝	爲金鷺卿記海陵繫纜本事	山暈眉青
	李肇增	徵招	李冰叔與鄧薌甫善，客南匯數年，今春歸東臺，將復遊揚州。書此贈行。	維舟聽慣松江雨
	周作鎔	暗香	寄周瀟碧	故山老鶴
	汪琨	一枝春	憶蘭曲爲汪西林賦	夢遠瀟湘

作者	唱酬對象	詞牌	詞題	首句
蔣春霖	何增	西子妝	贈芻鬟葉素蘭，為何芰眉賦。	倚稚鶯憨
	何詠	霓裳中序第一	春事欲闌，故人江外，旅窗竟夕，索夢不得，書寄何梅屋。	蒼苔換舊跡
	宗源瀚	角招	送宗湘文入都，即之官杭州。	勸君去
	宗源瀚	玲瓏四犯	湘文既之浙，余亦東遊，江空歲寒，念湘文當過常熟，結鄰之約，幾時可遂。	曳櫓夢輕
	金安清	揚州慢	兵後金眉生還居揚州賦詩索和	亂草埋沙
	金安清	玉蝴蝶	金眉生歸鳳曲用吳夢窗韻	水面乍開妝鏡
	錢桂森	徵招	錢辛白侍御，以言事回翰林，築一松軒自居。	星宮夜啓蒼官事
	黃溼祥	角招	陳小翠，揚妓也，居南水灘。門外多楊柳樹，春來一碧，如煙如潮。江西黃琴川為賦南灘春柳詩數十章，小翠每謂之曰：「青青若此，忍使有隨風報秋之感耶！」	傍花醉
	石似梅	徵招	石似梅書來賦此寄之	石郎磊落今年少
	趙瑜	甘州	題趙漁亭詩集	恨西風
	宗德福	青房並蒂蓮	送別宗載之	盼煙堤
	于昌遂	生查子	楊花飛去圖為於漢卿賦	畫橋楊柳枝
	于昌遂	琵琶仙	送於漢卿北上	江表春寒
	高望曾	慶春宮	高茶庵婦死於兵作空江弔月圖	慘月啼鵑

作者	唱酬對象	詞牌	詞題	首句
蔣春霖	黃錫禧	題畫	黃子鴻桃花	虹橋去遊蹤斷
	姚正鏞	題畫	姚仲海雁來紅	翩翩風度才如海
	喬松年	過小香岩		因樹園成遲客過
	楊星蓮	楊也村妾亡述感		仙城黯黯隔紅牆
丁至和	周作鎔	西子妝	陶齋自號瀟碧，乙卯秋同客袁浦，聯吟過從無虛日，酒闌燈灺，出示西湖塡詞稿，歌此奉贈	脆管噓雲
	周作鎔	三姝媚	瀟碧以詞來問近狀，即依原韻答之	鯉魚涼信早
	周作鎔	齊天樂	好春易去，舊雨不來，偶過崇慶寺，望雲臺諸峰，螺髻煙鬟，風景韶秀，正是去年與瀟碧生訪篆香樓玉蘭時節也。落花如夢，芳草多愁，未喚詞魂，先縈離抱，仍拈碧山韻寄懷	睡眉忽被鶯呼醒
	沈吾	一斛珠	旭庭客下邳，以所畫《秋山圖》屬題，譜此卻寄	荒鍾乍歇
	趙瑜	桂枝香	雲山閣訪早桂，用草窗韻，寄趙漁亭	亭皋瀉綠
	宗源瀚	齊天樂	壬戌之秋，宗湘文以自題《江天曉角圖》屬和，即用元字以應	濕煙吹破蒼茫際
	宗源瀚	祝英臺近	頤情館消寒詠山梅	步林幽
	張熙	月下笛	同治甲子，月當頭夜，與張子和同譜此調	融雪虛簷

作者	唱酬對象	詞牌	詞題／詩題	首句
丁至和	張熙	鷓鴣天	甲子十一月十五日，與張子和夜飲於宜月軒。霜華滿地，擁鼻行吟，極一時觴詠之樂，忽忽四載。子和下世，余復寓此間，愁病相兼，旅懷蕭瑟，撫今憶昔，不禁憮然	又向荒郵卸布帆
	黃涇祥	法曲獻仙音	黃琴川索賦南灘春柳曲	斜月驚鳥
	杜文瀾	念奴嬌	中秋客白下，柬曼陀羅華閣主人	巨觥吸盡
	蔣春霖	訴衷情	和水雲樓主人悼舊歡顧鶯	藥欄煙雨暗愁人
姚輝第	同人	疏影	秋堞	彎環雉堞
周騰虎	洪承敏	贈洪彥先		洪生名哲後
	趙熙文	安慶遇趙大敬甫	時君將悲傷，應順天□試	扁舟孤往愴心情
	趙熙文		九秋至許中丞營呈陳梁叔趙敬甫方蘭槎諸君	高秋笳鼓幣軍營
	金安清		陳芰裳編修金眉生都轉招陪朱伯韓觀察燈舟飲讌即遊白傅祠堂	車如雞棲馬如狗
	金安清		贈金眉生都轉	知所以與民不怨
	金安清		和金眉生見示原韻	痂癖君眞解嗜奇
周閑	褚榮槐		題褚二梅孝廉冶遊集	去歲得戴子
	黃文涵	壽樓春	張司馬煦招同湯都督丈貽汾侯學溥雲松黃大令文涵陳縣尉弢宴陶穀	逢雛晴尋芳
	杜文瀾	南歌子	杜太守文瀾撫夷草檄	浩蕩龍驤隊
高望曾	郭夔	一枝春	郭堯卿屬題憶蘭圖為悼亡作也。用蔣鹿潭韻譜此調，所謂借他人酒杯澆自己塊壘，不覺言之悲痛耳	瘦影叢叢

作者	唱酬對象	詞牌	詞題／詩題	首句
宗源瀚	黃文涵		黃子湘大令攝儀徵事一月政聲籍甚瀕行，民之送者踵相及也	唾壺擊碎唱從軍
	黃文涵		下邳北山眺月次黃子湘韻	蒼煙橫大野
	黃文涵		黃子湘太守約遊海陵昭陽途次得詩	半載東皋避網羅
	沈吾		贈沈旭庭	魚吞宿墨鶴偎煙
	蔣春霖		和蔣鹿潭題沈氏酒壚韻	不信盟寒倩女魂
	杜文瀾		賀杜小舫納姬	眼如秋水鬢如雲
陳寶	董惟演		送董帷竹沙之四明	江干盡烽火
	董惟演		竹沙返自慈谿卻寄	之子輕千里
	何增		何增芰湄見贈過別四十韻	郊誰投樂土
	金安清		次韻柬金眉生	倥傯平生盡小知
	蔣春霖		哭蔣鹿潭	拾橡逢狙怒
	金安清		金眉生於丙子，每誦東坡贈清都觀道士《試問行年與我同》一詩以自況，今年六十，即次此韻壽之	滾滾江流日夜東
	黃溼祥		酹船詩爲黃琴川作	歲雲暮矣勞者休
	宗源瀚		宗太守席上次堯卿韻	小邑冠裳集眾賢
	宗源瀚		壽宗湘文三十	宗子早聞道